图书 影视

THE DEFENCE

不能赢的辩护

[英] 史蒂夫·卡瓦纳 著
叶旻臻 译

北京日报出版社

THE DEFENCE

身手不凡的艾迪·弗林曾是纽约街头混混，做过小偷、流氓，是一名成功的骗子，后又华丽转身，成为炙手可热的名牌律师。

　　可名声大噪的他却因一场近乎"必败无疑"的辩护断送了自己的律师生涯，发誓不再踏入法庭。事与愿违的是，时隔不久，他却不得不再次踏入法庭——有人绑架了他的女儿，以他女儿的性命相要挟，让他参与到一起谋杀案中。他别无选择，只得按对方的要求身背炸弹混入法庭……

`00:01`

"照我说的做,不然我一枪打爆你的脊椎。"

带有东欧腔的男性嗓音响起,声音里没有任何颤抖或焦虑,语调平稳而谨慎。

这不是威胁,而是在陈述事实。如果我不配合就得吃子弹。

手枪抵在后背产生的如电流般令人发麻的真实触感,令我直觉反应要躲开枪口。我迅速转到左侧,让身体远离射击位置。这家伙惯用右手,自然他的左侧是毫无防备的。我可以在转身的同时利用空隙肘击他的脸,这样就有足够的时间折断他的手腕、夺下武器对准他的前额。若是早前,我绝对会这样做,但现如今做得出这些动作的"人"已不存在,好久以前就被我舍弃了。我生疏了,人一改邪归正就会变成这副模样。

我放开水龙头上的手,滴在瓷砖上的水流渐歇。我举起湿答答的双手表示投降,感觉自己的手指在颤抖。

"不需要这样,弗林先生。"

他晓得我的名字。我抓着水槽边缘,抬头看向镜子。我从没见过这个家伙,他身形高瘦,棕色大衣底下是一身黑色西装。他顶着光头,脸上有一条垂直的疤痕从左眼下方一直贯穿到下颚线。他把枪顶在我的背上说："我要跟着你走出洗手间，穿上大衣，付掉早餐钱，然后一起离开。我们要谈谈。照我说的做你就会没事，否则——你就死定了。"

他眼神锐利，脸部和脖子均无泛红，没有不由自主的动作，没有任何破绽。如果是骗子，我一看就能识破，我认得那种样子，毕竟我当骗子当得够久了。这家伙明显不是。他是个杀手，但不是第一个威胁我的杀手。我还记得上次我死里逃生是靠机智思考，而非恐慌。

"走吧。"他说。

他后退一步，举起手枪，让我在镜子里看见它，看起来是真货：一把银色的短管左轮手枪。从一开始我就知道这威胁是来真的，但见到这短小邪恶的武器出现在镜中，还是让我恐惧得全身战栗，我的胸口开始绷紧，心跳疯狂加速。我太久没上场了，得压制住恐慌仔细思考才行。他把左轮手枪收进外套口袋，往门口示意。看来这段对话是结束了。

"知道了。"我说。

读了两年法学院，给法官打了两年半的杂，还做了将近九年的执业律师，我却只挤得出一句"知道了"。我把手上的泡沫擦在裤子后面，顺了一下金褐色的头发。他跟着我走出洗手间，穿过现在空无一人的餐厅。我拿起大衣穿上，在咖啡杯底下塞了5美金，接着走向门口。刀疤男紧跟在后面。

泰德小馆是我最喜欢待着想事情的地方。我在这些卡座里不知想出了多少案子的策略，桌上常摆满病历、枪伤照片，还有沾着咖啡渍的案件摘要。我以前不会每天都在同一个地方吃早餐，那太危险了，新生活中的我却很享受在泰德小馆用早餐的习惯。我学会放轻松，不再回头张望。真可惜，我刚刚若是警觉一点就好了，也许会看到他过来。

从餐厅走到市中心，让我有种进入安全地带的错觉。人行道上是周一早晨的人潮，脚底下的路面令人安心踏实。这家伙不会在8点15分的纽约市钱伯斯街上，当着一旁三十来个目击证人的面对我开枪的。我站在餐厅左边一家废弃五金行外头，11月的秋风让我瑟缩了一下，脸庞随之泛红。可我纳闷儿着这名男子想要什么，是我几年前打输了他的官司吗？可我完全不记得他。刀疤男来到窗户上封着木板的旧商店边，站得离我很近，以免我们被路人分开。他脸上露出大大的微笑，让划过脸颊的疤痕弯了起来。

"弗林先生，打开你的大衣，往里头看一看。"

我动作笨拙地将手伸进口袋，里面空无一物。我打开大衣，发现内侧有个裂缝，丝质内衬看起来从缝线处脱落了。过了一会儿我才意识到那不是裂缝，而是在里层还有一件黑色的薄夹克，就像另一层内衬一样。我之前从没见过它，肯定是这家伙趁我在洗手间，把夹克袖子扯进我的大衣里了。我手往后探，摸到背部有个用魔鬼毡粘接的口袋，就在我腰部上方。我拉过暗袋仔细检查，撕开魔鬼毡，手伸进去摸到一根松松的线头。

我把线从暗袋拉出来，然而它不是线头。

是一根电线。

一根红色的电线。

我的手沿着电线摸到一个薄薄的塑胶盒，还有更多的电线，接着是两根细长的方形凸起物，分别放在我背部两侧的夹克里。

我难以呼吸。

我身上绑着炸弹。

他不是要在大街上当着三十多名证人射杀我，他是要把我连同不知道多少个受害者一起炸死在这儿。

"别跑，否则我就引爆它。别试着把它拿下来。别引起注意。我叫阿图拉斯。"他保持着笑容，发音发成了"阿凸拉斯"。

我猛吸了一口带着金属味的空气，逼自己缓缓将这口气呼出来。

"别紧张。"阿图拉斯说。

"你想干吗？"我问。

"我的老板请你的公司来帮他打官司，我们的账还没算完。"

我的恐惧缓和了一些：这不是针对我，是我以前的律师事务所。我接着想到，可以把这家伙丢给杰克·哈洛兰处理。"抱歉老兄，那已经不是我的公司，你找错人了。你到底是替谁工作？"

"我想你认得这个名字：沃尔切克先生。"

该死。他说得没错，我认得这个名字——奥雷克·沃尔切克，俄罗斯黑帮老大。在我跟之前的合伙人杰克·哈洛兰分道扬镳前一个月，他曾答应帮沃尔切克打官司。杰克接下这个案子时，沃尔切克正因谋杀罪名等着受审——黑社会的大新闻。我从没有机会翻阅这起案件的资料，或见上沃尔切克一面。我花了整整一个月替泰德·柏克莱辩护，那位股票经纪人因试图绑架他人而遭起诉——那个案子彻底毁了我。官司输了，我失去了家人，染上酒瘾、沉湎于威士忌。一年前，我带着残存的灵魂离开律师界,杰克乐得接手我的公司。法院对柏克莱一案作出宣判后,我没再踏进过法庭一步,短期内也没有重操旧业的打算。

杰克的状况就不一样了,他有赌博的问题,我听说他最近打算卖掉公司跑路。难道他跟沃尔切克拆伙,还拿走了他的定金?如果俄罗斯黑帮找不到杰克,就会来找我——来要求退费。软的不行就来硬的。背上绑着炸弹,就算我破产了又如何?该死,我会给他钱,一切都会没事,我能付钱给这个家伙。他不是什么恐怖分子,他是黑道。黑道不会把欠他们钱的人给炸了,他们只负责讨债。

"听着,你要找杰克·哈洛兰。我从没见过沃尔切克先生。杰克和我不再是合伙关系了。但没关系,如果你想拿回定金,我很乐意立刻开一张支票给你。"

至于支票能否兑现,那就是另一回事了。我户头里只剩600美金,房租欠缴,连戒酒的费用都付不出来,也没半点收入。最主要是戒酒的费用,但至少我戒掉严重的酒瘾了,当初若没挂号寻求协助,我大概已经酒精中毒身亡。在心理咨询的过程中,我意识到不管喝掉多少杰克丹尼,都磨灭不了我对柏克莱一案的记忆,最终成功戒掉了酒瘾。再过两周我就能拿到担保人的同意书,一个月后便可以重新开始。可如果俄罗斯人想要的不只是几百美金,那我就完了——彻底完蛋。

"沃尔切克先生不想要钱,你留着吧。毕竟你会把钱赚回来。"阿图拉斯说。

"赚回来是什么意思?听着,我不再执业了,我已经停执一年了,我帮不了你。我会还钱给沃尔切克先生,拜托让我脱掉这个。"说着,我抓住大衣，准备脱下。

"不。"他说，"你不明白，律师。沃尔切克先生想要你替他做事。你要当他的律师，他会付钱给你。你必须照做，不然你这辈子都别想再做任何事。"

我试着开口，喉咙却因恐慌而紧绷。这没道理，我很确定杰克会和沃尔切克说我不干了、我承受不了。一辆白色的加长豪华轿车停在路边，闪闪发亮的蜡面烤漆映照出我模糊的倒影。后座车门从里打开，抹去了我的身影。阿图拉斯站在车门旁朝我点点头，要我进去。我试着让自己冷静，深呼吸，放慢心跳，拼了老命让自己别吐出来。这辆轿车的深色窗户，让车内蒙上一层厚重的阴影，仿佛里头灌满了黑水。

有那么一刻，一切变得无比宁静——就只有我和那道敞开的门。我就算要逃，也跑不了多远，所以这绝对行不通。如果我进了车子，紧紧待在阿图拉斯旁边，那他就没办法引爆装置。这一刻，我真想骂自己，为什么要放弃我的生存技巧。我那些年就是靠那些技巧，才能在江湖上活命；就是靠那些技巧，才能在进法学院前就骗倒年薪百万的辩护律师。如果我还熟悉那些技巧，这家伙还没靠近我 3 米就会被我发现。

我下定决心，爬进了"兔子洞"。

00:02

一坐下来，我就感觉到炸弹压在我的身体上。

包括阿图拉斯在内，轿车后座共有四个男人。他跟在我后面进来，关上车门并坐在我左边，脸上依旧挂着那令人不安的笑容。我听见引擎发动的声音，但车子没有移动。雪茄味与崭新皮革的气味扑鼻而来。司机与奢华的后座间，隔着一扇深色的窗户。

车里放着一个白色的皮制运动包。

我右边坐着两名身着黑色大衣的男子，占去六人座。他们体格大得吓人，像童话故事里的人物。其中一位留着长长的金色马尾；另一位是短棕发，身体看上去庞大无比，头跟篮球差不多大，轻轻松松就让身旁的金发大个儿显得像个侏儒。但最让我恐惧的是他的表情——脸上没有一丝情绪，仿佛没有任何感情，冰冷、骇人，简直像个活死人。骗子这一行，全靠找出目标的"弱点"，操纵他人情绪与人类自然反应的能力就是武器。但这些常见的招数对一种人起不了作用，所有骗子都能辨认出这种人，并且晓得离他们越远越好——心理变态的人。顶着棕发的巨人看起来就是典型的心理变态。

坐在我对面的人是奥雷克·沃尔切克。他身穿一套黑色西装，底下是白衬衫，领口松开。他的脸上满是灰色的胡楂，和头发同色。如果不是酝酿在他眼里的那股杀意影响了相貌，他应该蛮帅气的。我是靠报纸和电视认出他的，他是黑道老大、杀手、毒枭。

但他绝对不能成为我的客户。

我一辈子都在和沃尔切克这种人打交道，把他们当成朋友、敌人，甚至是客户。不管他们是从布朗克斯区、康普顿、迈阿密来的，还是从小奥德萨来的，都不重要。这种人只尊崇一项事物——力量。就算我吓到想尿出来，也不能让他看见，不然就死定了。

"我不帮威胁我的人工作。"我说。

"你别无选择，弗林先生。我是你的新客户。"沃尔切克说着一口有点含糊的英语，带有浓厚的俄罗斯腔。

"有时候，就像你们美国人说的，什么破事都会发生。你要怪就怪杰克·哈洛兰。"沃尔切克继续说道。

"我这阵子大部分的事都要怪他了。为什么不是他当你的律师？他人呢？"

沃尔切克看了阿图拉斯一眼，短暂露出和对方同样深刻的笑容，接着视线回到我身上："杰克·哈洛兰接下案子的时候，说这不可能辩护成功。我早就知道了。在杰克之前，我已经给四家不同的律师事务所看过这个案子。但是，杰克能办到其他律师办不到的事，所以我付他钱，给了他这份差事。不幸的是，杰克没能履行承诺。"

"真遗憾，但这不关我的事。"我说道，同时努力不让声音显露出紧张。

"这就是你搞错的地方了。"沃尔切克从身旁金色的盒子里取出一根巧克力色的短雪茄，叼着点燃，然后说，"两年前，我找杀手帮我干掉一个叫马里欧·杰拉多的人，我当时是让小班尼处理的这事。小班尼完成了任务，但也被逮捕了，遭联邦调查局问话。小班尼会在我的审判上出庭作证，说我雇杀手杀人。我找上的所有律师都说，小班尼会是检方的关键证人，他的证词会将我定罪。我完全同意。"

我的下巴因为绷得太紧而痛了起来。

THE DEFENCE

"小班尼正在联邦调查局的监管下。他们把他藏得很好，就连我的人脉都找不到他。你是唯一能够接近他的人，因为你是我的律师。"

他压低声音说："你诘问小班尼之前，把大衣脱下来，等法庭里没人了，我们会把炸弹藏在证人席的椅子底下。小班尼一坐上去，我们就引爆它。没有小班尼，这案子就没戏唱了，一劳永逸。你是放置炸弹的人，弗林先生，所以你会被关进监狱。检方不会有足够的证据重新审理，我就自由了。"

"你这该死的神经病。"我说。

沃尔切克没有立刻做出反应，没有大发雷霆或威胁我，只是安静地坐着，然后歪了一下头，好像在衡量自己有哪些选项。车内鸦雀无声，只有我的心跳如擂鼓般激烈，思索着自己刚刚是不是在找死。我无法将视线从沃尔切克身上移开，但我感觉得到其他人近乎困惑地盯着我看，好像我刚把手伸进蛇窝里一样。

"看一下这个再作决定。"沃尔切克朝阿图拉斯点了点头。

阿图拉斯把白色运动包打开。

里面是杰克的头颅。

我的胃揪了起来，唾液在嘴里疯狂分泌，使我反胃得捂住嘴巴咳嗽，喷出口水。我努力撑住自己的理智，手抓着身下的座椅，直到指甲戳破皮沙发表面，所有沉稳的假象都离我而去。

"我们以为杰克办得到，是我们错了。但我们可不会在你身上冒险，弗林先生。"沃尔切克往前靠近说道，"你女儿在我们手上。"

时间、呼吸、血流、动作——全都静止。

"你们要是胆敢碰她……"

他从裤子口袋掏出手机,掀起手机盖让我看屏幕——艾米站在阴暗街角的一处报摊前。我的小宝贝,她才 10 岁大,我见到她站在纽约市某处,抱着身子抵御寒风,眼神警惕地看着镜头。她身后的广告牌显示着周六晚上的头条新闻——一艘货船在哈德逊河沉没。

我根本意识不到自己流了多少汗,我的衬衫湿透了,脸和头发也是,但我不再感到害怕。我再也不在乎炸弹、手枪,或用那双死人眼睛盯着我的无声巨人。

"把她还给我,我就放你一条生路。"我说。

此话引起沃尔切克和他的手下一阵爆笑。他们认识的是律师艾迪·弗林,他们可不认识以前的艾迪·弗林:那个小偷、流氓、骗子。老实说,我自己也几乎把他给忘了。

沃尔切克在开口前低下头,看起来很小心地斟酌自己的用词。"你没有立场威胁我。放聪明点,照我说的做,你的女儿就会平安无事。"沃尔切克说。

"放她走。在知道她安全之前,我不会做任何事情。你想杀了我就杀吧。事实上,你最好把我给杀了,因为你如果不现在放人,我就算死也要把你的眼睛给挖出来。"

沃尔切克吸了一口雪茄,张开嘴,让烟在他肥厚的嘴唇上飘了一会儿,品尝着那股味道。

"你的女儿很安全。昨天她在学校外面等公交车去参加校外辅导时,我们去接她,她以为那些人是你雇来的保镖。你以前受过死亡威胁,她也知道。你的前妻以为艾米去参加校外辅导,学校以为她跟你在一起,接下来一两天都不会有人来找她。你如果不照指示做,我会杀了她。但那太便宜你了。你如果不配合,你女儿就会受尽折磨。我有几个手下……"

他故意停了一下,假装在找正确的措辞,让我的想象堆成梦魇。我全身紧绷,已经做好反击的准备,感觉肾上腺素伴随着愤怒在我体内流窜。

"这个嘛,我有几个手下对漂亮的小女孩有特殊癖好。"

我扑向沃尔切克,还没意识到自己在做什么,就已经离开座位。我全身抽筋、重心不稳、低头掩护,但凭着胸口那股怒火,依然成功给了沃尔切克左颊一记狠狠的右勾拳。雪茄从他恶心的嘴里飞出。我的左手往后伸,等身子站稳才又往他的喉咙揍下去。

还没来得及挥出第二拳,一只大手抓住我,轻轻松松将我从地上拔起。我转头瞥见是那个心理变态的巨人抓住了我。他正准备把我当不乖的小孩一样翻过来打,我过去的习惯在此时发挥了作用,右手用力抓住他的脸,指甲往他前额戳进去。这下意识的反应其实是在转移他的注意力,同时,我的左手伸进巨人的外套里,摸走他的皮夹。不消半秒时间,迅速又利落。看来这么多年过去,我的身手依旧。巨人没有发现,正忙着要扭断我的头。我把皮夹放进口袋,盘子大的拳头出现在我面前。我转头躲避,一股剧烈的疼痛在后脑勺炸开。我倒下来,一头撞在轿车地板上。

我趴在那里,头痛欲裂。这是我十五年来第一次偷人皮夹。我如本能般出手，因为我曾是这样的人。

不——我就是这样的人。

身为一名成功的骗子，这些都是我研发出来的技巧——扰乱、误导、说服、暗示、钓鱼上钩、偷天换日、以假乱真——那些年我在街头大量使用的手法，就跟过去九年来在法庭里使用的一样。我从没真正改变过，只是换了个包装而已。

我的双眼和思绪通通关闭，任由黑暗将我吞噬。

00:03

我在皮革座椅上醒来，后脑勺仍疼痛不已。其中一头"大猩猩"正拿着冰袋放在我的脖子上，是那个金发大块头，他看起来活像刚被瑞典重金属乐团开除的成员。沃尔切克的雪茄传来一阵刺鼻的甜味，令人作呕。我大概是被人从豪华轿车的地板上拉起来丢到座位上的，眼睛因为烟雾而微微刺痛，但立刻就发现把我敲昏的变态巨人不在车里了。我拿起冰袋，丢到地板上。

"我们到法院了。"阿图拉斯说。我坐起身。

"为什么我们在法院？"我问。

"因为沃尔切克先生的案子今天早上开审。"阿图拉斯回答。

"今天早上？"我想起女儿在沃尔切克手机上的影像，愤怒让我的后颈越发疼痛，肌肉绷得像铁块一样硬。

"一个小时后开始。你走之前,我们得确认你办得到,否则我们现在就杀了你,晚点换你家人。"阿图拉斯拿出左轮手枪,放在他曲起的膝盖上。

他递给我一个看起来很昂贵的杯子,里头装了一点黄色液体,闻起来是波本。我喝下去,感觉到那股熟悉的酸热感。这是我离开戒酒中心后的第一杯酒,有那么一刻,我脑中闪过自己还欠诊所多少诊疗费,但很快便将之抛在脑后。酒瘾复发总有它的时空背景,此刻感觉再合适不过了。我伸手表示再要一杯,阿图拉斯从玻璃酒瓶往我的杯里倒了更多的酒,我迅速灌下,享受那股灼烧感。烈酒撕扯着我的身体,我抖了一下,摇摇头,像在摇神奇八号球①一样,试着厘清思绪:无解。

"我女儿在哪儿?"

"目前她很开心,也很安全。"阿图拉斯又为我倒了一杯。我灌下肚,开始思考。

"你为什么要杀杰克?"我问。

沃尔切克朝阿图拉斯点点头,他很乐意把细节交给手下说明。

"我们见过的律师都说,小班尼的证词会让沃尔切克先生被定罪,也就是说,只要把小班尼杀了就没事。破解的方法很简单,问题是我们找不到人。我们……说服杰克穿上这件夹克,让我们在他进法庭时把小班尼给炸了,但他做不到。"

我猜想着他们用了什么样的方法来说服杰克,想必经过一番折磨

---

① 一种占卜类的小玩具,外形与八号球相近。

吧。他是个混蛋兼赌鬼,但他也曾是我的合伙人,这让我对他的感情软化了一些。不管杰克以前为人如何,但绝对不是当炸弹客的料,他能拿好公文包、不被自己绊倒就算幸运了。他们肯定把他逼得很惨。

"为什么是杰克?"我问。

"不能是随便一个律师。我们知道你和杰克是借高利贷来开公司的,杰克说谎成性、欠债不还,名声差得很。你离开之后,公司开始流失客户,他需要钱,而我们需要一个能带着炸弹过安检的人。法院的安检很严格,现在更是。我们没办法把炸弹偷渡进去,每个人进门都要搜身、全身扫描,然后再搜身一次——除了你和杰克。我们很清楚这点,我们连续好几个月看着你们每天走进那间法院,从来没被搜过身。安检人员直接让你们进去——像老朋友一样。我们跟杰克说了同样的话:把炸弹放进去,然后负责背黑锅。"

阿图拉斯往后靠回椅子里,对沃尔切克使了个眼神。他们简直像摔跤双打组合:阿图拉斯负责简洁明了地说明事实,再交由老大处理威吓的部分。

"杰克就坐在你现在的位子,弗林先生,就三天前的事。他跟你穿一样的夹克,里面是同一颗炸弹,我们跟他说了一样的话。我打开这辆车的门,叫他去完成任务。"沃尔切克说着,同时视线往下看。他的头自烟雾中冒出,灰雾在他继续说下去时框住他的脸。

"杰克呆住了,头摇得活像……那叫什么来着?癫痫症?像癫痫发作,尿得整条腿都是。我们只好把门关上,带他到我们的地盘。"

他再度吸起雪茄,烟头闪烁着暖暖的光。

"我把他绑在椅子上,告诉他如果不照做,就杀了他妹妹。这位维克多——"他指向金发男子,"把他妹妹带来,我就当着他的面拿刀划她的脸。'现在肯做了吗?'我问。他没反应。我继续拿刀伺候她,他也只是坐在那里。"

我感觉有把钳子在我胸口逐渐夹紧,我的小女儿竟然在这禽兽手上!一个细小的声音分散了我的注意力——我拳头握得太紧,指节发出咔哒声。我的另一只手拿着空酒杯,我考虑要不要把它砸向沃尔切克的眼睛,但随即作罢。鉴于上次试图攻击他得到的惨烈结果,我不想再重蹈覆辙。

时机未到。

"我那时候就明白,杰克不能信任。我杀他之前,让他妹妹享受了一下。我把刀子给她,帮她捅他,捅得好惨。"

他的眼中亮起邪恶的火光,炯炯有神,看起来很享受这段回忆。

"杰克痛得要死,所以我收手,把刀交给他妹妹,最后把她也杀了。她非常勇敢,完全不像她哥。"

我看着脚边的运动包,它已经被善解人意地拉上了。我想到杰克,现在我对他的观感又摆荡回讨厌的那一边。如果可以,我想把他的断头踢进哈德逊河里,踢得远远的。他活该沉入河底,跟那艘沉船做伴。

"我们没时间跟你彩排了。"阿图拉斯继续说,"弗林先生,现在就把炸弹带进去。冷静点,想想你女儿。只要把炸弹弄进去,你就离她近了一步。如果被抓,你会因炸毁公共建筑未遂,被判无期徒刑且不得保释。你觉得呢?"

我觉得他说的没错，试图在本市炸毁公共建筑的人，判决通常都好不到哪儿去，我极可能面临无期徒刑。唯一的突破点是因为他们绑架我女儿，我才去放炸弹。暴力胁迫不是什么完美辩护，但也许能逃过无期徒刑。

阿图拉斯的脸上再次露出那种令人作呕的笑容，我差点以为他能猜到我心中所想。沃尔切克掐灭雪茄，越过逐渐散去的烟雾看着我。这两个人都聪明又无情，但聪明的角度不同。阿图拉斯似乎是顾问的角色，负责计划、盘算可能的后果，并谨慎评估风险，是一位深思熟虑的军师；沃尔切克行动从容优雅，像只蹲伏在高高的草丛中紧盯猎物的大型猫科动物，他的聪明是原始本能——近乎兽性的。直觉告诉我，这些人不会让我活着跟其他人分享什么英勇事迹。

"我很久没走进那里了，你怎么会觉得我今天能一样不被搜身？"

"你认得安检人员，更重要的是，他们认识你。"阿图拉斯的音调开始上扬，他往前坐了坐，强硬地说明他的论点，"律师先生，我们观察这间法院很久了，我花了将近两年的时间，把这件事计划得滴水不漏。送炸弹进去的人必须受警卫信任，必须是他们最预料不到的人，否则我们不可能把炸弹送进去。我目睹迟到的你冲进法庭，一边跟桌旁的警卫挥手，一边跑过感应器、触发警铃，他们无视铃声，挥手让你走。你会跟警卫聊天，他们认识你，甚至会帮你接电话。"

我从以前就不习惯随身携带手机，不喜欢随便哪个人都能从最近的电信塔台定位到我。杰克给我买过不只一部手机，全都被我搞丢了。我做沙盘推演时，大多会待在法院里，急着要找我的人会打到大厅的投币式电话上,警卫里通常会有人清楚我待在哪间法庭,他们就会来通知我。我会在圣诞节送警卫们几瓶威士忌,感恩节送个礼物篮。他们帮我这些忙,一点点小心意并不算什么。

我的头脑开始清楚了一些。

"你们为何不用别的方式杀那家伙?可以让狙击手在他前往法院的途中干掉他。"

阿图拉斯点点头:"我有想过。我想过所有可能的方案,但我们不晓得他在哪儿,也不晓得他会如何到法院。我们给很多律师事务所看过这个案子,那些大事务所的案子遍布全城,只有你跟杰克的案子几乎只在钱伯斯街法院,你们跟这里的工作人员很熟。其他那些律师一小时收 900 美金,你觉得他们有时间跟警卫讲话?我第一次见到你和杰克冲过安检、引发警铃却没人有所反应时,就晓得这是唯一的方法。是你们启发了我。"

阿图拉斯扮演的是军师的角色,这显然是他的计划。不知为何,他看起来有点抽离、冰冷且理性,就算要开枪,大概也会是同一个样子。沃尔切克与他相反,即便在我揍他之后他表现得很冷静,我仍旧能感觉到有头野兽躺在他克制的外表下,朝外界挥爪,随时准备挣脱。

我把脸埋在手心,深沉而缓慢地呼吸。

"弗林先生,还有一件事。你要知道,我们是斗士,我们以 Bratva 出身为傲,也就是'兄弟会'的意思。我信任这个人。"沃尔切克把手放在阿图拉斯肩上补充道,"但很多地方可能出差错。你必须把夹克送进去。不然只要一通电话,你女儿就会死。你会进去的,我很清楚,我看得出来你也是个斗士,别跟我争。"

他停下来又点了一支雪茄。

"二十多年前,阿图拉斯和我几乎身无分文地来到这里,我们手上沾了很多血才有今天的成就,不会连反抗都不反抗就落荒而逃。但我们不是白痴。这个案子排了三天的审理期,我给你两天时间,我们没办法冒险等更久,两天内把小班尼弄到那把椅子上让我们杀了他。如果他在明天下午4点前还没死,我就别无选择,只能逃。案子拖得越久,检察官就越有可能撤销我的保释,这是一位时薪900美金的律师告诉我的。你够聪明,应该知道他说得没错。"

我见过这种情况,检察官在传讯时,大多尚未握有最具杀伤力的证据,因为DNA和专家证据需要时间分析,而被告通常会在此时申请保释。等案子进入审理阶段,检察官万事俱备,若掌握到有力证据,他们就会向法官申请撤销被告的保释。这往往就决定了被告的命运,因为一切只需要羁押警官一个微小但故意的拖延动作,让陪审团看见被告被铐上手铐,只要一眼,一切就结束了——陪审团每次都会判定被告有罪。

我点点头。沃尔切克知道我有经验,了解这种诉讼战略,所以也没必要否认。

沃尔切克发出最后通牒时,努力要掩饰他声音里的残暴本性。

"我的护照被扣在法院,这是保释条件之一。我每年会有三次从俄罗斯出货,以私人飞机运送,飞到离这里不远的商用小机场。飞机明天下午3点抵达、6点离开。如果小班尼4点还活着,你就没时间了。我得在 4 点离开法院去搭飞机，那班飞机是我离开美国最后的机会。我想留下来，我想战斗。小班尼明天 4 点前必须死，否则我会把你和你女儿都杀了。搞清楚，这不是玩笑。"

威士忌酒杯在我手中碎裂。

我感觉自己正在下坠，身体往下塌陷，下颚颤抖。我用力咬紧牙关，以免牙齿喀喀作响。手掌上被碎玻璃划开的伤口正在滴血，但我感觉不到痛楚。我动弹不得，无法思考，呼吸化为一阵短促而低沉的呻吟。如果艾米出了什么事，我会痛苦而死，单是这个念头就让我感觉大脑、肌肉、心脏都在燃烧。我太太克莉丝汀忍受了我带来的许多麻烦，包括冗长的工时；凌晨 3 点来自全市各家警局的电话，只因为我的一位客户被警察逮捕了；晚餐约会被放鸽子；还有我给自己找的借口，说我做这一切都是为了她和艾米。一年前我开始酗酒，她把我赶出来，我失去了曾经拥有过最美好的事物之一。如果我再失去我们的孩子——这一切恐怖得让我连想都不敢想。

某处传来我父亲的声音——那个教会我诈骗手法的人，那个告诉我万一行骗被逮要如何应对的人——无论如何，保持冷静。

我闭上眼睛默默祷告。亲爱的主啊，拜托帮帮我，帮帮我的小女儿。我好爱她。

我在眼泪夺眶而出前抹了一下眼睛、吸了吸鼻子，然后滑过电子手表的选单，跳过闹钟选择计时功能，设定好倒数时间。

"律师先生，你得做个决定。"阿图拉斯指着左轮手枪说。

"我会照做，别伤害艾米，她才 10 岁。"我说。

沃尔切克和阿图拉斯相互看了一眼。

"很好。"阿图拉斯说,"现在进去,穿过安检后在大厅等我。"

"应该说,假如我能穿过的话。"

"我该让你女儿帮你祈祷吗?"沃尔切克问。

我没回应,独自下车,步入人行道。阿图拉斯从车里抬头看着我。

"记住了,我们盯着你,也有人在盯着你女儿。"他警告。

我点头:"我会听话。"

我在说谎。

就如同他们跟我说谎一样。不管他们怎么说、怎么跟我保证,明天4点一到,就算小班尼已然化成灰烬,飘向法庭的天花板,他们也不会放艾米走,他们会杀了我和我的小女儿。

我有31个小时。

如何花31个小时来反将俄罗斯黑手党一军,并把我女儿救回来,我毫无头绪。

我穿上大衣,扣上扣子,翻起衣领遮挡脸,转身向法院走去。父亲的声音依旧在我耳边轻柔萦绕——保持冷静。我的手没再继续流血了,现在感觉更加寒冷,连呼出的气也好似在眼前冻结、坠落。冷空气散去后,我在法院前看到执业九年来从未见过的奇景——法院入口前的等候队伍排了40多人,里头有记者、律师、证人、被告和电视拍摄团队——所有人都等着要通过安检。

THE DEFENCE

00:04

重大案件开庭前,空气中总是弥漫着一股怪异的紧张气氛。我排到队伍的最后方,感觉到人群越发兴奋,好像远方得克萨斯州宽大的柏油路面那样蒸腾发亮。人群里有些人拿着旧版的《纽约时报》,我看到前方男子夹在手中的头版头条,映入眼帘的是沃尔切克的相片以及标题《俄罗斯黑帮案开审》。我前面的人看起来是个跑犯罪新闻的记者,可能是自由接案,也可能是受雇于八卦小报,这种人远远就能认出:西装破烂、发型难看,从手指上的尼古丁污渍看来是个老烟枪。我把头埋进大衣立领中,试着不去看他。

纽约市钱伯斯街法院像是一栋打了类固醇的维多利亚时期哥德式老法院,19层楼里分布着21间法庭。

我数了数,前面排了20个人。

法院以宽达15米的石造阶梯迎接访客,上去是一整排的柯林斯式圆柱,保护着老旧不堪的入口大厅,最后一次整修是在60年代。我随着队伍缓缓踩上阶梯,向前移动,同时有更多人抵达,排在我身后。我偶然往上瞄了建筑物一眼,雕像、历任总统及纽约州大法官的半身像,它们一个个坐落在凸出的台面上,岁月与气候都侵蚀了这个老地方。

我踏上最后一级阶梯,汗水自脸颊流下,衬衫沾在背上,让我更明显地感觉到炸弹的存在,温暖而怪异。我数了数,前面还有12个人。

比起刚才在车上,现在看来,要想不被搜身就进入法院更加不可能

021

了。我突然注意到自己右手拿着钢笔，刚刚甚至没印象自己有把笔从口袋里拿出来。我一边心不在焉地转着笔，一边缓缓朝入口靠近。我发现自己在思考时总是会下意识这么做。这支钢笔是艾米送我的礼物。

这份礼物仿佛是惜别礼。我喝起酒来就很少回家，大约在父亲节前一周，克莉丝汀要我搬走，且艾米有权知道。克莉丝汀告诉我，艾米已经不认得我了，为了她好，还是别让她看见我愈加沉沦的模样。

小孩其实很聪明，艾米更是聪敏过人，她看见我俩站在她房门口就晓得有坏事要发生。她把金色长发绑起来，好让她使用计算机时不受干扰，睡衣外穿着自己最喜爱的丹宁夹克。她上学时就会穿那件夹克，上头满是笑脸和印着摇滚乐团标志的徽章，她会将每周的零用钱存上一个月，然后去廉价服饰店买徽章回来，以自己的风格装饰它。我看了她一会儿——我们互相看着，克莉丝汀与我还没开口，她就直接把笔记本电脑放到一旁哭了起来。不用跟她说任何事，她早就知道了。她问了她关心的问题：我会离开多久？是永远不回来了吗？为什么我们不能和平相处？没有一道题我有答案，我感到非常羞耻，只能坐在床边抱着她，试着表现得坚强一些。我看向她的笔记本电脑，发现她正在浏览一个订制钢笔的网站，并选购了一支叫"世界第一老爸"的钢笔。

旋转的笔在我手中停下。我一搬走，艾米就给了我这支笔，铝制笔身上刻着一个词——爸爸。这礼物让我近乎心碎。我把笔塞回后口袋，再次确认排队人数。

我前面有 10 个人。

上方大型机器传来的轰隆声响吸引了我的注意。市长批准了法院外部的修复工程,屋顶处还架着大型垂挂鹰架①,让修复石匠在离地四层楼高的位置工作。这个距离很难从地面分辨出工人,即便如此,我依旧能看出鹰架在风中微微摆荡。他们正在炸开石造建筑上的水泥,修复损坏的装饰物。当初开发商想拆了法院,让大家去便宜一点的地段执法,但此案遭到驳回。一方面,市长曾经当过律师,因此请愿书很快就得到颇具影响力的议员支持。他们选择修复外观,让里面继续摆烂。纽约有时候就是如此,喜欢用华丽的假象掩盖地下室腐烂的尸体。另一方面,钱伯斯街法院作为全美第一间夜间法院,有它的历史意义在。夜间法院是全市最重要的法院,被告遭起诉后,得在 24 小时内带到法官面前,单单曼哈顿一天就有 300 起逮捕案件,一直以来就有间额外的法庭,专门为此从晚上 5 点开到凌晨 1 点。经济大萧条最严重的时期,本市的犯罪率也大幅攀升。钱伯斯街法院目前有一间 24 小时开放的刑事法庭,在这间法院里,正义在入夜后仍得以伸张,过去两年来,它的大门从未关上。

队伍缓缓前进,我开始时不时听到安检设备的哔哔声。幸运的是,这些警卫我都叫得出名字。打赢官司的其中一个秘诀是,跟法院的工作人员混熟——每个都要。你永远不晓得自己会不会需要他们帮忙代收紧急传真、追踪难以捉摸的客户去向、换零钱来用咖啡机,或像我一样,当有人通过大厅公共电话紧急联络我时,会有人来找我。

---

① 鹰架,指施工时用以承托结构构件的临时支架,常用木、竹或金属管制成。

前面还有 8 个人。

我越过那个记者的肩膀,想看清大厅入口安检的情况。负责安检的是巴瑞和艾德加,绝大多数纽约法院安检的警卫实际上就是警察,只是职称不同。他们佩枪、穿制服,能逮捕你、监禁你。如果你造成的威胁够大,他们可以让你就地倒下,倒个一辈子。

巴瑞站在行李扫描器后面,负责分派置物盘,将手机、钥匙、钱包和包包放进 X 光机扫描。人们站在门框式金属探测器下,祈祷它不会发出哔声。艾德加负责搜身,从他们身上找出漏掉的违禁品,让对方再去重新探测一次,直到他满意为止。

他们俩身后有一位我不认识的金发警卫,再之后是第四位。那人站在安检通道 3 米外,双手摆在勤务腰带上,拇指塞在皮带里面,双臂垂在他活像吹了气的肚子上方。额外找安检人员来大厅支援并不奇怪,我认不出这家伙:他脸上蓄着胡子,还有像猪一样的黑色小眼睛。虽然我印象中没见过他,但从他的眼神能确定,我们应该打过照面。巴瑞、艾德加和新来的小伙子正专心检查队伍最前面的那群人。那个胖警卫的视线一直在我身上。

我与安检关卡之间还有 6 个人。

我擦去流到眼睛里的汗水。

如果待在队伍中,他们会用相同的流程来处理我。我试着回想以往会怎么做。进这栋楼对我来说就像喝水一样简单,我那时每天早上都这么做,但现在脑中一片空白。我是直接晃过安检,还是跟其他人一样排队,等着被挥手放行?我站在队伍中,双手颤抖着,嘴里也越发干燥苦涩，我快要陷入恐慌了。跟通过那几道门有关的记忆，我此刻一点也想不起来。

前面只剩 4 个人。

每走一步，炸弹带给我的感觉就沉重一分。那位胖警卫还在盯着我看，也许我身上散发着训练课程教他们要留意的特征。自从 911 事件后，只要是跟执法工作沾上边的人，都要受训学习如何辨认潜在恐怖分子的威胁。

我想起艾米用睡衣擦拭眼泪求我不要走的样子。

不行，我不能再让我女儿失望了。我立刻拿定了主意。恐怖分子不会离开队伍，他们会排队等候，他们想融入人群、不引人注目。我决定当个自大狂妄的混蛋，尽可能地大声嚷嚷、惹人讨厌，希望那位胖警卫会觉得我只是个难搞的烂人，而不是个潜在的炸弹客。

人们在我穿过队伍时朝我咒骂，我听到那个记者在碎碎念："王八蛋。"我的心跳再次狂飙，越靠近队伍前端，心跳就越快。

"嘿，巴瑞。快点放我过去。我的盛大回归都迟到了。"我边说边穿过金属探测器，引来一声巨大的哔哔声。也许对每个人来说都是一样的，但在我听来却是震耳欲聋。我转而看向那位胖警卫，他动也不动，就只是盯着我。艾德加则专心地给队伍最前方的男子搜身。

"艾迪！"巴瑞从扫描器屏幕前起身，绕过机器，"你等一下，我有话想跟你说。"

我加快脚步往大厅移动，但那位年轻的金发警卫举起双手挡住我的去路，我花了一秒才意识到他是要我摆出相同姿势——这样他才能搜我的身。我把手放低。

胖警卫在往前走。我被抓到了？

我思考着是不是要逃跑，越过人群往回狂奔。但我后面有一位留着胡子、身材壮硕的男子站在门口，他挡住了整个通道，几乎连光线都遮住了。不可能越过他的。我压下逃跑的渴望，双腿抖了起来。

"嘿，小子，通常你得先请我吃顿饭。"我说。

"请你抬起双手，先生。我得迅速检查一下。"

"听着，小子，我得走了。我没见过你，但相信我，我在这里有十年了。我是律师。去问巴瑞。"我边说边试图越过他。

他摊开的手掌停在屁股上的贝瑞塔手枪上方几厘米处，另一手朝我勾了勾手指，好像老西部片里的三流演员一样。

我整个人僵住。

"怎么？你要叫我掏枪吗，牛仔？"

我能感觉到身后的人群退开。拜移动甜甜圈店和这位只想尽忠职守的蠢货所赐，一切很快就完了。

"汉克，放艾迪过去。"巴瑞前来解救我。

汉克垂下双手，翻了个白眼，往后站到一边。胖警卫停下来，双手交叠在肚子上。

巴瑞朝我摇摇手指，笑道："圣克里斯多福那鬼东西迟早会害你被搜遍全身。"

我怎么就忘了？我解开一颗衬衫上的扣子，掏出那条银色项链，紧张一笑，然后朝巴瑞晃了晃圣克里斯多福的白金纪念牌。

我全都想起来了。

我刚入行进法院帮客户打官司时，每天都会触发警铃。巴瑞、艾德加和其他警卫会对我搜身，却空手而归，再次过扫描器也只会换来同样的哔哔声。打从我青少年时期，那个纪念牌就挂在我的脖子上，从没拿下来过，它就像我身体的一部分，我没想过是它。当时警卫问我腿里面是否有金属片，我把衣服脱到几乎全光，他们难以置信地搔头，不解是什么触发警铃，人们则开始在我身后排起队。巴瑞在一个潮湿的周三早晨终于发现这条链子，他跟所有的警卫说了这件事。回想起来，从那之后我就没再被搜过身了，如果触发警铃，我就接着往前走，哪个警卫想进一步检查，我就掏出项链边朝他挥手边走过去。就算在911事件后，我都没被搜过身。那时候我已经是老面孔了，每天都在这儿，搜我的身就像搜法官的身一样。我甚至替一些警卫辩护过，他们开始视我为法院职员的一分子，像朋友一样，没有必要搜朋友的身。刚刚想必是因为肾上腺素、当前处境带给我的惊吓、酒精，又或是俄罗斯大块头敲在我头上的那一下，让我竟然在巴瑞提起前完全忘记了项链的事。

"你不认得这家伙吗？"巴瑞问，"这位是艾迪·弗林先生。我忘记你才刚来没多久，这人是纽约最棒的律师。你罩他，他就会罩你。他需要什么，你就打给我。"

汉克不情愿地点头，转而叫我身后的人走过金属探测器。巴瑞可能让这孩子上班时没一刻得闲。

我看着那位胖警卫转身离开。

027

差一点，就差那么一点点。

"巴瑞，我真的得走了，老兄。我真的迟到了。我要出席今天早上开审的黑帮案，我甚至不晓得自己该去哪间法庭。"

"我都不知道你要帮那人渣辩护。但你运气不错，听审的是派克法官，她还在吃早餐，艾德加跟我15分钟后要去接她。抱歉那小子不懂事，我一直想教他，但他太笨了，学不会。跟我来一下，不会耽误你太久。"

我扫了一眼等候队伍，没见到任何沃尔切克的手下，但他们可能有别的眼线，只是我没注意到。脉搏跳动的声音在我耳朵里回荡，我不晓得巴瑞想干什么。要是他隐约察觉到杰克出事了怎么办？要是那些俄罗斯人看见我跟巴瑞交谈怎么办？

我得跟他说话，不然他会起疑心。

"当然。"我跟着他往大厅角落走去，同时感觉自己头晕眼花。巴瑞要我靠近一点。

"是泰瑞。"巴瑞说，"他想跟你谈他腕隧道症候群[①]的案子。"我暗自感谢老天，巴瑞只是想替兄弟讨个免费的法律服务。我喜欢巴瑞这家伙，他六十好几了，差不多快到退休的年纪，身为前警员，他现在只想坐在X光机后面等下班，然后去酒吧找乐子。

"泰瑞跑去霍林格杜恩事务所那里，被坑了一大笔钱。我一开始就要他去找你，但他想找个公会律师，我说服不了他。他只是看了个医生，就被收了6万美金。你能看一下他的案子吗？"

[①] 手上的正中神经在手腕处，会穿过由腕骨与韧带围成的"腕隧道"，腕隧道症候群是指正中神经经过腕道时，受到位于神经上方的韧带压迫所造成的临床症状。

如果是这个原因让我躲过安检，我此刻还真能朝泰瑞亲下去，再请他吃丽思酒店的七道菜式大餐。免费处理一个腕隧道症候群的案子根本不算什么。

"跟他说我会免费替他打官司。"我说。

巴瑞笑了："我去跟他说，太棒了。我现在就打给他，他在 12 楼。"

"那个，我真的得走了，巴瑞。"

"没问题，还有，谢了。我现在就去告诉他，他绝对不会相信的。"

我比预期更快地从巴瑞那儿脱身，他马上就回到扫描器后面的座位上。

我进来了。

我转过身，看着鱼贯通过入口的排队人潮，后背靠在冰凉的大理石上，感觉到炸弹压着我的脊椎。

我的手表显示着 9 点 30 分，离开庭还有大约半个小时。

阿图拉斯通过安检，从传送带上拿起一个被 X 光扫描过的新秀丽牌巨大行李箱，把它搬到地上，拖在身后朝这边走来。

"做得好。"他说。

我没有说话。他越过我，按下电梯按钮。

电梯门打开，我按了 16 号法庭所在的 14 楼。阿图拉斯按了顶楼，第 19 层。

"我们是在 16 号法庭，在 14 楼。"我说。

"我们在楼上有房间，你得换身衣服。"阿图拉斯应道。

门关上了，我听见电梯配重系统启动的声音，带我们缓缓往上移动。

00:05

  电梯前往顶楼的同时，我不禁想着这间塑造了我大半人生的老法院。钱伯斯街法院造就了我，也摧毁了我。楼下几层法庭负责处理认罪协商的老前辈称它为"德古拉饭店"，但没人知道确切原因。有些人说是因为一位任职多年的法官长得酷似贝拉·卢戈西[①]。对我来说，这间法院在我执业的最后 6 个月还真的是饭店般的存在。杰克·哈洛兰跟我拼了老命撑过了不景气时期，靠本市节节攀升的犯罪率大赚一笔。就选对路线的刑案律师而言，前景是相当不错的。所以我们全力主攻刑事法庭，白天处理案子，接着出去逛逛，在夜间法庭追加新逮捕的案子。大部分夜间法庭的被告都没有代表律师，因为律师事务所休息了，只有少数值得信赖的刑案律所提供 24 小时紧急服务。

  我们正常朝九晚五，晚上轮夜班：星期一由我负责下午 5 点半到凌晨 1 点的庭，接着由杰克接手大夜班，隔天再交换班表。那时候半夜处理完案子，差不多也要凌晨 3 点，偶尔到 5 点，回家已经没什么意义了，于是我会趴在会议室的桌上小憩。如果其他律师抢先使用会

[①] 贝拉·卢戈西（Bela Lugosi，1882—1956），匈牙利裔电影演员。他于 1931 年上映的《吸血鬼伯爵德古拉》（Dracula）中饰演的吸血鬼之王德古拉伯爵一角尤为人所称道，是电影史上的经典。

议室与客户开会,或也在里面补眠,认识我的职员会放我到员工办公室小睡一会儿。我有时也会到哈利·福特法官的法官办公室里跟他喝一杯,并努力不在沙发上睡着。这间德古拉饭店唯一的好处就是不用钱。

接下来的 6 个月,这间老法院要进行检查维护。新闻曾报道,市政府花在修复外墙的钱遭到监管中心的批评,说他们简直浪费。高楼层有部分闲置,里面只有老旧的档案柜和家具,毫无保存价值。许多职员被调去对街的新办公室,这对支持保留此座建筑的倡议行动来说,又是一大打击。

电梯门在 19 楼打开,这整层楼都是空办公室,我以前在凌晨等听审时上来休息过,我在这间法院不同地方过夜的次数多到数不清。这栋建筑里的设备很少,最主要的问题是缺乏与客户私下交谈的会议室,所以我曾利用上头几间老办公室和人洽谈合作。除了偶有律师来跟客户私下谈话,或是小睡一下,没有人会到上面来。

一股霉味穿墙而来,大概有好一阵子没人上来打扫了。我们踏出电梯,沿着宽敞的走廊来到右手边第二扇房门前。阿图拉斯从外套口袋掏出一串钥匙,插了一把到门锁里。门锁是全新的,看来阿图拉斯早就计划好要带我来这里。他打开门,拖着行李箱走进去,我跟着进门,他立刻关门并上锁。里面是一个法官办公室外的宽敞会客室,有一张脏桌子、三张绿色的皮制钉饰沙发,以及一台老旧的打印机。

桌子上方有一幅泛黄、裱框的《蒙娜丽莎的微笑》。

沙发后面有一扇通往办公室的内开门,我推开门来到一个隐秘的角落，正前方有一排长长的格子窗，左边是一整面墙的书架，上头摆着判例汇编和过时的法学教科书，一组小桌椅紧靠在书架旁。另一面墙上有两张画得很烂的艺术品，它们挂在脱落的花纹壁纸上，描绘着荒芜的爱尔兰乡间风光，一张沙发孤零零地摆在画作下方。这里闻起来有布满灰尘的旧报纸味。

我走回会客室，阿图拉斯正从行李箱中拿出一个西装袋。他打开后，递给我一条折叠整齐的黑色西装裤，同时把西装外套挂到椅子上，接着又给了我一件包装未拆的白衬衫和一条全新的红色领带。

除去大衣，我身上穿着轻薄的斜纹棉裤，一件蓝衬衫搭配海军蓝休闲西装外套。

"把大衣脱掉。"阿图拉斯说。

我脱掉大衣，装有炸弹的薄夹克也跟着被脱了下来，自大衣内滑落。眼看它致命的那部分就要落地，我迅速躲进法官办公室，护住头部。

什么事也没有。

外面传来一阵大笑。

我起身回到会客室，感觉自己蠢得要命。薄夹克皱巴巴地躺在地上，阿图拉斯则满脸笑容。

"别担心，要启动装置才能引爆，否则你就算把炸弹砸到墙上都不会有事。得用这个才能引爆。"他从棕色大衣口袋里拿出某个黑色的小东西，看起来像是汽车遥控器：一个椭圆形小塑胶物，和火柴盒差不多大，有两个按钮——一个绿色，一个红色。"一个上膛，一个引爆。

炸弹威力没有很大，杀伤范围只能覆盖1.2到1.5米而已。"阿图拉斯说明道。

他捡起薄夹克，平放在会客桌上。

有人敲门。阿图拉斯开了门，是轿车上那位高大的金发俄罗斯人，被沃尔切克称为维克多的那位。大个子关上门后直盯着我看。

阿图拉斯回到会客桌边，打开那件丝质薄夹克用魔鬼毡接合的地方，将我隔着布料感觉到的装置取出：两块薄长方形的硬油灰，上头还有像是电路板的东西，也许是老呼叫器的内部零件，或类似的东西。它跟灰白色的塑胶炸药由更多根电线连接着，整个装置看起来和口袋型笔记本差不多大，它很薄，尽管有着惊人的杀伤力，却没有多少重量。阿图拉斯拿起挂在椅子上的西装外套，内里向上摊在桌上，手沿着缝线摸起来。他知道我需要穿西装出庭，这件西装外套看起来是找人定做的，为了把装置藏入后背特制的暗袋中。他重新放好炸弹后封上接口，拎起西装外套，从外观完全瞧不出背部有藏东西，看起来正常极了。

"去换衣服。"阿图拉斯说。

我拿起裤子、衬衫、领带和我的大衣，往法官办公室走去。"介意回避一下吗？"我说。

他摇摇头。

裤子很合身，衬衫领口的地方有点宽，但我原先穿的蓝色扣领衬衫也还行。我把自己的衣服和领带留在办公室，回会客室试穿西装外套。阿图拉斯像店员一样替我展开外套，我转身往后伸出双臂，让他把袖子套上我的手,并整理肩线。西装外套有点大,跟衬衫一样。阿图拉斯在我身边来回检视、拉平布料,确认一切看起来正常。

"没问题。白衬衫太大了?"他说。

"对。领口太宽。"

他点点头。

我没多说什么,走回法官办公室,立起领口打上领带。那些俄罗斯佬就在我余光所及之处:阿图拉斯正将大行李箱关上,里头看起来还是满满的;维克多在一旁看着他。我趁他们不注意,拿起我的大衣,取出我在车上从大个儿那里偷来的皮夹。如果西装外套再小一两号,要把钱包藏在我的新西装里就会比较困难,多了这些空间反而没人会发现。我还没能冒险检查皮夹里的东西,得再等等。这钱包里可能没有任何派得上用场的东西,但拿着它就让我兴奋,光是能不被人发现地藏着它就给了我希望。我很久以前学会的技术都还在,没有完全消失。我开合拳头、转动肩膀,试着冷静下来,让思绪进入集中状态。

一面脏兮兮的镜子摆在书架边,我擦了擦表面的灰尘,确认领带没有打歪。

让人实在难以反驳的是,每次我穿上西装照镜子,眼中所见的都不是律师,而是骗子。

和我父亲一模一样。

不动声色地偷人钱包并不容易,需要长时间学习怎么完美地从人口袋里扒走东西。你得手脚利落、沉着冷静,而且只能全身而退,或手到擒来。我的师傅是业界最有分量的大炮之一,一位真正的盗窃专家——我父亲，派特·弗林。大多数小偷不喜欢被称作"小偷"，总是以"大炮"自称。我对父亲一直以来的印象，就是他坐在电视前的扶手椅里，眼皮沉重，呼吸和缓，一副死掉或睡着的样子，同时在手指上滚着硬币，像在叉子上滑动的水银。

以一个大块头来说，他的手很小巧，每根手指都灵活得像在跳舞：迅速、流畅、利落。我爸在布鲁克林的麦古纳格酒吧后头经营地下赌场，这令我母亲十分不满。他在都柏林的时候就在搞欺诈、走私，直到存够钱买船票才来美国。一下船，他就直奔最近的餐馆点了他人生中第一份汉堡，还没付19岁的服务生小费，被她追着跑了四条街，最后终于逮住人。他付给她一大笔小费，用尽他与生俱来的魅力，于是两人开始交往。那位服务生是个意大利裔女孩，移民第二代，名叫伊莎贝拉。我的父母，派特和伊莎贝拉，在一年后悄悄成婚。

我会在下课后跑到酒吧里，喝着汽水，看我爸管理他的手下。他的小事业在全盛期有大约40位帮手，经营斗狗、赛马、拳击和足球等。他处理完他们之后，我们会玩一轮撞球。然后他会把我拉到吧台椅上，把他破旧的红书放在一旁，教我如何藏牌、一角硬币、银币、手表，如何盯着对方的眼睛扒走皮夹，如何把十元美钞折得像百元钞，如何在下手时完美地诱使对方转移注意力，如何把钱藏在衣服里让谁都找不到，以及更多技巧。我依旧记得胡椒博士汽水的味道，我爸刮完胡子以后的柑橘味，精美的紫檀吧台的光滑感，还有他精巧的双手在那下面变出的把戏。

一开始他拒绝教我，不过虽然我那时只有8岁，却已经很能说服人，他最后被我烦到答应了，但有两个条件：首先，我们要保密，永远不能让我妈知道；第二，如果要教我，他晓得他阻止不了我在街上练习，所以他认为最好的状况是确保在我失手时，有能力保护自己。在酒吧练上一小时的手法后，他会带我到健身房，看我学拳击。老妈完全不知情，她在离这里十条街外的餐厅端盘子，要工作到很晚，这是我和我爸之间的秘密。老妈下班回家时，老爸总会准备一些热腾腾的食物等她，接着她会窝在沙发上读言情小说，越狗血的越好，然后读到睡着。我14岁时已经能打败这个区上得了台面的打手了，包括大我两三岁的小孩。我动作很快，下手又重，也不容易倒下。我爸希望我继续精进，于是在酒吧练完后，我们会搭E线地铁到莱辛顿大道，在五十四街上米奇·胡利的健身房里，跟里面最优秀的年轻拳手对打。我后来大部分的手下都是在那里认识的，其中有一个身材矮胖的小男孩，右勾拳超有力，名叫吉米·费里尼，他很快就变成我最要好的死党。吉米后来成为一位前途无量的业余拳手，他的每一场拳赛我都去看了，那时候我们好得称兄道弟。但吉米错过了成为职业拳手的机会。

他要继承家业。

我加入米奇的健身房两年后，我爸生病了。我们不穷，而且我爸给全家买了健康保险，每个月都按时缴费，但他得的是一种罕见的癌症，不在条约给付范围内。我爸请了一位他能找到的最便宜的律师，而保险公司委托了大城市的律师事务所，案子进入司法程序。我看着我爸的律师被彻底碾压，那不是他的错，他输得无药可救。我们输了官司，就算有朋友和吉米家的金钱援助，还是不够付医药费。没有好的医疗照顾，我爸在 6 个月内就过世了。

他死的时候我不在场。我在他的病房里握了 11 个钟头他瘦弱的手，后来只是出去买了一瓶汽水，回来时就看见母亲在病房外等我。我知道他死了。她什么也没说，只是递给我他的圣克里斯多福纪念章，然后哭了出来。那之后，就只剩我跟我妈两人，她也尽其所能地照顾我，她甚至让我打拳，只要我成绩全拿 A。我遵守约定，毕业时拿了全班第一。我确保她结束餐厅工作回家时，总有起司通心粉或一盘炒蛋等着她。她通常不会吃，但永远会跟我道谢。她知道我不会煮饭，但感谢我担起这个家男人的责任，并延续老爸一小部分的灵魂。她不再读言情小说，反倒是在睡前跟我一起看会儿电视。

完成学业后，我加入地下拳击打了一年，另外兼职搞些诈骗。一年不到，我就有足够的资金来开创自己的事业。我在 18 岁时踏入业界，准备起步：一个技巧卓越的骗子，以零失败的全胜率榨干那些害死我父亲的人——保险公司和护着他们的有钱律师。

现在回头看，他们可是一点反击的机会都没有。

"律师，"阿图拉斯的声音从会客室传来，"我们得走了。案子要开审了。"

00:06

我把换下来的大衣和裤子留在办公室，穿着新西装回到会客室加入俄罗斯人。阿图拉斯拉着行李箱。

"箱子里装的是什么？"我问。

"沃尔切克的文件——杰克为听审准备的所有资料。"

"有检方证人名单吗？"

"有，小班尼是最后一位。"

我猜也是，检方永远把最有料的证人留到最后。

我们搭电梯来到 14 楼的 16 号法庭。电梯打开后，映入眼帘的是宽敞的大厅，白色石墙上挂着四块巨大的纪念牌匾，上面列着参与二战的律师和法官。洗手间和自动售卖机位于走廊转角处，电梯左边长长的大理石楼梯可通往上一层楼。

我们正前方是道敞开的橡木双扇门，门后则是挤满人的法庭。

16 号法庭是这栋楼最大的一间，左侧墙上有四扇大型的拱形窗，窗外是熟悉的天际线，大理石地面仿佛吸纳了早晨苍白的阳光。旁听席则由新装设的一排排松木长椅组成。两位法官扬言，若没有新的长椅就要辞职，因为老式剧院椅已经被跳蚤攻占了好些年——考虑到刑事法庭引来的都是哪类诉讼委托人，这并不意外。等法官也遭殃后，更换座椅突然就变成了首要任务。

长椅约有 25 排，由中央走道划分成左右两区，旁听席与审判活动区中间有栏杆隔开：检察官席在左边，辩护人席在右边，两席均面向法官。检察官席目前是空着的，辩护人席后方有一小区旁听座位被保留给沃尔切克的随行人员。我往辩护人席走去，途中听见有些人窃窃私语，讨论着我的名字。在法庭后方，红木审判桌后面的皮制法官椅还是空的。证人席在检察官席前方 4 米左右，三阶楼梯上去有一小扇半腰门，装在还算牢固的橡木框上，里头放有一张椅背直挺、坐垫破旧的铁脚椅。证人席正对面，在辩护人席右手边 3 米的位置是设有 12 张空椅的陪审团席。陪审团席同时面向证人席和再过去的窗户。我入座时，脑中浮现一个想法。

"陪审团名单选定了吗？"我问阿图拉斯。

"选定了，但……"

阿图拉斯还来不及回应，纽约市地方检察官米莉安·苏利文就与她的助理检察官及律师助理依序走进 16 号法庭，另外有三位着深色西装的男子紧随其后。从他们的外表和举止判断，我猜掉队的那几位是联邦调查局的探员。

我跟所有纽约市民一样，跟着报纸追本案进度：一名 40 多岁、与意大利犯罪家族有来往的男子，两年前在自家公寓被发现中枪身亡，现场逮捕了一名身份不明的男子，我现在知道他是小班尼。小班尼连同犯罪凶器和尸体被逮个正着。沃尔切克省略了很多部分没说，我猜联邦调查局已经盯了沃尔切克好多年，并介入和小班尼谈条件。他们想轻轻放过杀手，然后去逮背后的首脑。沃尔切克被捕之后，《纽约时报》的报道称法官设了 500 万美金的保释条件，沃尔切克在半小时内就以现金付清。

鉴于该谋杀案没有触犯州法律，据我所知也没扯上毒品，所以此案仍由纽约市警局与地方检察官负责。联邦探员没交出证人，以确保他们能监控整个诉讼程序。我记得这案子有个不寻常的地方，第一次在报纸上读到报道时就留下深刻印象。全案只有一项罪名——谋杀。沃尔切克没有被控以贩毒、组织犯罪、非法活动或其他常见的犯罪帮派罪名,他只被起诉一级谋杀。

检调团队把装满文件的纸箱摆到桌上,成堆的纸张在桌子上筑成堡垒。这是做给陪审团看的心理战略——看看我们手上有多少这家伙的罪证。这个州拥有一大群最顶尖的检察官,他们花了好几个月准备打一场稳赢的官司,同时还有无上限的预算。

米莉安看起来冷静又专业,完全就是一位经验老到的诉讼律师。她身穿黑色西装外套和裙子,不是典型的美女,我听人说过她的外表有多普通。但只要她一进法庭,整个人气质就变了——眼神强烈到几乎能催眠别人,加上那双腿和凹凸有致的身材,对陪审团来说是很棒的视觉形象。她根本不需要外貌优势,哪怕她长得像丹尼·德维托[①]也完全没关系。米莉安是个工作狂。她在转战性犯罪领域前,已经在妨碍风化罪方面打响知名度了。在米莉安起诉性犯罪者的五年里,强暴定罪率几乎翻倍,她后来转为负责凶杀案,到目前为止,她极有望竞逐下一任总检察官。

阿图拉斯将行李箱搁在辩护人席的桌子底下,并在我身后最后一排入座。一阵沉重的脚步声和群众的窃窃私语传来,不用转头就晓得是沃尔切克进来了。我打开行李箱往里看,7个文件夹里装了六七千张纸。

[①] 丹尼·德维托(Danny DeVito,1944—),意大利裔美国演员、导演和制片人。身材矮小,但他利用自身特色及精湛演技,成为红极影坛的喜剧大师。

群众发出的噪音更大了。我转头看见沃尔切克独自走过中间的通道，接着人群中央有一名西裔男子站起身，他头戴红蓝相间的大方巾，身穿白衣和运动外套，刺青从他的脖子越过下巴，一路延伸到脸上。我注意到他不仅是因为他站起来，还有他的行为——他用缓慢的节奏拍着手。接着一位身穿黑色西装的亚洲人起身跟着拍手。第三位拍手的也是一个西裔，他身穿紫褐色的T恤，手臂和颈部同样有细碎的黑色刺青。

沃尔切克经过他们时，礼貌地和每个人点头致意，然后走到辩护人席，在我旁边入座。

"你朋友？"我问。

"不是。他们不是朋友，他们是我的敌人，来看我落魄的样子。"

献给沃尔切克缓慢而稀落的掌声渐歇。

"所以这些敌人是谁？"我问。

"负责从南美运货到纽约的波多黎各人和墨西哥人，另一个是日本黑道上的。他们来是告诉我，如果我被关，他们会来找我和我的集团麻烦。他们等着瞧吧。"他说。

00:07

少数几位女性庭务员之一的琴恩·丹佛从法官办公室走出来，她对我眨了眨眼。我喜欢琴恩，她可爱、聪明，又能维持有效率的法庭运作。她推着沉重的推车，里头装着 5 本塞满纸张的卷宗，是法官的案卷。派克法官想必准备好要登场了，这代表我即将和陪审团初见面。你或许是全世界最学识渊博的律师，极为擅长交互诘问，但要是不晓得该怎么跟陪审团说话，你就完蛋了。在开口前，你得先搞懂他们。大部分陪审员都不想当陪审员，少数很积极想当陪审员的人，你应该想尽办法避开他们。

我感觉脖子上的肌肉越来越紧绷，仿佛连接炸弹的电线要从背部爬上来勒死我。

米莉安走到我这桌，站在一旁。我眼神放空，脑子正以时速 100 公里的速度狂飙运转。我能感觉到米莉安笑容里的热切，她拿着一张黄色的便利贴，上面有手写字，她先朝我挥了挥，接着把它粘在桌上。

你的委托人没戏唱了。我下午 5 点前就会撤销他的保释。

我口干舌燥，这讯息等于判了艾米死刑。如果米莉安没说错，而她也真的成功撤销了沃尔切克的保释，那沃尔切克手铐都还没铐紧，艾米跟我就会死透了。我意识到我的鞋跟在大理石地板上抖动，在心底骂了一声，努力冷静下来好好思考。

米莉安通常不会把私人情绪带到工作上，跟绝大多数优秀律师一样，她会保持好距离。我们过去交手过几次，算是打成平手。第一次对上米莉安时，我严重低估了她的实力，被打了个稀巴烂。我的当事人在学校外面卖安非他命被逮，因为没有认罪协商，直接进入审判程序，那混账被判了很久的刑期。米莉安在陪审团前的表现无懈可击，从头到尾沉着克制，让陪审团感觉她只是在陈述事实，而非玩弄他们的感情。在那个案子结束的一个月后，有人跟我说米莉安的儿子上的正是那所学校，而且被我的当事人塞了毒品。她完全没跟我提过这件事就轻松、冷静地赢得胜利。虽然判决结果正确，对陪审团来说也很好断定，但她拿下那局的方式依旧令我印象深刻。

她递给我纸条不是为了激怒辩方，这表示米莉安在担心。这不是一般的谋杀案，米莉安的职业生涯就要从今天这个案子展开，如果她把这毫无难度的完美案子打输，她就要喝西北风了。检察官经常在遇到这种案子的时候面临更大的压力，因为大家都期待他们会胜诉。她的关键证人被扣在联邦调查局，如果她能稳稳拿下这次审判，胜利的新闻就会在业界传开。我把纸条拿给沃尔切克，首先是让他知道我没在跟检方交换纸条讲炸弹的事；再来，我需要他害怕。人一害怕就喜欢有选项，如果世界上有《盗窃圣经》这种东西的话，开头就会跟律师手册第一页写得一模一样：给人们他们想要的。

"她完全是冲着你的保释来的。"我说。

阿图拉斯往前靠在栏杆上听。我看到沃尔切克脸色一白，转向阿图拉斯。

"你没有预料到这个。"沃尔切克质问。

"她还不能这么做，其他律师告诉我们检方会尝试，但他们很肯定她不会成功。"阿图拉斯回答。

"你觉得他们会不会是为了靠你们的案子讨工作，才这样乐观？"

我反问道。阿图拉斯的脸部肌肉绷紧,双眼眯了起来。

"她肯定觉得自己的第一位证人不得了,能直接定生死。一个优秀的律师永远会用最有说服力的证人来开场。米莉安·苏利文是名非常优秀的律师,她觉得第一位证人就足以将你关进去了。"

沃尔切克咬牙切齿地咆哮道:"阿图拉斯,你跟我说你全部都考虑过了。你有两年的时间计划,但先是连让杰克带着炸弹走出轿车都做不到,更别提通过安检,现在又来这个……"他伸出手,好像要去抓阿图拉斯,但在最后一刻打住了。"你要是再让我失望……"他摇摇头。

阿图拉斯摸了摸脸颊上的疤痕,看到我在看他,把手从脸上收回。仔细一看,那道伤口还没完全愈合,就在他眼睛下方,红色起皱的地方流出半透明的分泌物。像阿图拉斯这样的人,不会为了治疗这种伤看急诊,但无论是谁缝的,都处理得不太好。江湖庸医多的是开不完的处方笺,卫生和缝合技巧如何就不怎么重要了。伤口看起来不只有蟹足肿,也感染了,而且貌似再也好不了了,受损的组织有时候无法彻底痊愈。

那伤口也许是过去犯错时被沃尔切克惩罚的。阿图拉斯把怒火集中到我身上。

"你不能让她撤销保释,你女儿的命就靠它了。只要一通电话,她的小喉咙就会立刻被划开。"他威胁道。

"冷静点,"我开口道,愤怒压过我声音里的焦虑,"我不会让这件事发生。她需要十分有力的证据才能在第一天就撤销保释。但无论她丢出什么,我都会处理好的。"

法官办公室的门打开了，我准备要经手一件我毫无概念的案子了。不管米莉安藏了什么好料，我都得在她跟陪审团作开场陈述时全部搞清楚。我紧了紧领带，理了一下西装外套，背上炸弹的重量让人无法忽视。

"肃静！全庭请起立。嘉布瑞拉·派克法官入席。待审案件第552192号，奥雷克·沃尔切克遭控一级谋杀罪名。"庭务员宣布的同时，一位娇小朴素、身着黑色长袍的棕发女子跑进法庭里，在宣读结束以前坐下，大部分人的屁股根本还来不及离开椅子。派克法官做什么事都很快，讲话很快、走路很快、吃东西也很快。她当辩护律师时颇令人畏惧，因为她头脑转得和脚一样迅速，像她做其他所有事情一样。也因此她的交互诘问杀伤力惊人，转瞬之间就能变换策略。她的能力很快地被正确的人注意到，没过多久，野心勃勃的嘉布瑞拉就成为本州史上最年轻的法官。也因为自己曾是辩护律师，她很明显地不会轻易放过任何一位辩护律师。

"请在庭上允许下入座。"庭务员喊道，众人纷纷落座。

派克法官看向我："弗林先生，我以为你的合伙人才是本案律师。"她说话时有一点细微的布鲁克林腔，但她的机关枪语速把口音藏得很好。

我的头开始隐隐作痛。

"我在本案审议期间将代替我合伙人的职务——除非庭上有反对意见。"我说这话主要是出于希望，我知道她不会有意见，而她也如是回应。更换备案律师是很常见的事，刑案委托人一天到晚在开除委派律师，改聘新的人选。有些被告在案子审理期间能换五六次律师——通常是因为他们不喜欢自己得到的建议，或是律师开价太高。

"可以请陪审团进来吗？"派克法官没有明确对谁说，但庭务员听到指示，便从一道侧门离开去接他们。我祈祷能有一小段缓冲时间，好让我多点希望。法官会仔细看着陪审团，如果检方的开场证人够有力，陪审团也倾向判沃尔切克有罪的话，这或许会给派克法官足够的信心，等对的时间一到就撤销沃尔切克的保释。我头痛得更厉害，开始感觉到腹中隐约有种反胃感。我此刻别无选择，只能面对眼前的处境。杰克是位优秀的律师，他肯定选了对的陪审团。

陪审团排队进场入座：第一排六位，后面比较高的那排六位。

我很怀疑自己是否会选里面任何一个人。

第一位陪审员是四十岁出头的白人男子，穿着法兰绒衬衫，戴着眼镜。他看起来个性体贴、学识中等，可能会是所有人中最烂的人选。陪审团剩下的组成和沃尔切克完全不同——五位身材娇小的黑人女子，五六十岁，穿着花裙，坚毅且外形亮眼的女性，但肯定不是俄罗斯黑帮的好朋友；接着是另外四位三四十岁的女性，两个白人、一个西裔和一个华人。我看到一位身穿白衬衫、打着红领结的黑人男子。领结对出庭律师来说很危险，最难搞的人往往就是戴领结的男人。最后一位是西裔男子，他的衬衫烫得很挺，双臂处还有明显的折痕，仪容端正、相貌堂堂，莫名散发出学识渊博的感觉。他同样不是很好的选择，但或许算是一堆烂苹果里最好的那颗了，至少他会认真听。找一位愿意倾听的陪审团成员实在太重要了，他们的表情可以当作显示你成败的温度计：只要那张脸有在思考，偶尔还会笑一下、跟着你的论点点头，你就有机会赢。其他陪审员可能会听他的，被他带着走。

"苏利文女士,请作开场陈述。"法官说。

法庭安静下来。阿图拉斯伸手到箱子里,拿出一本横线笔记本和一支铅笔让我做笔记。他全都计划好了。我打开笔记本,推开铅笔,拿出我那支上面刻着"爸爸"的钢笔,让自己进入备战模式。

我的第一条笔记通常是案件名称,以及法官、检察官的名字,但今天的笔记上唯一写下的是——艾米。一直到一年前,我都很珍惜星期天,那是我们相处的日子。无论我在处理什么案子、无论我过劳到什么程度,我都会在星期天煎松饼当早餐。下午我和艾米会去展望公园玩,那是属于我们的时光,她在通往内德米拱桥的步道上学会骑脚踏车,然后等不及要回家告诉克莉丝汀。我们从动物园回来的路上,她在我的肩膀上睡着,口水流得我整个衬衫都是。我们在湖畔一边吃甜筒冰激凌,看着鹅群飞过船屋,一边聊她最好的朋友,还有那些因为她与众不同而欺负她的小孩。艾米不听时下流行的男孩团体或嘻哈歌手,也不大看电视,她喜欢看书和听经典摇滚,像是谁人乐队、滚石乐队和披头士。如果下雨,我们会买一大堆爆米花去看部老电影。我总是很期待星期天,但那再也不是我们相处的日子了——分居以后,克莉丝汀想要艾米稳定下来、回去上学,我们便改到星期六见面。每到星期六下午的尾声,我就得送她回去,和她亲吻道别后离开,开车回到我空荡荡的公寓。

我环顾法庭,看见每个人都在等检察官开始。

米莉安把手肘搁在桌上,手刻意摆在脸下面。我之前看过她这样做,所有目光都在她身上,她会把你吸引过去,用纤细的手框住那张值得信赖的脸。她从座位上起身,走向陪审团,自信满满地用那双属于法庭的眼睛轮流望过每一位成员,这是她与他们联结的方式,他们也好好接收到了。如果她接着就跟陪审团说沃尔切克有罪,他们一定会照她的说法下决议——立刻、马上。

"陪审团的各位先生、女士,我是米莉安·苏利文,负责以谋杀罪名起诉沃尔切克先生。稍后我会列举出证据,为你们提供通往这起谋杀案真相的路线图。在你们能够判沃尔切克先生有罪以前,这幅地图会为我们指路。你们都看过关于本案的电视报道,沃尔切克先生被许多人认为是俄罗斯黑手党的首脑。我们的主要证人会告诉你们,所谓的'兄弟会',也就是这类犯罪集团的俄文说法,其生活样貌是如何。没错,各位先生、女士,你们会看到被告面临排山倒海的指控。"她做过美甲的手挥向她团队的桌子。他们在桌子上摆了两三份证据复印件,可能根本没有那么多证据能证明沃尔切克犯下谋杀罪,重点是那个印象。

她接着说:"那正是你们需要评估的——证据。不是媒体报道。现在,我将简单说明我们的论点,以及介绍专家证人,他将告诉你们,是沃尔切克先生下令杀害马里欧·杰拉多。"

我完全不晓得米莉安说的这位专家证人是谁,但我大概知道他会是她的开场证人,让她有撤销沃尔切克保释的机会。

"但在本案里,比专家更重要的是实际开枪的人。这个人将告诉你们,他的老板——俄罗斯黑手党老大奥雷克·沃尔切克,命令他杀死杰拉多先生。这名射杀杰拉多先生的男子,正受联邦调查局的保护,他的旧身份和新身份在本案诉讼过程中将受到保障,因他曾身为黑帮成员，他的生命安全正遭受威胁。此人在本次审判过程中将化名为证人 X。"

米莉安刻意停了一下，让我有时间检视刚写下的笔记。我把句子重读了一遍：他的生命安全正遭受威胁。并画上底线。再画一次。

00:08

米莉安花了一个小时说明举证责任。她对陪审团解释，检察官必须排除合理怀疑，才能判定沃尔切克有罪。陪审团在其间点着头，米莉安则继续解释，什么样的证据符合标准。

"陪审团的各位先生、女士，稍后的第一位检方证人是文书鉴定人欧文·高斯坦博士。他的工作是鉴定手写字迹，以判定书写者的身份。高斯坦博士从检方取得的公开文件上获得被告的字迹，并比对另一份字迹样本，精准、科学地判断这是否为被告所写。"

米莉安蹬着昂贵的高跟鞋回到检察官席，拿起一个包在证物袋里、看起来像某种货币的东西。

"这是第 12 号检方证物，一张被撕成两半的一元卢布旧钞票。一边没有标记，另一边用马克笔写了一个名字——马里欧·杰拉多，本案的被害人。证人 X 将告诉你们，他从他的老板，也就是本案被告奥雷克·沃尔切克那里收到其中半张——没写字的那一半，随后他通过不明传话者收到写有被害者姓名的另外半张，那就是要他行凶的指令。这是俄罗斯黑帮的作案手段，也是被告下达暗杀指令的方法。我们是如何得知被告就是将被害人姓名写在纸钞上的人，这时候就需要高斯坦博士上场了。博士会告诉你们，纸钞上的字迹和被告的字迹完全吻合。"

米莉安暂停了一下，纸钞还高举在手。这就是他们的王牌，这项证据足以撤销保释，好几位陪审员严厉地盯着沃尔切克看。

我靠回椅背，交叉双臂，向我身旁的沃尔切克低声说："往后靠，微笑。陪审团在看你。假装很放松，他们会认为我们一点也不担心这项证据，而且一切都在我们的预料之中。"

我们都露出笑容。

"你在跟我开玩笑，对不对？你他妈一开始是怎么得到保释的？"

"检方在传讯时还没有这项证据，他们年初只拿出了字迹报告。"沃尔切克说。

我思考了一下。"该死的，你为什么要把暗杀命令写下来？这是我听过最白痴的事。告诉我她在说谎，我们还有东西能反驳它。"我说。

沃尔切克的笑容消失了，他眉头紧锁，声音变得低沉："别自以为你了解我这个人，或是我经营事业的方式。这是老方法。以前苏联时期，帮派大肆撒野，但永远对老大保持效忠。那份忠诚并不总是能延伸到'vor'——也就是你们所谓的小兵身上。如果一个小兵想要在兄弟帮里晋升，最简单的方式就是把最大劲敌给杀了。但他不能自己动手，替代方案就是利用其他小兵，骗他们说老大，就是'pakhan'，下令杀掉那个死对头，其他小兵便会绝对服从，等老大知道时会发现为时已晚。我亲眼见过整个兄弟帮像这样自相残杀，所以我用老方法来确保这种事不会发生，这就是老方法。"他朝证物的方向比了比，与此同时，米莉安的手放下来，慢慢走回检方席去。

他接着说下去。"整个组织里唯一能下令暗杀的只有我，所有杀戮都在我的控制之下，这样一来我不会跟别的帮派打起来，也确保我的人不会自相残杀。为了这么做，我有一位我自己的 torpedo。"他发音发成"tor-pedd-o"，"那是苏联时期对受命杀手的称呼。这个人听命于我，也只对我负责。我会在他面前把一张一卢布旧钞撕成两半，其中一半给他。这样，他就成了受命杀手。当我需要把人做掉时，便在另一半写下目标名字送给杀手。他会核对收到的两半是否吻合，一旦吻合即命令为真，且是直接从我这里下达。这样一来，用老方法，我的人信任我，我也获得了他们绝对的效忠。"

"而这个证人 X，小班尼，他是你的受命杀手，是吧？那他为什么留着钞票？"我问。

"苏联时期，我们把一卢布的钞票称作'tselkovy'，意思是'完整'。这代表我全心全意信任受命杀手，并永远拥有他的忠诚。受命杀手应该在完事后烧掉纸钞，但他们大部分不这么做，而是把卢布纸钞保留下来。一卢布钞票已经很稀少了，就像荣誉勋章一样，有些人甚至会把一卢布钞票刺在背上。我不允许刺青，我们把荣誉留在眼里，不留在皮囊。"

我不能做出反应，以免被陪审团看见，但我非常想埋头尖叫。法庭感觉起来不再巨大，它好小、好公开、好危险。我想着艾米被关在哪儿，她是不是也觉得自己被团团包围、无路可逃且害怕不已？如果我放任自己去想象她现在的遭遇，我会崩溃。

我转而思考起来。"把案件资料给我。"

沃尔切克从行李箱中翻出一份文件递给我，资料夹上写着"文书鉴定"。我打开翻阅。沃尔切克几乎找遍了国内所有大型刑案律师事务所，拿到了好几位文书鉴定人的报告，文件目录标示一共有11份这样的专家报告。沃尔切克肯定被逼急了。我翻过每份报告的结论摘要，说法都一样——是沃尔切克本人在卢布钞票上写下了名字。

米莉安继续她的开场陈述。

"陪审团的先生、女士们，你们也会听到被害者家属——被害者的堂哥托尼·杰拉多的说法。他会说明他的堂弟与被告起了什么争执，被告曾对马里欧·杰拉多做出什么样的生命威胁，以及他曾担心过被告会杀了他的堂弟，或亲自策划谋杀。"

托尼·杰拉多这个名字唤起了我的某些记忆，但我太紧张了，无法深入回想。米莉安讲得越来越顺。

"你们会听到逮捕并讯问被告的警察陈述，这位警察会描述调查的过程……"

我的注意力渐渐丧失。我在一堆文件里找到了证人名单，一共会传唤五名证人，一个准备万全、坚实的小阵容。米莉安避开常见的机关枪审问法，也就是乱枪打鸟的策略。那种策略只要单纯传唤一个又一个的证人，直到某一刻，一定有事情会露出马脚。她不屑于玩这套。文书鉴定人欧文·高斯坦博士是第一位证人。很棒的策略，我心想，第一天就把无聊的部分解决掉,把刀子塞进被告手里。但我认为这是我最好的机会。沃尔切克肯定花了一大笔钱才弄来这些报告,然而付钱给那些律师,却只换来同样的结果——那是你的字迹。对他来说,这位证人让他胜算全无,他找不到任何一个专家来反驳高斯坦的证据,聘来的每个律师都告诉他这项证据没有任何漏洞。

我别无选择。如果高斯坦博士如米莉安期望的一样,是个如此优秀的证人,沃尔切克的保释几个小时内就会被撤销,艾米也会为此赔上性命。我得毁掉高斯坦的证据,这么做会导致两个结果:首先,我会保有剩下的 28 小时来想办法脱逃;再者,俄罗斯佬会开始信任我。如果沃尔切克觉得我为了不让他被关,能在杀死小班尼前如此卖命,等我逮到机会把炸弹塞到他屁股底下时,他就不会注意到了。但在我要诈之前,需要先取得他的信任。

在诈骗技巧里,我们称之为诱饵。

米莉安帮自己的演说收尾。

"先生、女士们,若你们认为这份简单的主张无误,你们就必须判被告有罪。我们将在之后说明他的罪行,而你们必须判其有罪。"

米莉安坐下。陪审团一脸疲惫。

派克法官说:"弗林先生,你是要现在向陪审团发表陈词,还是等到检方总结证据后?"

我慢慢从椅子上起身说:"法官大人,陪审团会希望有时间消化苏利文女士的演说内容。是不是能让他们休息一下,恢复精神呢?向陪审团致辞前,我需要先听取委托人的一些指示。"

这是我常用的战术，大部分辩护律师也会这么做。我习惯在听完检方开场后跟委托人谈谈，通常只有在这时候，辩方才能听到检方在证据上有哪些盘算。我得跟被告再确认一次检方的说法是否为真，同时也想要陪审团喜欢我。他们坐在那儿听米莉安讲了将近两个小时，我想当拯救他们的人，让他们看到我站起来，简短说句话，然后放大家去喝咖啡、吃点心。我担心他们可能需要休息，我体贴、关怀且倾听他们的想法。很快我就会成为全场唯一的焦点。

米莉安看出我想把陪审团从她的魅力光环下抢走，于是试着赢回他们的青睐。"法官大人，我认为这个上午花的时间太久了，或许不要只是休息喝个咖啡，我们可以先去用餐？"

"一个小时后回来。"派克法官宣布。

人员开始离场，我感觉有一只强壮的手按在我肩膀上。阿图拉斯说："我们上楼谈。"

我没时间谈，我只有一个小时的时间读完 8000 页文件，准备我此生最完美的开场陈述和交互诘问。我转过身直直地盯着他："我们晚点再谈，我得先工作。而且我需要你的帮忙。"

00:09

维克多关上我们稍早在 19 楼占用的会客室大门，上锁。阿图拉斯双臂交叉，脚底拍打着地板。他又紧张又火大，而他的老板只是缩在沙发上看着。

"我需要一台有网的笔记本电脑或智能手机。"我说。

"你要做什么？"阿图拉斯问。

我无视他，直接跟沃尔切克说话——委托人是他，他需要答案，而且他负责发号施令。"其他律师都在想办法弄到能直接挑战高斯坦博士的专家证词，他们想找别的字迹专家，反证那道谋杀指令并非由你所写。我看过案件资料里的那堆报告，他们找不到任何人来提供那样的说法，因为那种说法不存在，至少在合法的层面上不存在。你或许能找来一位专家说那个字迹不一定是你的，但那些人没有高斯坦的可信度，而当专家证人之间陷入僵局，通常都是履历最亮眼的那个赢。"

沃尔切克点点头，看起来颇认同，但阿图拉斯则不然。

"你能做什么？其他事务所花了几个月的时间想挑战这个证据，你一个小时能做什么？"

"嗯，我确实得做些什么。如果我们毫无异议地放过这个证据，米莉安·苏利文就会撤销保释。不用等高斯坦下证人席，你就会被铐上手铐。这代表一切都完了，你连明天跳上飞机的机会都不会有。"

我能听见阿图拉斯咬牙切齿的声音，他开始静不下来，下半身重心换来换去，嘴巴扭曲得像在扮鬼脸。他策划这出戏好久了，不能接受这种模糊不定的感觉，但这就是法庭里的规则，踏进法庭就像到赌城玩骰子——什么事都可能发生。沃尔切克则继续听，此事关乎他的自由。

"不用我说你也晓得，刑事被告人被羁押后，检方证人若遭遇不测会带来什么结果。在完整调查结束、确认你清白无罪以前,你是不可能交保释放的。那会花多长时间?两年,也许三年?这中间什么事都可能发生。检方或许无法将炸弹跟你直接联系起来,但不代表他们不会把你和上百公斤重的食人魔关在一起,这还是在你能躲过其他帮派小兵的前提下。对,法庭里的那些兄弟要在里面找到你可容易多了。只要能让艾米平安,我不介意承担后果,总比反过来要好。但你要是被关——你就输了。"

沃尔切克与阿图拉斯交换了一个眼神,摸了摸裤子,试图压下脸上心照不宣的笑容。无论我刚才跟沃尔切克说了什么,我都知道,事情结束后,他们不会放我和艾米生路的。他们不想让我跑去跟联邦调查局说我女儿被绑架,导致被迫在法庭放炸弹的事。但我需要让沃尔切克和阿图拉斯以为我信了他们讲的屁话。

"我还是想知道你能使出什么其他律师没有的招数。"阿图拉斯说。问得好,我也给了他简单的答案。"其他事务所都在想办法针对证据回击,这方法错了。这就像橄榄球比赛,若你们是个规模小、经费少的球队,遇上有钱又有超棒四分卫的团队,正面对决一定赢不了。换作是我,面对眼前资质优异、手脚飞快而我打不过的对手,很简单——直接把他踢出游戏,弄残他。我会用尽全力全速撞倒他,等他醒来赛季都结束了。俗话说——有时候你得打人,而非打球。官司也是,毁不了证据,我就得毁掉提出证据的证人。一旦陪审团认为高斯坦缺乏可信度,那他说什么也就不重要了。我需要上网挖出他的资料。听着,我们没有其他选项,你只能帮我,或是等法警给你铐上手铐时,我帮你拿外套。就这么简单。"

沃尔切克跟阿图拉斯点头同意。

"你一个小时能找到什么？"阿图拉斯又问。

"我要看了才知道。"我真的不知道，但大概晓得要从哪里找。我看得出来沃尔切克正强忍着不露出笑容，他似乎被挑起兴趣了。

"好。"阿图拉斯拿出他的手机，"告诉我要找什么。"

"他在威斯康星大学任教，从他在大学的简历下手，然后是他的著作列表。找给我看他在 2000 年、2004 年、2008 年发表的文章。"

"为什么？"阿图拉斯问。

"要交互诘问学者，就该从他们这几个年份发表的文章下手。那几年有'美国学术研究评估'。在这期间，学术工作者发表的文章越多，他们的大学就能得到越多经费，那些书呆子也能拿到越多钱。这几个年份，所有人都疯狂地写，头脑正常的学者也会写出平时做梦都不敢写的烂东西。为了产量而写是催生不出有质量的理论的，没过多久他们就会写起神话、外星人的文章。那个时候，只要你发表文章就能赚钱。所以我们要找高斯坦的把柄，那些就是我们该下手的地方。"

我交互诘问过一些学者，早在几年前就搞懂了"学术研究评估"这回事，我永远能找到攻击的材料。所有事情都一样——跟着钱走，它永远会带你到对的地方。

在阿图拉斯上网搜寻的同时，我一一读过高斯坦的报告。我曾代表亚齐·梅勒打过支票欺诈案，当时读过这样的报告。我在做保险诈骗的时候，亚齐是我的伪造师，他很有才华，我从他那边拿到的证件通常都很不错。在他的官司里,我交互诘问了一位针对字迹和假支票作证的文书鉴定人。我不太清楚他们都是留意哪些部分,但我记得的是,他们通常会看开头几个单词大写的首字母。我扫过高斯坦的报告,他确实把重点放在沃尔切克用马克笔写在钞票上的"杰拉多(Geraldo)"的首字母"G"上。在高斯坦的报告后面有一份犯罪现场鉴识人员的声明,他分析了一卢布钞票上的指纹。显然,小班尼和经手小班尼个人物品的分局羁押警员,他们的指纹把其他可辨识的指纹不是弄糊就是盖过去了。

阿图拉斯花了 7 分钟的时间,在大学网站上找到正确的页面。2008 年著作列表——没东西,2004 年的页面也没找到任何特别之处。

我们点开 2000 年,出现了,它在那里盯着我看,好像乞丐手里的金块一样。同大部分的学者一样,高斯坦也想在浪头上发财,所以他写了好几篇白痴文章来"提升"自己的名声、地位和薪水。

有一篇写得特别烂,那给了我一个好点子。

"我要把这篇打印出来,我需要打印机、纸、热咖啡,还有别吵我。"我说。阿图拉斯听着我用他的手机打给法官助理琴恩,哄她帮忙打印那篇文章。我告诉她我欠她一盒甜甜圈,并教她去哪儿搜寻那篇文章。我猜米莉安连琴恩的名字都不晓得。大部分明星律师都会无视法庭职员,称其为"小人物"。他们这样做无疑是在自找麻烦,损失的也是他们自己。多数时候这些小人物其实才是最有用的一群人。

我终于在法官办公室里得到一丝清静。维克多在外面的会客室,试着打开打印机。他成功打开之后,我只需要印几页出来,然后把比例放大,这样陪审团能看得比较清楚。我把纸张摊开在桌上,眼神放空,让计划自己浮现。刚刚在车上被击中的后脑勺,到现在还在痛。如果我想大胆出卖那些俄罗斯人,就必须先让他们松懈,让他们信任我——他们才不会处处盯着我。我爸跟我说过,正直的人骗不了,但更难的是让不正直的猎物信任你。成功的诈骗重点全在于信任。

"沃尔切克。"我叫道。他示意我坐到他身旁的其中一个沙发上。"你之前的律师全都是优秀又有才华的专业人士,不用我讲你也知道,是吧?你知道那些人是业界数一数二的精英,而他们告诉你字迹专家会让你辩护失败。"

沃尔切克的每个动作看起来都很犹豫,像是深思熟虑、事前计划过的一样,总是在告诫自己要谨慎行事,好隐藏本性。他一边点燃一根雪茄任其燃烧,一边思考着答案,最后开口说:"他们跟我说,单靠这个不足以将我定罪。"

"没错,但他们没跟你说这会让你没了保释。还有,就算小班尼被炸死,也有足够的证据让检方申请重审。"

他没有说话,我乘胜追击。"你之前的律师有好几个月的时间来处理这家伙的证据,对吧?"

"对。"

"他们没办法扳倒他,对吧?"

沃尔切克叹了口气:"对。你想说什么?"

"我把专家证据除掉,你给我机会尝试,在不把小班尼炸成灰的情况下打赢官司。"

我叫阿图拉斯把高斯坦的论文拿给沃尔切克看,他就着阿图拉斯的手机浏览了那篇文章,雪茄的烟灰掉在手机屏幕上。

"这没什么啊,能派上什么用场?"

"这个交给我处理。如果我帮你扳倒这家伙,你得让我试着处理小班尼。为了我女儿,我什么都肯做,她是我的全世界、我的生命。只要能保护她,要我坐牢都没关系,但我可不想在牢里度过余生。让我交互诘问他,如果状况不对,我亲手按按钮把他炸了。"

《盗窃圣经》第一准则——给人们他们想要的。

在沃尔切克转头看向阿图拉斯前,我见到他兴奋燃烧的双眼——他不想被逼得在法庭上将证人活活炸死,风险太大了,逃跑的风险也是。他老早就放弃了打赢官司,而我让他重燃希望。

"律师,你是不可能打赢这案子的。比你更好、更聪明的律师也都看过这些东西。"阿图拉斯反驳。

"你让我试试看也不会有任何损失,至少高斯坦的部分我别无选择。我得处理他的证据,否则你老大的保释就没了。"

屋内陷入沉默,我能听见维克多明显的呼吸声、打印机风扇的低鸣声、窗外的一阵喇叭声。沃尔切克想要这么做,我看得出来,我正是他所祈求的解答。

"还有一件事。"我说。

"什么?"阿图拉斯吼道。

"你还没给我买咖啡。"

沃尔切克往地上弹了弹雪茄烟头,说:"维克多,去给弗林先生买咖啡吧。"

00:10

午餐已经用掉了 1 小时又 15 分钟。

我看了看表，上头显示还剩下 26 个小时。这是一只 20 美金的液晶显示的电子表，廉价到不行，却是我最喜爱的一只。艾米跟我同一天生日——9 月 1 日。今年生日那天早上，我去接艾米逛街。我跟克莉丝汀从 6 月底就分居了，如果去皇后区那间我以前跟家人同住的房子，我会很尴尬，于是我跟艾米到外面闲逛。我完全不知道要买什么给 10 岁小孩，决定让她自己挑。我们在百老汇外经过一间小小的珠宝店，艾米扯了扯我的袖子，她在橱窗上看到一只展售中的电子表。我们进去后，她说她想要两只一模一样的——一只给我，一只给自己。我跟她说我已经有手表了，她妈妈送的。她仍然俯下身，浓密的浅金色长发贴在玻璃柜上，仔细研究她选中的手表。克莉丝汀经常担心我们的女儿是否太严肃了，我没听进去，我认为艾米只是比大部分同龄女孩成熟，拥有成人般聪慧的好奇心。

艾米的小手指在手表旁边抓来抓去，然后说："爸，你是要去医生那边接受治疗吗？"她指的是我在克莉丝汀的坚持下，尝试报名的隔离式戒酒诊所。店员走到后面，留给我们一些私人空间。

她小声讲完计划，好像这是我们的秘密一样："我想说，如果我们都有这个手表,就可以设 8 点的闹铃,这样你就会记得打给我,我们可以聊聊天,或是你可以讲故事给我听。"

她是如此真挚而认真。以她的年龄来说,她的身高算高,可爱又淘气,但更耀眼的是她内心的善良。她的善良在那一天拯救了我,如果我们没买那对手表,我是无法撑过戒酒治疗的。每天晚上,我们的闹铃都会同时在 8 点响起,然后我就从诊所打给她,对着电话念《爱丽丝梦游仙境》给她听。作为女儿,她比我这个家长称职太多了。

我坐在辩方席上,克制自己不要玩笔,那会让我看起来很紧张。琴恩把高斯坦的学术文章放在我的椅子上。

法官一点也没赶时间的样子,她有权如此。法庭里坐满了记者。因为证人 X 的生命有可能受威胁,本案没有任何电视报道,只刊载于报纸杂志。法官遇到摄像机出现在法庭里时总会很敏感,他们大部分都不喜欢被拍摄,任何老套的借口能弄走摄像机,他们都乐于使用,法庭里甚至连监控都没有。没有哪个法官想在毫无防备的情况下,被拍到自己说了什么蠢话。

我能感觉到屋内殷殷期盼的氛围,所有听完米莉安开场陈述的人,都晓得此案无望辩护成功。我稍早看到的亚裔黑帮老大已经在摇头了,不晓得这样拖延是要做什么。毫无疑问,沃尔切克现在应该已经被定罪了。

我没办法再去想艾米,那样我会疯掉。沃尔切克坐在辩护人席,就在我的旁边。阿图拉斯和维克多在我们身后。

我把我的痛苦、疑虑等情绪都吞回去,然后看向我委托人那张邪恶的脸。

"我的女儿在哪儿？"

"她在附近，而且她没事，我会时不时确认她的状况。她现在正在吃薯片，看电视。你稳稳进行下去，也许我会再给你看张照片。"沃尔切克说。

又过了几分钟，还是不见法官的踪影。我的开场陈词很简单，但交互诘问高斯坦博士的部分让我很忧虑，我在脑海中反复预演——提问，回答，提问，回答，试图把我的诘问调整得更完美。

"你，"沃尔切克说，"我希望这个拖延不是你搞出来的。"他一脸不信任。要对这人施以说服技巧，比我想象中的还要困难。

"你知道吗，我父亲是个战争英雄。"沃尔切克看着法庭装饰繁复的天花板，回想着自己的双亲，"他一个人在斯大林格勒战役中干掉了一整队的狙击手，斯大林亲自授勋给他。我母亲是波兰犹太人，从集中营被解救出来，然后爱上了我的父亲——一位英雄。"他想到他的母亲时，表情变得较为柔和，声音也沉了下来，好似在往事中轻轻摇摆："她给我取名'奥雷克'，意思是守护者。她在战后没多久便离世了。"

"真可惜，在俄罗斯不好过吧？"我其实想说，一旦我找回女儿，他也活不了多久。

"我父亲在我母亲过世后酗酒，被糖尿病害得两条腿都没了。我推着他到东莫斯科那一带的酒吧，让他喝一瓶伏特加，勋章自豪地在他胸前闪闪发亮。我那时才12岁，没比你女儿大多少，我以我父亲为傲。"

说话间,他的眼神中流露出他严苛、几近残暴的那一面:"他真的喝醉以后,那份骄傲就荡然无存了。他想要打架,但心中那头狮子早忘记自己已经没了双脚。他总是在制造了麻烦后,才意识到自己站不起来,这时他就会说,我儿子会帮我打,于是我就得跟他杠上的随便哪个醉汉或皮条客打架。也许他想要我对得起我母亲给我起的名字,那保留了她的一部分。我16岁的时候杀了他,把他的勋章给卖了,买下我的第一把枪。但我爱他,我一直都爱他。如果我打输了,他会狠狠揍我;让他失望,我会更惨。如果你让我失望,律师先生,你女儿可以为你奋斗的。"

我想把他的头给扯下来,我把怒气集中,视线紧盯住他,然后说:"你观察过我的行动,对我有不少了解。你也许知道我过去几个月住在哪儿、做了些什么,但你完全不晓得我在法庭里的能耐。你看过的其他律师,没有一位像我一样知道怎么处理证人,他们不知道如何让检方犯错、让陪审团照自己的意思走,但我知道。"

我难以克制自己,起身对着他一字一句地说:"这个证人完全能毁了你的案子和保释,但我会阻止他,而你要给我机会处理小班尼。你得搞清楚,你不需要炸弹来打赢这个案子,你已经有一颗了——就是我。"

在我丢出这番话的同时,我感觉后颈的毛发隐隐作痛,肩膀变得僵硬。我之前就有过这种感觉,就在早上阿图拉斯在洗手间拿着左轮手枪抵在我背上的时候。诈骗这门生意可不是儿戏,你会发展出察觉危险的本能,那种第六感能让你跟目标和警察们保持距离。你如果不听脑袋里的声音,下场不是死就是坐牢。所有人都有那种本能,但很少有人会拥抱它。我们都有那种被注视的感觉,那种坐在酒吧里,知道背后有人没事死盯着自己脑袋的感觉。骗子就是要利用这种本能,锻炼并学习如何信任它。在危急的那一刻,我的警铃会大响,我的预警系统会在我被注视、被抓包或该逃的时候警告我。

此刻,我知道除了沃尔切克以外还有人在盯着我。

我旋即抬头环顾屋内,群众有说有笑,紧张地等待欲来的决斗,好像快饿死的暴徒们迫不及待要看到熊坑里的鲜血一样。我的注意力集中到后墙,让眼角余光去找出不对劲的地方,就在此时,我看到了他。

一名与众不同的男子,他不显紧张,没有说话,站得笔直——在一片躁动中犹如雕像。

我一看到他,立刻就明白为何自己会在人群中感觉到他的存在。长椅上坐了上百人,他独自坐在那儿,一动也不动,专注地盯着我看。

而我知道原因。

他的名字是阿诺·诺瓦萨利奇,四年前认识这个人后我就从没忘记过他。这令人有些意外,因为阿诺身上有种罕见且不被重视的特质:他不引人注目,是边缘中的边缘,在这座充满孤独灵魂的城市里,他是完全无害的人。他的发际线几乎退到肥大的脖子顶端,穿着与我第一次见他时一模一样的棕色西装、象牙白衬衫,戴着一副黑框大眼镜。但让人对他印象深刻的并非外表,事实上阿诺费尽苦心刻意雕琢外形,好让自己没有记忆点。他的外表,以及他人因此对他的漠不关心,是他的藏身之法、他的铠甲。

我知道阿诺的天赋是观察。作为天生的窥视者，他总是留意着外界，很少把注意力放在自己身上，或许也因此没人会注意到他。这个天赋让他成为业界最优秀的陪审团顾问之一，他看得出来某位特定的陪审员会如何投票，陪审团里的社交张力如何，谁是群体中的领导者，谁会跟着哪边投。他的手段包含实际研究、数据分析、种族归纳，以及另一项阿诺绝口不提的特别技能。

四年前我正准备跟一家药商打官司，阿诺来面试成为该案的陪审团顾问。我记得第一次见到他的时候，我不太欣赏他，甚至觉得他有点吓人。书面资料显示，阿诺是这一行最优秀的人，他从未失误，处理过的案子都精准预测了陪审团的裁断，这点让我很疑惑。但更让我狐疑的是，在他担任顾问的四个案子里，他都有办法在陪审员投票之前，准确预知每一位的选择，拥有高达百分百的准确率。我知道在陪审团这个领域里，没有完美预测这回事，所以我直截了当地询问了他的秘密。

阿诺晓得他不可能瞒得过我，于是就那么一次，他从实招来——其他顾问只能推测陪审团可能的对话内容，但阿诺完全知道他们在说什么，因为他是一位颇具天分的读唇者。

除了在上锁且保有隐私的陪审团休息室，陪审员在其他地方都不应交谈。但实际上他们几乎随时都在与人交流，他们悄声评论证人，甚至在审判进行到关键点时咒骂出声。阿诺全部看在眼里、读了出来，然后加以利用。

我的视线越过沃尔切克，集中在阿诺身上。他坐在离我约 8 米远的地方,无论他有多喜欢在人群中隐藏自己,他在我面前都无所遁形,他那又肥又小的鼻子几乎要流出惧意。我知道阿诺用唇语读了我和沃尔切克的谈话,他肯定知道炸弹的事了,但我不晓得阿诺为何出现在这里,以及他要如何运用这项信息。

我看回沃尔切克,说:"等我一下,有一个人,我要去跟他讲——"但我没能把话讲完。法庭里的所有人起立,迎接派克法官回到"熊坑"来。

00:18

"弗林先生,你如果准备好作开场陈词的话,麻烦请开始。"派克法官说。

派克今天心情挺好的,她手上的案子备受媒体关注,同时也有机会通过把知名俄罗斯黑帮分子关进牢里让自己的事业更上一层楼。

开场陈词是很重要的,这是你和陪审团定义出案子轮廓的机会。米莉安丢了很多信息给陪审团,她跟他们说,证据多到不可能不定罪,她让自己像个普通人,而不是律师。我得改变这件事。我一起身,立刻被西装外套搞得心神不宁,炸弹感觉起来既别扭、沉重,又莫名地发热。室内温度宜人,我却汗流浃背。我用颤抖的手替自己倒了杯水,缓缓喝完,觉得自己重新冷静了下来。米莉安泰然自若地坐着,准备针对辩方的论点写下详尽的笔记。专家证人高斯坦博士坐在米莉安后面三排的位子，按照检方的计划，他要到今天下午稍晚或明天早上才会被传唤作证。我通过大学网站上的照片认出了他本人，神奇的是，他本人看起来比那张吓死人的照片还要宅上太多。

我转向陪审团，予以笑容。

"各位陪审员，很高兴能与你们同聚一堂。苏利文女士今天讲了大约两小时，我现在就说个两分钟。"陪审团传来一阵笑声。"这个案子涉及一项骇人的罪行，检方会负责向你们证明奥雷克·沃尔切克犯下了这项罪行。如果在本案结束时，你们针对奥雷克·沃尔切克是否犯下此案抱有合理怀疑，那么各位就有义务要判他无罪。但这是你们的选择。苏利文女士要求各位判沃尔切克先生有罪，而我们不会要求各位做任何事。我们会邀请你们考量证据，以及我们对本案的看法，也会将裁断的权力留给各位，以及各位优异的判断力。这就是我目前唯一想说的。"

我坐下来。

以刑事案件来说，陪审团的选择只有两扇门：有罪或无罪。米莉安试图把陪审团往她那扇门推去，而我则想把门开着，欢迎他们进来。陪审团的行为模式就跟路上所有人一样——他们不喜欢被强迫推销，他们喜欢有选择权。

高斯坦博士紧张地看着他的文件，他越紧张反常，对我就越有利。此刻我面前有一条路可选——我可以小心行事，设陷阱给米莉安踩。这陷阱有它的风险，也很容易反咬我自己，但若奏效，它就能让我赢得陪审团的青睐。

我决定一试。

我靠向米莉安，阿图拉斯使劲想听我在说什么。我跟他说过要做好准备，情况允许的话，我可能会这样做，我不想让他感觉我在跟米莉安讲炸弹的事。

"高斯坦——他是笔迹学家，别传唤他，不然你会后悔。"我说。

"笔迹学家是什么鬼？"米莉安问。跟我想的一样，我早就帮她准备好答案了。

"高斯坦是文书鉴定人，他的工作是从笔迹去判断作者身份，这是科学分析。笔迹学试图从笔迹去解读作者的性格，那是一堆狗屁。就好像基督徒考古学家挖到恐龙化石后，以此为证，推断世界只有五千年历史。你不能同时脚踩两种学派，这很伪善。别传唤他。"

我坐下来。

她会传唤高斯坦。

她骄傲的神情转为愤怒，令法官看向她。我结束了简短的开场陈述，轮到检方呈上证据了。高斯坦看起来是法庭里唯一的检方证人，这让米莉安有些措手不及。她起身说道：

"法官大人，我要传唤欧文·高斯坦博士。"

高斯坦博士没料到这么快就听到自己的名字，赶紧合上文件、扣上外套，往前移动。他脸上摆出的笑容难掩紧张，毕竟这是他生涯中最大的案子。如果我成功的话，这更会是他生涯中的最后一案。他走往证人席的路上，绊到一张椅子的椅脚，手中紧抓着文件不放。那份报告是他的依靠，他必须随身带着。他完全有理由感到自信，他的报告够精确，写得很好，也符合事实，我无法质疑里头的一字一句。

没人晓得我已经把一切都押在米莉安是否跟我预期的一样优秀上，我认为她是很棒的诉讼律师，她采取的策略，换作是我也同样会采用。我会把对手的王牌抢来为己所用，我会问博士笔迹学的事，控制提问的内容，让它听起来正常、普通，乃至无聊。我会让他尽情、完整地解释，把我对手的王牌当破铜烂铁一样丢出去。米莉安会做同样的事。

我就全靠这一点了。

00:12

高斯坦五十多岁，可在我看来他好像在五十这个岁数停了三十几年。他的西装看起来比他还老，更糟的是，他还打了个领结。

他站着进行宣誓，边读着誓词卡边调整眼镜，小心念着那些让他踏进我势力范围的语句。他给自己倒了两杯水，坐下来准备迎接证人席上马拉松式的讯问。米莉安很快就会问完高斯坦，一位好律师会尽快解决所有专家证人，因为他们十有八九都无聊到爆。他们的证据很关键，但他们都解释得很烂，所以你得速战速决：你是何方神圣？为什么你比其他同行更优秀？告诉我们有什么是我们需要知道的，然后闭嘴。米莉安八成跟他说他会在证人席待上一天，他并不知道自己会在一两个小时内就结束。

米莉安将高斯坦的报告拿在前面，好像这份报告会带领她通往真相和沃尔切克的有罪判决。

"高斯坦博士,请向陪审团大略说明你的主要专业,以及你拥有哪些相关资格。"米莉安的提问是让博士进入状态的。跟陪审团说你为何如此聪明,这能让博士开口,并让他放松下来。

"我是文书鉴定人。我通过分析笔迹来判定作者的身份。我曾就读于……"在博士的聪颖智慧下,5 分钟过去了。我任其发展,他越是跟陪审团说自己有多厉害,我拆他台的时候,他就会显得越是愚蠢。博士显得有些紧张,大概是觉得自己讲太久了,手无意识地摆弄起领结。米莉安看到这些迹象后,对他伸出援手。

"谢谢你,博士,真是令人佩服的求学经历。请跟陪审团说明本案检方为何会与你接触。"

"没问题。方便的话,请陪审团翻开 D 卷第 287 页,你们会看到杀手纸钞的副本。这些是一卢布纸钞的两半,其中一边写有受害者的名字。我得知这张纸钞是在证人 X 驾驶的车辆中找到的。我得知,证人 X 会出庭作证,说明这张纸钞的用意,以及它和受害者遭杀害之间有何关系。对此我不予置评。检方和我接触,是要我判断纸钞上的笔迹是否为被告所写。"

米莉安让他停一下,给陪审团时间找到那一页,让他们看到纸钞,看到笔迹。

马里欧·杰拉多

"博士，请告诉我们你是如何检验这张纸钞的。"米莉安很小心，尽可能多地使用"博士"这个字眼，同时不让法官感到不耐烦。专家的正式头衔重复出现，有助于提高陪审团的信赖度。

"这就是有所争议的笔迹。被告否认这是由他所写，为了确认这份有争议的笔迹是否为被告所写，我针对确为被告所写的笔迹来源进行科学分析，以达到鉴识比对之目的。"

"博士，你是从哪里确认这的确为被告所写的笔迹？"米莉安问。

"从退税、社会安全文件、护照申请资料、国籍申请资料，以及其他有被告签名或载有其笔迹的公开文件。"

"那么你的鉴定有何发现？"

"我判定出，包括受争议笔迹在内的所有样本，均带有独特且与众不同的特征，亦可称其为字母构成。换言之，他组成字母的方式，以及他写出个别字母时特定且独特的运笔方式，皆足以指认出一种明确的笔迹模式。因此我能相当程度地肯定，被告就是你眼前这张纸钞上字迹的执笔者。"

重点就是这个。米莉安跟所有优秀律师一样，停下来看向陪审团，让他们吸收这些信息。

"博士，可以给我们举个例子吗？"米莉安说。

"当然没问题。"高斯坦取出一张放大复印的字母"G"，解释那是受争议的笔迹来源里"Geraldo"的开头字母"G"。他又拿了几张稍微小一些，也印有字母"G"的复印件，说明这是从既有资源中取得的被告笔迹。他将所有放大的复印件置于大型展示架上，供陪审团参酌。

"我们来看'Geraldo'里的字母'G'的组成,就会发现它有个明显的字尾,由连续不间断的线条从字体上方的曲线往下延伸。这个字体或字母最后以一条水平的横线收尾,从'G'的曲线内部开始,由左向右稍微往下。该字体或字母在我检验的所有样本里,都是以相同的方式组成,包含既有资源中取得的被告笔迹。因此,我能够以相当程度的肯定来推断,在这张一卢布钞票上写下受害者姓名的,即为被告。"

"你有多肯定,博士?"

"百分之九十五到九十八肯定。"

"你何以如此肯定?"

"我检验的所有笔迹中,该字体都呈现出如此独特且一致的构造,那张纸钞只有可能是被告所写的。"

"博士,什么是笔迹学?"她问。

米莉安大可让高斯坦讲上一整天,但她花了太多时间在开场陈述上,现在可没有那么多时间给他,她得让陪审团感觉到事情在推进。况且,米莉安认为我会花上好几个小时诘问证人。有些律师相信花长时间交互诘问专家证人,是扳倒他们的最佳手段。挑剔所有理论、混淆黑白、打迷糊账、跟专家争论所有细节,直到证据变得空洞而无趣。我没有那个时间,艾米也没有。

高斯坦博士看起来被米莉安的提问弄得有些猝不及防,但还是想办法挤出了个笑容,即便他明显感到不大自在。他在位子上动了一下,双腿交叠,抿了抿唇。笔迹学在他心中想必很重要,而他显然知道这是一个可能被攻击的点。

"什么是笔迹学？这个词是用来描述一种检验笔迹的方式，以及从中透露出的作者性格、疾病或精神状态。它跟判定特定文件的作者身份没有关系，更多是在诠释作者的个性。"

上吧，米莉安。问他。你自己也想问。

"博士，或许有人会说，一个人若同时在文书鉴定人和笔迹学两个领域中执业，就好像让一位重生教派的基督徒考古学家出来作证地球只有五千年历史。换句话说，这自相矛盾。"

中奖了。

"法官大人，反对。"我气得跳脚，尽管米莉安上钩让我很开心，我还是尽力使自己看起来暴跳如雷。

"理由是？"法官问。

"理由是宗教信仰，法官大人。我信奉上帝，而我不希望我的信仰被检方质疑。我也不认为耶稣基督，我们的主，应该被检方扯进司法诉讼中。这是针对基督教徒的歧视言论，它暗示检方自身的无神论信仰，并违反了宪法所保障的宗教自由。无论检方的信仰为何，强加那些信仰给他人，或是揶揄我的信仰来佐证其论点，都是不对的行为。"

米莉安看起来想把我给杀了。我不怪她，这招很贱，而她中计了。

陪审团看起来超想把我扛在肩膀上抬回家。我还在赌能否刚好遇到一个基督徒陪审员，而我赌中了，有四位陪审员戴着十字架。找出陪审团的偶像并在他们面前高举，是拉拢他们最有效的方式，你只需要找到正确的偶像。如果我在赌城,就会是猫王或小山米·戴维斯[1];在橄榄球狂热的得克萨斯州则是山米·鲍格[2];在俄克拉何马州就是米奇·曼托[3]。而在纽约这一区,带有自由派或基督教色彩的事物总是很管用。陪审团里大部分的人都向我露出笑容,没笑的也都忙着对米莉安做出厌恶的表情。

中大奖了。

但法官一点也不买账,她早就料到会这样了。

"苏利文女士,也许你可以考虑修正一下你最后的提问。"法官说。

米莉安问完了。

"我没有其他问题了,法官大人。"

00:13

我在辩护人席后方站起身,桌子底下已经塞好道具了,像个廉价魔术师一样。我突然间意识到自己毫无准备,每一秒都可能悲惨失足。我闭了一下双眼,告诉自己慢慢来,单纯想让自己有足够的时间深呼吸,但我晓得我会在黑暗中看见她——汉娜·塔布罗斯基。我经常在

---

[1] 小山米·戴维斯(Sammy Davis,1925—1990),美国歌手、音乐家、演员。他以畅销单曲 *The Candy Man* 荣登 Billboard Hot 100 榜首,并成为拉斯维加斯的明星。
[2] 山米·鲍格(Sammy Baugh,1914—2008),美国得克萨斯州人,知名橄榄球员和教练。
[3] 米奇·曼托(Mickey Mantle,1931—1995),美国俄克拉何马州人,职业棒球运动员,纽约洋基队球员,1974 年被选入名人堂。

夜里入睡前看见她，每天早上也被相同的景象给唤醒。我曾试着用波本和冰啤酒来冲淡那个景象，打从初次见到她我就晓得，我的心永远会带着一道疤痕，此后我便不再从事法律工作了。我人生的轨迹似乎因此破碎得一分为二，以我接下柏克莱的案子为界。

我睁开双眼，头脑清醒了些。我看向高斯坦，问题再次浮现在我的脑海中。

"高斯坦博士。"我听到自己开口，"若要比较笔迹样本，最好的方式会是比较相同的文件，没错吧？举个例子，两份履历、两份护照申请文件、两份驾照申请文件。"

"没错，但这有时候行不通，除非你的委托人写了两份不同的杀人命令，让我能同时检验它们。"高斯坦从镜框边缘看向我，一阵紧张的笑声从观众席传来，博士看起来对自己和这个回答很是满意。我得更小心一点。

"你说你得出的看法是，这张执笔者身份未知的纸钞，和已知执笔者，即我的委托人，所写下样本的文件，实际上是同一人所写。而你得出的结论，是根据你对字母外形与组成的检验而来？"

"是。"高斯坦显然被告知不要跟我讲太多，要简洁有力地回答。让白痴也能从交互诘问中存活下来的方法就是不要讲太多话，这样你就不会造成太多损失。

"那不正是笔迹学在做的事吗？对字母和字词外形的诠释？"

"是。"

"所以在分析上两者非常相似？"

"在一定程度上。"

"所以在分析上两者非常相似?"我用极慢语速重复,好像在跟调皮的小孩讲话,为了确定他能理解我的问题一样。如今他必须给出更具体的答案,否则会冒让自己在陪审团面前看起来像个骗子或白痴的风险,我重复提问的方法已经让他看起来像在逃避问题。

"是。在分析上两者非常相似。"

好极了。

"检察官试着要问你笔迹学的事,我想她想问的是,这个学科是否为正统的分析体系。所以说,它正统吗?"

"是,当然是。"

"是否有一位笔迹学家曾诠释过约翰·韦恩[①]签名的墨渍,并指其内心的潜意识在告诉他,他患有肺癌?此事为真,是吗?"

我对陪审团做出狐疑的表情,仿佛这是我听过最疯狂的事情,但我背对证人,所以他看不到我的脸。我其实是问他,是不是有一位笔迹学家对约翰·韦恩做过这样的诠释,而他当然会知道这个说法没错,但因为我给了陪审团一个强烈的视觉补充,陪审团听到的是针对不同问题做出的回答。

"是。"他回答得没错,确有此事,但因为我的脸,陪审团会自行解读成他赞同那疯狂的理论,而不单单是这个理论存在的事实。

"所以那比较像是在占卜?"

---

① 约翰·韦恩(John Wayne, 1907—1979),美国电影演员,曾获奥斯卡最佳男主角奖,是杰出的西部片及战争片演员。于1964年被诊断出罹患肺癌。

"不是,那是一种正统的诠释分析方法。"

"我不太懂那是什么意思,博士。"我再一次转向陪审团,摊开双手让他们知道,就连我这位高薪律师都听不懂这家伙在讲什么。他们笑了。

"我们来看看能不能有个具体的示范吧。"

是时候在博士还没发现前让子弹上膛了。我拿出用楼上打印机放大打印的字母"G",举起来展示给陪审团看,再转身让博士看,之后将纸放到展示架上,与一卢布纸钞的"G"并排。两张放大的复印件摆在一起,看起来一模一样。大部分检察官看到这里都会提出异议,然后我们会争论我是否能检验专家的分析结果,法官通常会容许一点交互诘问的空间。然而米莉安没有提出异议,因为她晓得这样会让我称心如意,并且在陪审团面前显得太过袒护己方证人。情况许可的时候,米莉安喜欢让证人自己处理。

"博士,这个'G'组成的方式,跟受争议纸钞里的'G',还有我的委托人在已知样本中的签名都很相似,对吗?"我希望他会同意。他跟陪审团盯着面前的大字看了许久,感觉过了整整一分钟。高斯坦面容扭曲,谨慎地研究着这些字。

我得推他一把。"这张放大复印件上的'G'和纸钞上的字母'G',确实看起来很相似,不是吗?"

"有可能,是。"

"很相似,是吧?"

"是。"

"那这张呢？"我再拿出一张大纸，那个"G"看起来也很像，不过是不同的样本，这张复印件上还看得到其他字母的局部。高斯坦吃力地盯着看了很久，但没有像上次那样漫长。

"是，非常相似。"

"笔迹学家会根据一个人组成字母'G'的方式来下判断，对吗？"

"对。"

"而笔迹学家是否也会说，写出这个字母'G'的人是性变态。"我放大音量，让这几个字在法庭中引爆、回荡，任最后三个字成为整句话的焦点——这是个唤醒大家的好方法。笔迹很无聊，性很有趣，性变态则有趣到爆。

"是。"他说，"执笔者或任何写出这些字母'G'的人，在性生活中都有变态倾向。"

我停下来，想让陪审团的脑袋运转，来质疑这个说法。

"你见过地方检察官米莉安·苏利文吗？"

他突然有点紧张。"有，我当然见过。"

"米莉安·苏利文是性变态吗？"

"什么？当然不是！"

"法官大人……"米莉安大喊。

"稍安勿躁，苏利文女士。"派克法官说，"弗林先生，请注意你的措辞。"

"很抱歉，法官大人，但能否让我问完？检察官，你是否有从事任何性变态的活动？"这就真的很过分了，我很可能会失去所有陪审团的支持，并且因藐视法庭而被关进牢里。

派克法官把眼镜拉到化妆修容过的鼻尖，越过镜框看向我。她像个准备行凶的连环杀手，正隔着未熄火的雪佛兰引擎盖审视着她的猎物。"弗林先生，在我把你扔进牢里前，给你 10 秒钟解释。"陪审团看起来快吓死了。

我感觉到下背传来两次震动，阿图拉斯启动装置了。我记得他稍早讲过遥控引爆的事：两个按钮，一个启动，一个引爆。我猜炸弹现在已经启动待命了。

00:14

阿图拉斯看我的表情，好像我拿刀架在他母亲脖子上一样。我很确定启动炸弹是在警告我——如果我被关押，他就会引爆装置。

派克法官从椅子上起身，她脸上的熊熊怒火已足以使她从椅子上飞起来。

"法官大人，陪审员，请翻到 B 卷第 7 页。"我说。

我从没见过有人翻页翻得如此火大，派克法官把她的档案翻至正确页面后，再度朝我怒目而视。陪审团看起来一片茫然。

我站到展示架旁边好强调我的论点。

"法官大人，我这边放大影印的第一个字母，位于第 7 页的法院通知上，是您的签名——嘉布瑞拉·派克，对吗？"

"对。"她依旧怒气未消,但现在稍微有点兴趣了。

"高斯坦博士,照你的报告结果,那张有所争议的纸钞也可能是法官所写。"

"不是。"

我从裤子口袋里拿出一张黄色的便利贴,并将它递给盛装打扮的西裔陪审员。

"这张纸条是检察官今天早上交给我的,请让其他陪审员传阅。"

> 你的委托人没戏唱了。我下午 5 点前就会撤销他的保释。

"陪审团会看到'GOING'的首字母'G',事实上跟我放大影印在这张复印件上的是同一个字母。它使用的组成方式,跟争议笔迹的执笔者是一样的。没错吧,博士?"

"我已经说过它们很像了。"

"依你的证据,谋杀纸钞可能是被告、法官,又或是检察官所写的?"

"不是,你完全在扭曲事实。"

"让陪审团看一下那张便条纸吧,他们能自己判断。"

便条纸在陪审团中传阅,他们轮流看过便条纸,先比对了放大影印"GOING"的首字母,再看向米莉安,表情如出一辙。米莉安成了偷吃糖被抓包的小孩,她把脸埋进手里。陪审团会觉得她很狂妄自大,像是他们的敌人。

"博士,我们来厘清一下,有些笔迹学家会认定,若有人在他们的字母'G'上呈现出明显的字尾，就代表他有性变态的倾向，但并不是所有笔迹学家都抱持相同看法，对吧？"他以为我丢给他救生圈，便伸手抓住。

"没错。"

"博士，我们组成字词字母的方式，是根据最初在家里或学校被教导的书写方式而成，这样说对吗？"

"这是很大的因素，但不是唯一的因素。有些人会随着年龄增长改变他们的笔迹，但程度有限，这点我承认。"

"所以说，在天主教学校里教我写字的修女们，如果她们在黑板上写下带有字尾的字母'G'来让我抄写，那也就不代表她们是性变态，对吧？"

戴着十字架的陪审员似乎挺身坐直了起来。

"对，没错。"

"而这不代表法官或检察官，又或者说，在这张一卢布纸钞上写字的无论何人，也有变态倾向。这极有可能跟我们被教导的书写方式有关，而很多完全正常的人也是用一模一样的方式写字，对吗？"

"你说得没错。"

"这是一种很常见的字母组成方式？"

"是。"

"这间法庭里大概有两百人，有多少人会用相同的字母组成方式来写字，四分之一还是三分之一？"

"不少人会这样写。"他在狂踩刹车。他颤抖着手，喝了一口水。我把他带到一个他十分抗拒的地方，高斯坦只想尽快脱身，进入下一个话题。

陪审团停止传阅米莉安的纸条,并由法警将之递给法官。惊人的是,她看了之后反而更气米莉安。我问得差不多了,大势已定,只差临门一脚。

"单从笔迹来判断一个人是否性行为异常,是根本不可能的事情,对吗?"

"我得说,没错。仔细想想,这并不可能。"他很快将自己和笔迹学做切割,可惜的是,这样高斯坦博士就玩完了。

"你现在说这不可能,却在2000年写了一篇题为《从笔迹辨识性犯罪累犯者》的论文。你在论文中表示,你可以单靠退税文件上的笔迹就辨识出性侵犯、恋童癖及性变态。你写过这篇论文,没错吧?"我高举给陪审团看。

高斯坦两眼直瞪,下颚和嘴巴纹丝不动,然后点了点头。

"我就当那是'没错'了。那么,博士,根据你今天发过誓的证词,我们不可能从笔迹判断出人的性行为,但你却在2000年写了一篇文章,宣称你不仅能从笔迹辨认性犯罪者,还能分辨出他们是哪种犯罪类型……"我停了一下,我其实一个问题都还没问,但停顿下来让我能看向陪审团,好像我是在替他们提问一样。

"陪审团想问的是:博士,你是在2000年的论文里说谎,还是现在说了谎?哪个才是假的?"

难以回答的问题显然是最棒的。他说什么都不重要了,没有人会相信他。他也确实什么都没说,只是羞愧地垂着头。陪审团里有两位黑人女性直接往后靠，远离高斯坦博士，脸上还带着明显作呕的表情。陪审团其他人不是生气地看着博士，就是根本不愿意看他一眼，转而盯着自己的鞋子。

米莉安没有再次交互诘问。是她的纸条给了我灵感，纸条里的"G"和高斯坦在他报告里聚焦讨论的"G"写法很相似，而且我没花多少时间，便在案件卷宗里找到另一个相似的字母，好在那是法官写的。高斯坦博士怯懦地从证人席离开，回到后方的座位。

"我今天受够了。"派克法官说。武装警卫回到法庭里，护送陪审团回到他们的房间，等他们完成今天的工作。

"全体起立。"警卫说。派克将门甩上，回到她的办公室里，法庭逐渐走空。现在时间是 4 点 30 分，米莉安正跟她的团队交头接耳，我感觉肩膀上的外套沉甸甸的。我已经尽力说服沃尔切克了，成功的话，他应该已经乐得跳起吉格舞①。我朝他看去，见到他在笑，然而有趣的是阿图拉斯却没有。

记者们往外头冲出去的同时，我看到一名男子站在出口人流处——阿诺·诺瓦萨利奇。他扣上外套扣子，越过一排排长椅往检察官席走去，视线不曾从我身上移开。

我摇了摇头，但他的视线始终毫不动摇，神情看起来也是无比坚定。至少我知道阿诺不只是来旁观的：他是检方的人。

米莉安一注意到阿诺朝她走去，就丢下她的团队不管了。他还没

---

① 一种活泼欢快的舞蹈，和作为舞蹈伴奏的曲调一样，它起源于 16 世纪的英国。

走到她桌子那边,她就上前与他会合,然后两人一起在一张空的长椅上坐下。我看了沃尔切克一眼,只见他还双手抱胸坐在那里。我往长椅那头望回去,发现米莉安跟阿诺都避开了我的视线:阿诺跟米莉安说了炸弹的事。

他们同时起身往门口走去。米莉安的团队看到老大离开,便迅速收拾文件跟上。此时,快走到门口的米莉安转过头来,用一脸意味不明的表情看着我,我猜那应该只会代表坏消息。她刚刚被打成那样,现在看我的眼神难免就像我刚刮花了她的车子一样。她别开视线,环视逐渐空荡荡的室内,找到三名西装男子,他们应该是联邦探员。阿诺和米莉安在门口等着,我看到米莉安介绍那位陪审团顾问给联邦探员认识,接着他们一起离开了。

我垂下头低声咒骂。我展现了如此完美的说服技巧,也很可能获得兄弟帮足够的信任,但一切都要毁了。从米莉安离开法庭时脸上的表情来看,我知道我有五成的概率,一踏出法庭就会被逮捕,而艾米也别想活了。

00:15

法庭越来越空,我感到越发地不自在,几个俄罗斯佬在位子上动也不动。不到一分钟,法庭里就只剩下我跟他们独处。

"维克多,去看门。"沃尔切克说。

大个子维克多看起来可以把任何一扇门咬开，他的肩膀壮硕，脖子粗得像米其林轮胎。维克多手撑着栏杆起身，我注意到他的指节有点受伤变形，鼻子大概受过很严重的伤，又被草率地装了回去。我猜他有练拳击，我曾是我们那区最凶狠的小孩，很快就长大成为布鲁克林最棒的拳击小天才。但我开始在米奇·胡利那里练拳之后，迅速意识到自己不是当职业打手的料，不过我还是很喜欢练拳就是了。一直到18岁以前，我不是在街头打架，就是在健身房里对什么东西拳打脚踢。那已经是好久以前的事了，而就算我小有天分，也不敢保证自己对上维克多会有多少胜算。

维克多缓缓往出口走去，背对着双扇大门，堵住出入口。看起来我们要来聊聊了。

"我想跟我女儿说话。"我说。

"你再问一次，我就把你女儿先奸后杀。"阿图拉斯说。

我不知道他是哪里有问题，一切进行得如此顺利，他应该很开心才对。我闭上嘴，在心底默默发誓，要是我成功脱身，阿图拉斯就有的受了。沃尔切克看起来开心多了。

"干得好，律师。你照我说的做，你女儿就会毫发无伤地回到你身边。"沃尔切克试着挂上阿图拉斯式的招牌笑容。

"我们不会再跟安检赌运气了。法院会开整晚，整栋大楼都会有来跑夜间法庭的人。你就待在楼上的小办公室。别担心，格雷戈尔很快就会回来，会有很多人陪着你。维克多和阿图拉斯也会留下来看着你。"沃尔切克说。

格雷戈尔想必就是那头在轿车上把我打晕的怪物了，之前在车后座醒来时，他已经离开了。

我在这间法庭度过了远远不止一夜，回头想想，没有一晚不令我后悔的。

克莉丝汀曾告诉我，她在我们的婚姻中感到很孤单。我们在一起的最后一年，我其实没那么常回家过夜。杰克跟我拼了老命，24小时都在跑法院，我也因此失去了我的家庭。我跟自己说，是为了她们才这么做，这样她们才能过上更好的日子。但克莉丝汀和艾米真正想要的只是见到我。即便接了额外的工作，钱还是来得不够快。克莉丝汀问我是真的在工作，还是有外遇。她并不真的认为我出轨了，只是很生气，这不是她想要的生活。柏克莱案的余波，再加上我的律师资格被暂停6个月，让我更常上酒吧，而不是多花时间和我最心爱的人相处。我逐渐意识到自己是没脸见克莉丝汀。没脸跟她说我花在德古拉饭店的那些夜晚全泡汤了；没脸说我为了跟一个法官争辩不休，而错过了艾米的学校公演和运动日；没脸说我牺牲了我们的婚姻，却换来一场空。直到去年，克莉丝汀和我的关系还算和睦，我们在皇后区有一间不错的房子，还有个聪明的女儿，尽管我当时赚得没那么多，工时又长得要命，我们也还算挺快乐，至少我是这么以为的。

我跟克莉丝汀是在法学院认识的。开学第一周，我完全鼓不起勇气跟她说话。那时班上有一堆漂亮的富家女，像我这样的男生不多——身穿破烂牛仔裤来上课，T恤染着油渍，嘴里还充满前一晚啤酒的臭味。我长得不难看，也不缺想要寻欢一晚的女生关注，但我只想要克莉丝汀。我们在圣派翠克节①隔天第一次碰面，我早上9点从法兰瑞酒吧溜出来，醉醺醺地跳进出租车要去上课。司机开走前，一个女生打开后座车门钻进来，坐到我旁边。她就是克莉丝汀。

"你跟我同一个方向，对吗？"她说。

"对。"我说。

出租车上路后，她开始脱衣服，脱下上衣和牛仔裤，丢在出租车地板上，将手伸进包包里，喷了点体香剂，并换上干净的衣裤，显然她也喝了一整晚。整段过程中她不发一语，司机跟我就这样目瞪口呆地看着。我们在法学院门口停车，她付了车钱后下车，把棕色的长发梳到耳后，然后对我说："抱歉，吓到你了？"

"没有。"我回答，"我开心得很。"

那就是一切的开始。我们同一天晚上再次碰面，才一罐啤酒和一篮虾子的时间，我就爱上她了，餐钱甚至不是我出的。

她自由不羁，那正是我喜爱她的地方。甚至在我们结婚后，她第一次把艾米交给我抱，都令我更加深爱她。艾米有着跟她母亲一样自由不羁的灵魂。

我的脊椎下方再次传来一阵震动，跟我刚刚感觉到的一样，我猜那是阿图拉斯在解除引爆装置。

"你知道一整天下来我最开心的是什么吗？"沃尔切克说，"你没有因为感觉到炸弹启动而缩手，我看到阿图拉斯启动它了。你明白自

---

① 圣派翠克节（Saint Patrick's Day），是纪念爱尔兰主保圣人——圣派翠克主教的节日，于每年3月17日举行，这一天也是爱尔兰人的国庆节。

己该做什么才能救回你女儿,然后脱身。"他往证人席比了比:"如果我给你机会交互诘问小班尼,你会问他什么?"

"我还不晓得。第一个浮现在我脑海里的问题是,他为了自救而拖你下水,跟检方协商来避免无期徒刑,他跟其他坐牢的线人同样不可信,等等。"我的思绪带我来到一个问题上,自从我在报纸上首次读到这个案子,就对这点纠结不已。沃尔切克只面临一项谋杀指控——谋杀马里欧·杰拉多。他掌管着一个净值几百万美金的巨型犯罪组织,如果小班尼在谋杀现场被抓,为什么没有争取到更好的协商条件?为什么他没有跟联邦调查局供出一切,招出沃尔切克的整个行动,然后进入证人保护计划,反而单以一项谋杀罪名就这样放过他,自己事后也得吃上好几年的牢饭?

"你知道,拿小班尼告密这点来攻击不太理想的原因是,他只供出了你这一条谋杀罪,没有跟联邦探员泄露你的其他行动。这为他的证人身份增加了些许可信度。他大可把知道的一切都告诉他们,不是吗?"我说。

沃尔切克与阿图拉斯双双保持沉默,我当那是同意的意思。

"他已经被判刑了,对吧?我在《纽约时报》看到近期一桩俄罗斯黑手党审判的匿名证人被判服刑,一看就知道是你的案子。他被判几年?十年?"

"十二年。"阿图拉斯说。

"所以他为何不爆出其他好料?这没道理啊。他为何不供出你的全部行动,然后在联邦调查局的恩赐下换个新身份远走高飞?"

沃尔切克往地上啐了一口唾沫。他面对着我,眼角却瞥向阿图拉斯说:"也许小班尼还有点忠诚在。"他冰冷凶残的视线转回我身上。

"这不重要,我不觉得你赢得了这个案子,弗林先生。你可以试,我允许你这么做,但等到明天,我们就把炸弹放到椅子底下。我们不会冒险在今晚放,以免被清洁工找到。照阿图拉斯的计划,明天放炸弹。"沃尔切克在说出他副手的名字时,脸上再度出现某种阴暗噬血的渴望,好像先前的谋杀和即将到来的死亡对他来说都是种虐待狂式的乐趣来源。这男人是组织首脑,却还抽出时间来凌虐杰克和他妹妹。阿图拉斯是负责管事的,沃尔切克则很享受打打杀杀的部分。

无论沃尔切克怎么说兄弟帮,大谈忠诚与信任,都改变不了一个事实,那就是他手下的人被抓时依旧会把矛头指向老大、指向"pakhan",那个交给他卢布纸钞的人、他的上级、他全心信任的对象。在大型犯罪组织里,你必须有一定程度的信任基础,你要逼人保持忠诚,否则你也混不了多久。我猜沃尔切克也五十好几了,别说避免被关,光是能活到这年纪的黑帮分子就不多,这本身就是在兄弟帮权力结构中保有忠诚的证明。忠诚显然伴随着很高的期待,如果期待对不上,后果自是无可避免。阿图拉斯脸颊上的伤疤,或许就是那份要求的某种证明。沃尔切克瞧不起小班尼,把人炸了,可以给兄弟帮的所有成员一个讯息、对世界上所有司法机构送出一个讯息,同时让所有敌对帮派收到一个讯息:我们抓得到你——无论你身在何方,背叛俄罗斯黑手党必死无疑。

黑幕落在建筑物上,带雨的大片积云飘到上方,遮盖了逐渐暗去的阳光。

我听到一阵急促的嘈杂声，有人在敲打法庭的门。

00:16

我看着维克多和阿图拉斯双膝跪地，从鞋子里拿出某样东西。他们两人的靴子鞋跟里有隐藏隔层，藏着弧度险恶的短刀片，两把刀片材质相同，没有粗重的刀柄，只有细薄的灰色单片刀锋，我猜是用陶瓷做的，这种材质不会被金属探测器发现，应该值很大一笔钱。花个75美金，你就能买到一把相当不错的刀，但眼前这两把刀可能分别要价7500美金。

这是他们的备用计划，如果事情搞砸了，他们就会把刀拔出来，而不是用枪。不管阿图拉斯在我身上装了什么，我知道他没带着那把大左轮手枪。如果他们没办法把炸弹弄进来，一定也不可能带着一把枪闯过安检。

维克多在门边听着，左手握刀压低在身侧，刀尖向上朝着天花板。阿图拉斯似乎用刀更为熟练，只见他拔出刀，反手一转，让刀尖朝向地面，呈现理想的战斗姿态，方便他砍人、捅人、落跑。反手握刀能让刀保持在戒备位置，并且避免对手朝着明显目标弄掉你手中的武器。此外，下击动作产生的动能更大，也比推刀向上的速度快多了。以前我在一些场合动过刀子——出于自我防卫。

阿图拉斯到门边加入维克多。

他们一起听着。

什么声音也没有。

砰！砰！

阿图拉斯示意我上前，对我说："我们要开门了，你去跟他们谈谈，处理一下，不管对方是谁。"

维克多负责左门，阿图拉斯往右移动，引爆器握在左手，炸弹再度震动。我第一次发现引爆器上有一个红色的光点，我猜是代表已经准备就绪。

我们的呼吸声在法庭里微弱地回荡。

"如果是联邦探员怎么办？"我说。

阿图拉斯说："联邦探员为什么会想跟你说话？"

"检察官请了个陪审团顾问，我今天在法庭里看到他了。他叫阿诺·诺瓦萨利奇，是个有名的读唇语高手。我担心他读到我或是你们讲的关于炸弹的话。"

沃尔切克摇摇头说："不可能。去看门那边是谁。"

阿图拉斯和维克多抓住门把，互相看了看。

他们打开门，一片炫目亮光流泻而来。

他们像一队枪手般排成一列，但将我淹没的不是弹雨，而是十几台相机的快速闪光灯。我本能地举起手挡在面前，护住眼睛不受闪光攻击。

THE DEFENCE

我们刚开事务所的时候，杰克坚持要拍广告用的宣传照。我得坐在一间明晃晃的房间里，旁边摆着一大棵植物，做出长达40分钟的微笑，让一个收费过高的摄影师把我拍得人模人样，放在海报或马克杯上。现在回想起来，马克杯真是个错误，没有客户喜欢在马克杯上看到律师的脸，那只会让他们想到车祸、强暴案、离婚、谋杀案，或是最糟的——账单。想起给摄影师拍照的那天，我微笑起来。我当时无聊得很，拿了副扑克牌，赢了摄影师和助理各1500美金。我必须如此，那时候我和杰克连暖气费都付不出来，更别说付钱拍照了。但一想到杰克以及他把我卷入的境地，我就又恨得咬牙切齿。

我开始往前走，双手仍然挡着脸，那些摄影师没预料到这个动作，一个用摄影机持续对着我的脸打光的高个子在我朝他前进时差点跌倒。我很确定他们每个人都拍过我跟某个恶棍勾肩搭背、面露愚蠢笑容的样子。不管你喜不喜欢，我有个行动原则：我的客户遭指控的罪行越骇人听闻，我在镜头前就与他们靠得越近。按照这个原则，我现在应该站在沃尔切克旁边，手搭在他屁股上。如果你算个像样的刑事律师，你的照片就会上报，也会认识几个记者。

摄影师后面是真正的嗜血恶鲨——记者。拿摄影机的家伙一让路，我就立刻被麦克风、录音机和作势请求的一只只手给包围。撇开前几天哈德逊河的沉船，目前这条新闻是城里唯一的大事，每个记者都想分一杯羹。沃尔切克是近代庭审中遇上的最大宗犯罪组织首脑之一，由于法庭里禁带摄影摄像器材，他们全都在等他离开法庭，趁他躲进电梯前拍到画面，收录只字片语。

093

"艾迪，你要怎么替沃尔切克辩护？"

"艾迪，今天的表演真精彩。明天有啥好戏？"

"弗林先生，你的当事人会出席作证吗？"

还有其他十几个问题一齐涌来。我穿过大厅，到了电梯旁才转向那群记者。他们没有发现沃尔切克，他站在维克多身后，就跟站在一堵会动的墙后是一样的效果。电梯门轻响一声打开了，维克多拖着那一整个行李箱的文件穿过记者群，绕到左侧。记者依旧将注意力放在我身上。沃尔切克移动到电梯的角落，阿图拉斯和维克多站在他前面，记者这才意识到他们是在保护谁，纷纷叫摄影师过来，但已经太迟了。

电梯门开始关上。阿图拉斯和维克多都紧张戒备、粗声喘气，手插在大衣口袋里，无疑是握着刀子。他们双眼大张，密切注意任何可能的威胁，这些家伙就是这么危险。肾上腺素加上恐惧在任何人身上都是强有力的配方，但在阿图拉斯这种人身上则是致命的。这时，有一只手伸了过来，阻止了电梯门的关闭，并将门强行拉开。跟我期望的不同，这不是哪个过分热血的记者。

是警卫巴瑞。他带着好不容易才找到我的表情，在电梯门再度开启时，走进电梯里加入了我们。

"艾迪，我得再为你帮泰瑞的忙道谢一次。我跟他说你会免费为他辩护，他乐得差点跳起来。他打电话跟他太太说了，他们想邀你去吃晚餐。"

巴瑞习于久站。如果你需要长时间站着，就会养成一种习惯，用最放松、最没负担的方式站立。巴瑞将重心换到右腿，他在等我的回答,同时右手不经意地放在他的贝瑞塔手枪底部。

维克多再度按下顶楼的按钮。

我望过巴瑞的肩头,看到米莉安站在大约 6 米外的地方,正在跟其中一位联邦探员说话,高个子的那位。他穿着一身光鲜的海军蓝西装,搭配白衬衫和蓝领带,头发黑得让我以为是染过的。米莉安伸手指向我,探员直直望过来,起步走向电梯,同时向上看。他一定知道自己来不及在门关上前逮住我,所以在看电梯上方的楼层显示。他会等着看我们停在哪一楼,然后循线跟上来。

电梯门关上了。

老天啊,巴瑞。天杀的你在干吗?我身上穿着颗炸弹呢。

当然我没有说出口。

巴瑞等着我接受他朋友的邀约,一起吃肉喝啤酒,但我无法直视他。他会待在这个电梯里是因为我,如果我对泰瑞的官司不置一词,如果我礼貌地拒不协助,他就不会在这里。阿图拉斯抿紧了嘴唇。

我的余光捕捉到巴瑞的脸庞,他在嚼口香糖,我看见他侧边的下颚肌肉拉紧又放松,口香糖在巴瑞嘴里滚了一圈,传来一阵微弱的、湿润的咀嚼声。电梯显示我们要前往 19 楼。

"19 楼?"电梯显示板上出现发亮的楼层数字,巴瑞问,"你要拼整夜啦?"

"对啊,大案子。楼上那边很安静,空间也够我们使用,楼下的会议室太小了,晚上大部分时间我都会跟客户待在这里。如果有机会,我可能等一下会溜去夜间法庭。今天是哪个法官值晚班啊?"

"福特法官。"巴瑞说。

"你跟泰瑞说一声,晚餐我们改天再约。不过我在楼上工作没问题吧?我有一阵子没来这里了。"

"当然,天天有人这样。我昨天在10楼会议室还捡到枕头、牙刷和刮胡刀。只要你不是久居在这儿就没关系。反正这是公家机关建筑,全年无休,所以欢迎啦。我要值两轮班,可以确保不会有人打扰你。说到这儿,等一下有人要订比萨,要拿个一两片上来给你吗?"

"不用啦,巴瑞,谢谢了。"

电梯在19楼打开门。巴瑞退到一旁,让我们从他身旁挤过。

"老实说,从这地方的状况看来,我觉得连清洁工都没再上来了。"巴瑞傻笑一声。

电梯里的巴瑞准备下楼。我们回到早前暂用的会客室门前,阿图拉斯打开门,让我们一一进入。他关上门,正要将钥匙插进锁孔。

"别上锁,联邦调查局的人正要过来。"

阿图拉斯和沃尔切克围住我。

"你在说什么?"沃尔切克问。

"我刚刚看到那个检察官把我指给一个穿蓝西装的探员看。我跟你们讲过的那个陪审团顾问一定告诉过她炸弹的事了,她又通报给探员,他们就在路上。电梯在14楼的时候,我看到其中一个人在看电梯上方,确认我们要到哪层楼。"

"维克多,去看着电梯,告诉我电梯停在哪一楼、要去哪一楼。"沃尔切克下令。

我们站在会客室,静静地等着维克多。

"刚过 17 楼,正在向下。"维克多从走廊上喊道。

"如果停在 14 楼,代表他们要直接上来了。"我说。

"16 楼。"

沃尔切克和阿图拉斯盯着我,但我无法看他们,我将视线锁定在地上,祈祷电梯不要停在 14 楼。

"停在 14 楼。"维克多说。

阿图拉斯手上的刀子抵在我的脸颊上。

沃尔切克拿出手机,拨了一个号码。

我的双腿开始发抖,感觉到太阳穴处的脉搏猛烈地跳动。

沃尔切克的拨号立刻得到了回应。"我是奥雷克。我们可能得杀掉那个女孩了。别挂断,等我的命令。"他垂下手臂,将手机拿在身侧,等着听维克多汇报电梯是否向上。

那阵颤抖开始爬遍我全身,我哆嗦着双手、咬紧下颚,等待着。

00:17

我奋力控制住自己的惊慌失措,同时思绪飞驰。阿图拉斯抵在我脸上的刀子越发地用力。

"等一等,"我说,"放轻松点。探员不会逮捕我,他们不会冒着搞砸审判的风险。是陪审团顾问跟检察官先报告,检察官又跟探员说的。米莉安在和俄罗斯黑帮首脑打对台,这是她的梦幻大案,她绝对不会让探员把我抓走,因为这样一来你就没有律师,庭审会有进行不下去的风险。就算他们上楼来也只是虚张声势,我会跟他们说几句屁话,然后送他们走。别伤害艾米,拜托。"最后一个字哽在我的喉咙里。

"电梯到 15 楼,他们要上来了。"维克多在走廊上说。

"该死。"沃尔切克说,"阿图拉斯,宰了他,我们得跑了。"

沃尔切克将手机举到耳边时,我的心脏几乎停止了跳动。

"不!你跑不了的,探员随时都可能赶到,你没时间了。让我来说,我绝对会甩掉他们。我行的!"我大喊。

"奥雷克,我们跑不掉。他说的没错,我们没时间了。"阿图拉斯脸色苍白,他的计划一败涂地。

"16 楼。"维克多叫道。

"让我去,让我处理,我是你手边唯一的筹码。"我坚持。

沃尔切克迟疑地垂下头,他绕着圈子,准备发飙,但又停了下来,最后咒骂出声。我摊开双臂,站稳脚跟。我需要花半秒用右手攫住阿图拉斯的手腕、拉到胸前抓紧,让刀子紧抵着我的皮肤,然后再花半秒用另一只手抓住他的手肘往上推,使他手臂折断、肩膀脱臼。但这样仍然无法给我足够的时间,在沃尔切克下令杀我女儿之前抢到手机。

"17 楼。"维克多说着,大步走回会客室。

"大家坐下。阿图拉斯,给我一份档案。我们是在这里研究案子。大家冷静点——我办得到。"我用几乎要撑不住的声音说。

阿图拉斯把刀子从我的皮肉上拿开,翻转刀身,把刀锋藏在他人视线之外。

"你要是耍花样,或是让我看到你离开椅子,我就下令割了那女孩的喉咙。听懂了吗?"沃尔切克说。

"我听懂了。"我说。

他回头讲电话:"我要挂断了。如果接下来几分钟你接到我的信息,就把那女孩杀了。"

我看着他用手机键盘打了些字,然后拿到我面前。是一则信息。

信息里写着:杀了她。下方有两个选项:送出和删除。

"我的手机会放在桌上。只要按一个键,她就会死。记清楚了。"沃尔切克说。

我听到一声轻响,是电梯开门的金属碰撞声。我们手忙脚乱地找位子坐,沃尔切克和我坐在桌边,阿图拉斯从行李箱里拿了一份档案扔给我,我随便翻开一页,他则和维克多坐在沙发上。

仅仅一秒之差,我看见一个穿西装的男人快步穿过门,他转身向后面的某人示意,然后迅速移动进会客室。他身后是个穿白衬衫与海军蓝西装的瘦高男子——就是刚刚在和米莉安说话的那个油头黑发男。他停在门口,对第一个人做了个绕圈的手势,然后踏进会客室。

"我是联邦调查局的比尔·肯尼迪。"穿海军蓝西装的高个子亮了一下证件。我猜对了,隔着一公里远我都认得出联邦探员。"你是艾迪·弗林吗?"他问。

"我是。如果你不介意,我和当事人正在开会。你应该知道,现在是他的谋杀案庭审期间,所以请别打扰我们了。"

我转过去背对肯尼迪，对上沃尔切克的视线。他的手机躺在会客桌上，信息画面还停在屏幕上，等着送出或删除。我藏起双手，在这种情况下，只要有办法，你就该把手藏起来。手会泄露你的状态：发抖、拳头紧握而指节发白，或双手出现不一致的颜色，因为焦虑时会下意识紧捏住一只手。

"恐怕你得跟我走一趟。"肯尼迪说。

"恐怕我没时间和联邦探员玩小游戏。出去的时候记得关上门。"

"弗林先生，如果你不跟我走，我就别无选择只好逮捕你了。"

"是检察官叫你用这招的吗？"我问。

"有人向我通报了一起疑似炸弹恐吓事件，我们有明确的标准处理程序，但我希望能好好厘清这件事，不用走到逮捕这步。如果你出来，我们就可以谈。我只需要一点时间。"

沃尔切克的头轻轻地、几乎无法察觉地摇了一下，手指移到手机上方。

"我哪里都不会去。"我说。

"弗林先生，我要你站起来。"

"不。"我坚定地说，手却开始紧张地在桌下乱动。

肯尼迪把手伸进外套，掏出克拉克19手枪，紧贴大腿拿着。

"弗林先生，这是最后一次警——"

我打断他："你一定是我见过的最笨的联邦探员了。"

"我丑话说在前面——如果你在十秒之内没有站起来，我就会逮捕你。"肯尼迪的声音拔高，语调也更具侵略性。

他背后的两名男子一左一右走进来,是我稍早看到的其他探员,他们想必一起搭电梯上来,在肯尼迪与我说话时搜过整层楼了。这些男子身着深色西装和白衬衫,左边的那个看起来是意大利裔,皮肤很好,双眼清澈且充满青春气息;另外一人体格孔武有力,一头红发,胡子不太整齐。

我不知道自己是瞄到沃尔切克动了,还是感觉到他的动作,其实没差别,我的手伸向手机要阻止他,但他把手抽开了,搭在手机旁边的桌上。我扭着脖子,瞥见屏幕仍是信息草稿的画面,送出或删除的选项也还在。我读不出沃尔切克的表情,但他交叠起手臂的时候,我听到他呼出一口气。

"这层楼安全了。"那个年轻的高个子探员说。

两名探员都注意到肯尼迪拔枪了。

"怎么了,比尔?"红发探员问。

肯尼迪对他的同事置之不理。

"弗林先生,时间到。"他用双手握着克拉克手枪举在面前,瞄准地面。

比较矮小的红发探员说:"比尔,放轻松。他只是个律师罢了。"

肯尼迪没回应,我抓住空档扫视了一下肯尼迪探员。他双手握枪,右手托着枪支底部,左手包住右手以稳定准心。他左手拇指指甲周围的皮肤看起来粗糙肿胀,大概有咬指甲的习惯,我以此判断他可能属于易紧张的性格。联邦调查局以保护监管名义把小班尼藏在某个地方,肯尼迪显然极度担心会失去这个重要证人,他的确很有理由紧张。

这种时刻我通常很冷静。我也面对过紧绷情势，但从来没有伴随着我女儿命悬一线。这个念头激起了我的怒意，就像在轿车上时一样，我需要那股怒意让头脑清晰。我想起了在楼下和米莉安说话的阿诺·诺瓦萨利奇，我找到了出路。

"我要知道你有什么合理根据。"我说。

肯尼迪没有回答，也没再用威胁来还以颜色，就只是站在那里。这令我意识到，如果肯尼迪确定有办法逮捕我，我两分钟前就已经面朝下趴在地上、被他的膝盖抵住后颈了。肯尼迪对这整件事并不笃定。我乘胜追击。

"所以，你的合理根据在哪儿，肯尼迪探员？如果国家以任何行动影响我受宪法保障的权利，我有权知道合理根据为何。你的根据是？"

枪在他紧握的手中晃了一下，他说："我们从消息来源得知，你和另一名人士在法庭中讨论到爆炸物。"

"我想应该是有什么误会。庭审完之后就会没事了，现在我不想冒任何风险。"

我停顿了一下，好让他有时间思考，开始怀疑。

"肯尼迪探员，关于这段据说在法庭内发生、涉及爆炸物的对话，有没有可能，和我说话的人是沃尔切克先生？"

"我相信是。"肯尼迪说。

我缓慢地呼吸，在出招前先让自己冷静下来。

"那么，米莉安·苏利文是雇用了谁监视陪审团？有没有可能是阿诺·诺瓦萨利奇？"我又问。

肯尼迪看起来很讶异，但仍极力掩饰。

"我们可以等会儿再来辩论。站起来，弗林。"

他把"先生"省略了，我显然已经戳到他的痛处。肯尼迪移动了一下双脚，越来越焦躁，可能在想自己是否刚刚犯下了此生最大的错误。我往后靠在椅背上，对他使出全力一击。

"肯尼迪探员，如果你逮捕我，我就状告联邦政府，要求赔偿1000万元，而且我会胜诉。我会让你和你主管的工作都不保，对我来说却是锦上添花。如果你逮捕我，我的当事人就保证会得到无效审理的结果，检方必须休庭，让我的当事人寻求新的代理律师，在沃尔切克的新律师准备的同时，派克法官不会让陪审团坐着等一个要休庭一年的案子，不可能。她会宣布无效审理，等明年沃尔切克的新律师准备好再找新的陪审团。"

肯尼迪陷入沉默，所有紧张的小动作都停止了，我觉得我打出效果来了。

"本市的检察官预算有限，如果地方检察官花大钱雇用阿诺那小脏鬼的消息曝光，场面会多难看？肯尼迪探员，你们检察官的陪审团顾问对陪审团进行了非法的刺探。我不知道米莉安雇用阿诺时是否完全了解他是怎么办事的，但她现在知道阿诺能读唇语了。他可能告诉你他读了我的唇语，但我可以向你保证，我没有说到炸弹。他没有跟你说他听到我这样讲，对吧？如果他读了我的唇语，或试图这样做，那么他也在读陪审团的唇语。这样是藐视法庭、影响陪审团的公正性，可处五到十年的实质刑期。那个人在我跟客户谈话时进行刺探，我们在法庭上说的每句话都是跟案件相关的,这点你不可能说服法官相信其他解释。我们的所有讨论内容都是机密,受律师与当事人的秘匿特权①保护,如果没有最高法院的命令,侵犯这项特权就是违法。"我倾身向前发表结论,"让我把话说清楚。你仰赖的证据来自一个不择手段、在法庭内涉及非法行为、侵犯秘匿特权的人。他对你瞎扯一通,让他自己面子好看,说不定还能当上联邦级专家证人?你现在要是基于那项证据逮捕我,你就是个蠢蛋,我也不介意让你丢工作、让政府给我钱。所以,请便吧,逮捕我啊。帮我打赢官司、让我发大财。"

我伸出手腕让他上铐,看起来一副自信且肯定的模样。实际上,我的肚腹翻搅,心跳快得让我觉得自己要心肌梗塞了。

肯尼迪一动也不动。

"比尔,别这样。"他身后的红发探员说。

肯尼迪的嘴唇扭曲欲咆哮,他无法下定决心,为此难受不已。我不知道是因为这份犹豫不决,还是因为我的长篇大论,但他退让了。

"事情还没完,弗林先生。"他将手枪收进枪套。尽管我如此努力掩饰自己的焦虑,这时仍然忍不住松了一口气。

他的手垂到大腿两侧,我看到他开始抠起拇指。

见他转身离开,我垂下手,他却突然停下来,把我上下打量一遍。

他似乎摆脱了愤怒和犹豫,明显放松下来,说道:"我们会再谈

---

① 西方新闻界的职业道德准则之一。指新闻记者未经对方同意,不得将消息、新闻的来源、出处通过报道等形式向外界公开,以保证新闻源不因提供消息而受到某种伤害或损失。新闻记者在坚守新闻源的保密原则的同时,要说服对方允许在可能的限度内标明出处,当然以新闻源不受损害为前提。

谈的。"

他们走了，如来时一样迅速。我可以听见那几个探员在走廊上压低声音谈话，然后是其中一人踹向电梯金属门的闷响。汗珠滚下我的眉毛，我擦擦脸，脸颊传来一阵刺痛。我在手中看见发亮的汗水和一抹血色，一定是阿图拉斯拿刀抵着我的脸时割伤的。我的衬衫袖口有干涸的血污，大概是我捏碎威士忌杯时手掌流的血。

这些都不重要，重要的是我撑过来了。我将右臂伸过胸前以平复心跳时，指间碰到一个小小的突起，是我在轿车上偷的那个皮夹，从那个差点把我拧断头的大个子怪物身上偷的。我得看看那个皮夹，我得知道我到底在对付谁，但除非我确定四下无人、不受窥伺，否则我不能冒险看，还不能。不过很快就有机会了。

```
00:18
```

在我找出解药前，神经紧张造成的头痛困扰了我大半辈子。解药是什么？是一位身高180厘米、花名小布的应召女郎。在我成为律师前，她曾在我搞的一个保险诈骗计划中假冒物理治疗师。我们开始靠假车祸从保险公司那儿骗到钱后，她就不再接客，真正融入了她的角色。她去上夜间课程，白袍下不再穿短裙和低胸V领上衣，而是正式的制服。

当时我常熬夜维修下一次设局用的肇事车，脖子因长时间缩在报废旧车底下而酸痛得像有火在烧，小布则待在办公室里念解剖学。她教了我不少姿势：抬高脖子、放松肌肉、拉直背部、正确呼吸。她的招数从不失灵——仰一下头，如果忍得住痛的话就维持两秒再放松。后来，我将这些改良应用在出庭的站姿上，让我显得更从容自若。我转动肩膀，做了她教的伸展动作。

电梯接走了那些探员，老旧的门关上时发出当的一声。

阿图拉斯又恢复了笑容，沃尔切克笑出声来。

"表现很棒。"沃尔切克拿起手机，删掉那则信息。

成功的骗子要仰赖许多种不同的技能，但如果你没办法让别人信任你，再多的技巧也没用。和潜在的目标建立信任关系，无异于和陪审团建立信任——适用同一套规则。搞垮高斯坦之后，我的说服策略完美进行，现在又请走了联邦探员，我觉得自己已经赢得了沃尔切克的信任。接下来唯一要做的，就是好好利用这份信任。

"我怎么知道我女儿是不是还活着？"我问。

阿图拉斯的笑容慢慢褪去，双唇紧抿。

"你可以跟她说话。这是你应得的。别想跟她打暗号。她很冷静。记住，她以为跟她待在一起的那些人是你因为遭到恐吓而安排的私人保镖。"

阿图拉斯拨了一组号码，按下扩音键。对话内容我听不懂，他改用俄文对话，听起来一切都很顺利，对方没有拉高声音。电话那头是位女性，阿图拉斯讲话时的表情变得柔和，我想那可能是他的女友。他说完话，将手机递给我，我把它举在离脸不到10厘米的地方。

"艾米,你在吗?"我说。

毫无声息。

"爸?"

我拼命不让自己的声音染上情绪。

"对,是我。你还好吗?"

"我很好。发生什么事了?你和妈在哪儿?伊兰雅说我不能……我……不能去外面。"

她的声音听起来在颤抖,手机喇叭随着艾米短促沉重的呼吸发出杂音,她很害怕。我猜伊兰雅就是刚刚与阿图拉斯说话的人,可能是他的女人。派女性来照料这个年纪的女孩确实合理,对学校来说,由女人出面也更有说服力。

"最好就听那位女士的话吧,亲爱的。"

1-646-695-8875

"你为什么没有在这里?我是说……我们应该待在一起,不是吗?"艾米的声音在说最后一个字时颤抖地拉高了。

艾米就是这样——聪明、好问,而且最近脑中装备了这个年纪的小孩似乎都有的"测谎仪",功能十分精良。她知道事有蹊跷,受到惊吓了。

我清清喉咙,用手捂住话筒,鼓起腮帮子吹出一口气。我不能让艾米察觉到我声音中的恐惧,逼自己咽下喉中那股搔抓着的酸涩紧绷感。

"我很爱你，宝贝，我很快就会跟你见面了。别怕，我不会让你出事的，你是我的小天使，记不记得啊？"

"爸？"

1-646-695-8875

"什么事？"

"妈跟你在一起吗？我可不可以……拜托……我想跟她说话。我想要你……我想要你跟妈来接我，拜托。我爱你。拜托你来接我，爸爸……拜托……"她完全崩溃，尖锐的哭声越来越接近歇斯底里的状态。手机从她手中被拿走，她的哭声逐渐微弱。

我眨掉一滴眼泪，试着叫唤她，但喉咙哽住了。阿图拉斯做了一个割喉的动作。我已经把他预备给我的时间用完了，他伸出手放在手机上。

1-646-695-8875

"亲爱的，没事。别哭了。我也爱你。"我拔高因恐惧和愤怒而变得浊重的声音。

阿图拉斯挂断电话。

我想把他们全杀了，现在、立刻、当场就杀。我用尽最后一分意志力才阻止自己,我不能让这种事发生,还不能。对方有三个人,就算我的速度够快,他们还是至少有一个人能拨出那通电话,会结束艾米生命的那通电话。我得想其他的办法。

"我太太在哪儿?"

"就我们所知,她并不知道艾米失踪了。"沃尔切克说,"校方以为艾米在接受监管保护,学校那边没有对假的安保公司识别证有疑问。你太太以为艾米明天晚上才会回家,她不会对你造成困扰,我也不会。如果她会的话——她就要去跟你女儿做伴了。"

我左右轻转脖子,以舒缓那股从肩膀扩散到脑袋的痛楚。艾米知道有坏事发生了;她不信任绑架她的人,不相信他们的说辞,我从没有见过她如此害怕。她上一次受到惊吓大约是一年半前的事。她的英文课上有公开演讲活动,聪明风趣的艾米被选中要在全校面前发表3分钟的演讲。她坐在我们家的餐厅里,静静地对着讲稿啜泣。我读过讲稿,写得很好,问题在于她要站在几百个学生面前讲那份稿子。经过一番鼓励,她读了演讲词给我听,但还没读完就整个呆住,说话结结巴巴,最后哭了出来。

"我做不到。我没办法去学校了。真的没有办法。"

于是我告诉她,我要教她成为杰出演说家的秘诀——毕竟我是个律师呢。

"扭扭你的脚趾。"

"就这样?"她说。

"就这样。因为某种缘故,我们的大脑在身体忙碌的时候,会发挥最好的效能。所以才有那么多人在开车、煮饭、蹲马桶的时候想到解决问题的方法，或是超棒的点子。没有人会看你的脚，而且这样你就不会一心想着你多紧张了——你只会想着自己的脚趾。"

她扭动着脚趾把演讲词再念一遍，这次表现得非常完美。

我们坐在餐桌旁的那晚还真有意思。我想不起来她最后一次拥抱我是什么时候了。隔天，我错过了她的演讲，光顾着和杰克接的一个武装抢劫的案子，把这事忘得一干二净。那天深夜我回家时，克莉丝汀告诉我，艾米的表现很棒，但是她一路从学校哭回家，因为我没有去看。

我让我的小女儿彻底失望了。

1-646-695-8875 这串数字一遍又一遍重复，我任它在脑中回响。

我不会忘记这串号码。在通话中，我看到它在我面前的屏幕上，以明亮的白色字体显示。我可以拿它怎么办？我现在还不知道。

但我掌握这项资料了。

那串手机号码就是艾米所在的位置，在某间公寓、独栋房屋或办公室里。我没有手机，我讨厌那种东西，所以我把自己需要的所有电话号码都背下来了。我知道 646 是区码，准确来说是曼哈顿的区码，这样就缩小了艾米所在地的可能范围。曼哈顿岛长度超过 32 公里，宽度不到 4 公里，岛上住了大约 200 万人，每天还有另外两三百万人进出通勤。所以，是的，我还真是把可能范围缩小了呢。

我需要有人帮忙追踪这个手机号码的所在地，找到艾米，救她出来。我信任到足以托付自己性命的人有两个：第一个是我从小到大最好的朋友吉米·费里尼，现在是个值得敬畏的人物；另一个是位法官，哈利·福特——这个人曾经两度将我的命运掌握在手中，而且两次都让我的人生改头换面。在我三十六年的生命中，我栖身于两个截然不同的世界——骗子的世界和律师的世界。我爸传授给我的技能让我在两个世界都如鱼得水，因为实际上，这两者并没有什么差异。

这两个人的帮助我都需要，但我还没想清楚该怎么联络他们，或是要向他们透露多少。

手表显示我还有22个小时。还有22个小时可以救出艾米、摆黑帮一道。液晶屏幕上的时间是6点，夜间法庭的第一个审理时段已经开始。巴瑞告诉我福特法官会值大夜班，夜间法庭的第二场，这代表哈利可能已经在这栋大楼里，读着卷宗准备今晚的案子。出乎意料的因缘、概率和运气为我的人生带来重大的改变。这是命运吗？我只知道，在哈利进法庭前，我还有7个小时可以找他。如果我无法在凌晨1点前找到他，就再也没有机会了。

00:19

我坐在办公室里，面前摆着摊开的档案。我告诉沃尔切克，我需要读过案件资料，确保不会再有危及保释的意外冒出来。阿图拉斯和沃尔切克正在外面的会客室窃窃私语，我试图偷听他们的对话，但实在无法听清楚。时间已过7点，外面天色全暗，下着大雨，维克多放松地躺在外面的绿沙发上。我想到哈利——把他扯进来有很大的风险，哈利毕竟是个法官，但他对我而言远远不止于此，他是我的朋友。如果不是因为哈利，我可能一辈子都会在欺诈界打滚。

最初几年，行骗就像古柯碱瘾头，就算骗局本身还不够具有成瘾性，骗到的钱也一定会让你迅速上瘾。我的目标大多是保险公司，像是那种每个月跟我爸收医疗保险费，最后却任他送命不予理赔的公司。在我的行动中，医疗保险只占小部分，我主攻交通意外诈骗：高风险、高报酬。对手是你所能想象到的最狡诈的一群人，骗保险公司的钱就像跟撒旦玩扑克牌——他当庄家，他定规则，但我总是能赢。我收山的时候，技术已堪称炉火纯青。

骗保这事不容易，个中诀窍就是让保险公司觉得是他们骗了你。

你首先要有一家假的律师事务所。有些人也许觉得很难，但这步还算简单。我会留意讣闻栏和死亡通知单，通常每个月都能碰巧找到一个死掉的小咖律师，大部分是胆固醇高、酒喝得多、压力大的老烟枪。被我盗用身份的律师全都死于心脏病。我很幸运，每年都有几百个律师被酒精和压力夺去性命，我会找出合适的候选死者，去拜访他沉浸在哀恸中的遗孀，带着鲜花和支票作为武器。我会告诉她，她的丈夫帮我打官司，赢了不少钱，为人实在太绅士了，向来不肯收礼，所以我想给家属一笔几千美金的谢礼。奉上现金之后，我会请她送我一样这位法界英雄的纪念物——通常是他的执业证书，让我裱框挂在墙上，作为对逝者的永久纪念。

我真正需要的其实就只有证书。纽约州律师公会往往是最后一个得知会员死讯的，律师通常不会去参加其他律师的丧礼，不然他们就没有时间出庭了。于是，再弄一份假证件，我就可以冒充死掉的律师开始执业。

这份业务牵涉到汽车维修的部分比法律业务还多，一切都从一场车祸开始。一辆便宜好修的车子会驶近正要转成红色的信号灯，没有闯过去，而是在恰到好处的时刻猛踩刹车，让后面的车辆追尾。这可不是简单任务，在我事业高峰期，雇用了两位动作精准的驾驶员来假扮成许多个受伤的原告。

根据交通规则，驾驶时必须保持安全距离，而在车辆相撞时，信号灯已经变成红色了。对保险理赔专员来说，答案很明了，他们会想要省时省钱地结案。原告的笨律师会在此刻登场，我的假事务所会拟一封求偿信给肇事驾驶员，驾驶员再把信转交给他的保险公司。这个沟通流程建立之后，保险公司要看到钓饵，也就是另一封针对这次意外的信，寄给保险公司或委派律师。但这一次，信封里会夹带另一封信，这封多出来的信被精心揉皱、沾上墨水，就像是从打印机里清出来的卡纸，原本不会附在给保险公司的信件里。这封揉皱的信是假事务所寄给假客户的，告诉他尽管母亲动手术／小孩出意外／水管坏了等等，他都绝对不能提前和解，因为从他的验伤报告研判，这场官司价值 20 万元。

假的病历会附在信中。这部分的成本就很昂贵了，我们必须租个地方，弄出一整间假诊所，前应召女郎、现任物理治疗师小布就在这里出场。她会充当工作人员，为期数周，负责接接电话、告诉我保险调查员有没有尽职调查这家医疗机构。这很容易辨别，因为这间诊所根本没有病人，只有调查员会来。小布的上衣领口开得越低，调查就会越快进行。我是在刚过19岁生日时在街上遇到小布的。午夜时分，我从麦古纳格酒吧出来，看到两个凶神恶煞的家伙朝一位高挑美丽、身穿白色服装、涂番茄酱色口红的女子逼近。她足蹬25厘米高的细高跟鞋，毫不退让。其中一个男人举着铅管，另一人挥着皮带。我上前干涉（当然是醉了），技巧拙劣地揍了拿皮带的家伙一拳，结果被他朋友用铅管打中了头。当我的视线恢复清晰时，小布站在我面前，脚踩平底鞋、抽着烟，那两个男的躺在我旁边。其中一个人在尖叫，脖子上绕着皮带，一只高跟鞋的鞋跟埋在他膝盖里；另外一人默不作声，那根铅管落在他身边，一头已经扭曲变形被血浸湿。小布毫发无伤，她带我回她的公寓，把我清理干净，让我睡她的沙发。

一般来说，保险公司或委派律师事务所接到假信的一周内，就会有调查员拜访假诊所。几天后，金额在2万到5万的和解提议书就会送来，条件是必须在两周内接受。

毫无疑问，我的假客户会接受和解。支票会寄来事务所，用于支付律师费，银行也绝对乐于让这个想重振前辈事务所的年轻律师兑现。这就是我的人生，报复那些夺走我爸生命和尊严的保险业者与辩护律师，乐趣无穷。但是宿命、气运，或不管你怎么称呼的力量介入了。一把9磅重的锤子，和几分之一秒间的误判，永远改变了我的人生。

00:20

我尝试将注意力集中在卷宗上,这个案子让我走到了这里,我必须尽量吸收相关信息。我的计划中有一部分是需要挖到那些俄罗斯人的把柄,我有信心能在卷宗里找到。但我现在皮肤发烫,双眼似乎没有办法聚焦,不是坐立难安地翻着纸张,就是两眼放空。我慌了,我也意识到自己慌了。我试着控制呼吸节奏,专注于吸气吐气的简单任务。

有三份档案毫无用处,还有四家不同律师事务所提供的专家报告——针对本案的法律见解和专家意见概要——都帮不上忙。有几位专家表示沃尔切克会是他们职业生涯中最糟的当事人,我非常认同。所有的报告和专家意见都导向同一个结论——沃尔切克有罪。

另外四份档案是庭审卷宗,第一份档案包括起诉书,以及纽约警局对沃尔切克的讯问记录。沃尔切克在讯问中一个问题也没回答。唯一有点意思的资料是一份两年前4月5日《纽约时报》的复印件,头版有张马里欧·杰拉多的大头照(可能是上次被捕时拍的),折线下方则是沃尔切克被人带离法庭的照片。通篇内容聚焦于这起谋杀案,以及后续俄罗斯黑帮首脑被捕的消息。

第二份档案大部分是照片和地图,主要是犯罪现场的照片。照片里是一间凌乱的公寓,地板上躺着一名肥胖的男子,脸上有个弹孔,位于左眼下方2.5厘米处,离鼻子只有半厘米,准确命中核心。档案应该附有一份验尸报告,但我没找到,不过这家伙的死因已经明明白白写在脸上了。我颈间的痛楚短暂地舒缓了,我再度伸展肩膀,延续这股放松的感受。

照片里的胖子穿着一件脏兮兮的白背心和深色长裤,双脚赤裸。他是马里欧·杰拉多,本案被害人。他的外表不符合人们印象中典型受害者的形象,看起来就像刚参加完史柯西斯[①]电影的试镜一样。纽约有四个意大利裔犯罪家族,我想不起来有谁姓杰拉多,但这个姓氏让我脑中闪过无法捉摸的一幕。

我把照片拿到台灯下,仔细检视躺在房间中央的胖子。我努力看清楚他的文身,那也许是陈年的帮派刺青,但都不是本地帮派的。我看到枪伤周围的火药灼伤,他被人近距离射击,枪几乎就挨着他的脸,只是没碰到皮肤。如果开火时枪有碰到他的头部,皮肤上的火药烧伤就不会分布这么广,只会从烫热的枪口留下一圈比较小且深的灼伤。

我把档案里所有的照片都倒到桌上,开始拼凑犯罪现场的画面,里面还有一份犯罪现场调查报告,和侦察警员(一个叫马丁尼兹的家伙)的陈述内容。在我看过照片、确立自己的观点之前,这两份文件我都不想看。先看报告可能会影响我对犯罪现场的解读,虽然也没多少东西好解读——警察在公寓里逮到小班尼时,地板上的凶枪还是热的。他签下认罪协商的隔天就坦承了谋杀罪,被判十二年,七年后能出狱。

我在被害人头部后方的地板上没有看到喷溅的血迹,于是拿起另

[①] 马丁·史柯西斯(Martin Scorsese,1942—),美国电影导演、监制、编剧和电影历史学家。他的电影以暴力描写和大量粗口而著名。

外三张照片比对：头部不同角度的近距离拍摄。马里欧也许是坐着或跪着中枪，但绝对不是躺着，因为地毯上没有喷溅物。地毯上的血很明显是死后溢出的。

在我研究公寓照片时，仍能听到沃尔切克和阿图拉斯在隔壁的谈话声。

被害人的公寓墙壁是奶油色的，如果有喷溅物会很显眼。仔细看的话会发现，马里欧的尸体正后方墙中央有红色的斑点，污点中间有个小洞，是子弹的终点，弹孔上方约2.5厘米处有一根挂相框的钉子。从这点来看，我相当确定小班尼射出致命一枪时，人就坐在那张小餐桌旁。餐桌位于马里欧的尸体前，不远处还有一张四脚朝天的椅子。小班尼开枪之前，跟被害人是同桌而坐的。

沃尔切克没有提到他下令杀人的原因，但这点在我看到第52号照片时逐渐清楚了。餐桌上满是碎玻璃，地上有一个破碎的相框，特写显示那个相框里装的是张专业的黑白相片：一个英俊的男子抱着婴儿。这一定是相框内附的那张相片。

被害人其貌不扬，他好几天没刮胡子，背心上有食物污渍，他的公寓脏得要命，但就算是邋遢鬼也会把碎玻璃扫掉，他的脚上也没有割伤。除了枪伤，马里欧身上没看到任何伤口，所以他应该也没有被人拿相框打。其余的家具都完好如初：没有拉开的抽屉，公寓里也没有被劫掠或搜查的迹象。我猜相框原本是挂在血迹斑点上方的那根钉子上的。相框上没有血迹，照片也没有弹孔，马里欧显然在中枪之前为了某种缘故把照片从墙上拿了下来。

我把剩下的照片摊在桌上，几张马里欧公寓厨房水槽的照片吸引了我的注意。第一张犯罪现场照片不太清晰，但似乎拍到水槽里有黑色泥巴和纸混在一起。这组照片的最后一张是特写，水槽里的不是泥巴，而是一或两张拍立得照片残骸。看起来像是有人烧掉照片，再打开水龙头想冲走灰烬。照片其中一角还没烧光，我只能勉强从中辨识出一只手臂和手掌。

我靠向椅子、舒展背部，感觉到炸弹压住我的皮肤时不禁一缩。我试着拼凑出那间公寓里发生的事：马里欧不是在大门中枪的，小班尼进了公寓，他应该是和被害人一起坐在餐桌旁。为什么不坐沙发？为什么是餐桌？马里欧事先把相框从墙上取下，弹孔和血溅痕迹都在墙上那个原本被照片挡住、油漆表面没有染上灰尘和脏污的干净区块中。相框落在餐桌边的地上，碎玻璃散布桌面。这张照片本身很普通，但它被装上了一个新的相框，而水槽里有另外的被烧掉的照片残骸。我最合理的猜测是，这是一场搞砸的交易，小班尼假借谈生意进到公寓里，所以他们才坐在餐桌边。马里欧取下墙上的相框，他们撬开相框，因为里面藏了某些东西，极有可能是水槽里被烧掉的照片，也许照片原本藏在那张父子合照后面。

这是个跳跃性的猜测，既薄弱又危险。

但是有其道理。

执行逮捕的警员是一个叫塔丝克的女警，她证实他们接到马里欧某位邻居的电话报警，表示他的公寓发生骚乱。当时纽约警局的巡逻车正在一个街区外执勤，开完枪没多久，警察就抵达了马里欧的公寓。

他们破门而入，发现马里欧死了，小班尼好整以暇地坐在餐桌旁，枪放在地上。塔丝克指称，他们破坏前门的时候，烟雾警报就已经在响了。我发现警方的陈述中有个备注：被告同意警方说法，所以塔丝克不需要出庭作证。

我的理论是，小班尼被派去马里欧家干掉他，并取回照片，但却意外遭警察突袭。他可能觉得必须先处理掉照片，所以在水槽里烧了照片。这些都只是我的推论，米莉安肯定也想过这点，而且我认为米莉安很可能也得出相同的结论，但由于缺乏证据，只能先排除这个动机。对我来说，这是直觉，一种本能的感受。

我人生中的第一个阶段能在街头存活，很大一部分要归功于相信直觉。检察官不能拿直觉给陪审团看，她需要证据来证实犯罪动机。

米莉安在开场陈词中没怎么讲到马里欧谋杀案的作案动机，检察官总是爱谈作案动机，因为陪审团也爱听。她没有对陪审团大力灌输，唯一的原因就是她并没有找到有力的动机。如果小班尼对她说过作案动机，米莉安一定会开场就告诉陪审团，她却让陪审团自己思考。对任何检察官来说，这都是效果强大、风险绝高的一步。

那些烧掉的照片拍到了什么？

马里欧为什么有那些照片？他为什么被杀？

目前还有些地方说不通，但这感觉很重要。马里欧·杰拉多的谋杀案是点燃燎原大火的小火花，小班尼供出他老板的谋杀罪，却对组织的其他内幕闭口不谈，这是对兄弟会的忠诚吗？小班尼的动机中有些部分明显不合理。

这只是开头，谋杀案在台面下的内幕还很深，只是我当下还不了解到底有多深。

00:21

我将注意力转向一份新的卷宗，里面有证词和供述记录，但没有小班尼的。这也合理，检方如果要证人在审判前作证，就必须让被告知道取证的时间和地点，小班尼的所在地也会透露给沃尔切克的律师。联邦调查局可能花了一大笔钱隐藏小班尼的行踪，所以他们不会把小班尼露面的日期、时间、地点，像公开邀请似的通告给俄罗斯黑手党旗下的每一个杀手。就算他们没有在小班尼作证时干掉他，事后也一定会跟踪他。证人的生命受到威胁时，就没有人管规则了。

调查员的陈述很不错，拉菲尔·马丁尼兹可能是颗明日之星。他紧扣事实，没有像在教书似的对案件提出理论，没有推测犯罪现场的状况，也没有修饰事实。他基本上无视了所有的训练知识，这让他成为一名优秀的证人，跟这个人交互诘问几乎不可能问出什么来。

我把卷宗盖上，感到眼睛酸胀、喉咙发干。

"阿图拉斯，有饮料吗？"我叫道。

"来了。"

如果要熬夜工作的话，我得找些东西让自己撑下去。

艾米的身影充斥我的脑海，我想象她颤抖呻吟、吓得失去理智。

她是个聪明的女孩，成绩好，爱看书。小时候，她妈妈喜欢读公主故事和童话给她听。我在酒瘾勒戒中心的第一晚，手表闹铃在8点钟响起，知道她也听到和我一样的闹铃，让我感觉和她是联结在一起的。我们会聊天，我每晚会读一章《爱丽丝梦游仙境》给她听。她自己也会读，但她说喜欢我的声音，很抚慰人心。在治疗初期，我觉得自己很像爱丽丝：在一个陌生的世界里跌跌撞撞，看到什么东西都喝，只为了逃出去、挣脱法律束缚、改变过去发生的事。在勒戒中心待到最后，我已逐渐了解，沉溺于瓶中物无法解决任何问题。终于获准出院时，我很肯定自己不会再当律师了。我办完出院手续之后，克莉丝汀和艾米来接我，我们在街角的一间小店吃了汉堡和薯条，感觉很棒，像回到了从前。我太太在我需要她的时候陪着我，尽管我曾经忽略了她。我们的关系仍然紧张，但是艾米舒缓了情势。我和女儿一起读书、聊书，慢慢重建关系，不过我小心地不把艾米真正的阅读品味告诉克莉丝汀。我的公寓里有一间小图书室，藏书主题是盗窃技巧、魔术把戏、扑克牌技，以及众多关于我的偶像哈利·胡迪尼[①]的著作。

艾米第二次来我的公寓过夜时，我弄好晚餐走出厨房，发现艾米在读一本胡迪尼的传记。克莉丝汀完全知道我的过去，她不会赞成艾米看这种书，觉得会教坏小孩。我没有告诉她艾米对胡迪尼感兴趣，就像我没告诉她，我教了艾米几招硬币戏法，让她表演给朋友看。10岁的艾米处在年少岁月的神奇时刻，我仍然是她生命中最重要的男人。

---

① 哈利·胡迪尼（Harry Houdini，1874—1926），出生于匈牙利，幼时同家人移民美国。被称为史上最伟大的魔术师、脱逃术师及特技表演者。

我的好友哈利·福特法官曾叫我要好好珍惜这段时光，因为再过一两年，我就会变成无足轻重的免费司机了。

我的嘴唇开始颤抖。艾米还有着大好人生啊。

我咳了一声，用力抹抹脸，再度打开卷宗。

除了那位警员以及小班尼，另外还有两位证人。第一位是个叫妮基·布伦德尔的女孩，26岁的夜店舞者。她在马里欧被杀的前一晚，看到他跟沃尔切克在东七街的西洛可俱乐部里发生冲突。酒吧斗殴不足以成为雇用职业杀手的动机，米莉安知道，我也知道，但这还是一项很有力的证据。

另一个证人是被害人的堂哥托尼·杰拉多。我突然间想起，自己认识一个叫托尼的人，在我童年好友吉米·费里尼（绰号帽子）手下工作。吉米加入家族事业之后，业余拳击生涯便告一段落。他的家族事业就是组织犯罪。很久以前，托尼和我在吉米的地盘见过一面，他去帮吉米收账，我记不太清楚托尼的模样，但只要看看他的鞋子，我就知道是不是这个人了。收账的人都要开长途车，还常常要等人，花大把时间收账、护钞、赚钱。他们是地位很高、备受信任的雇员，年纪通常比较大。在车子里度过一个星期、几天收一次账、天天把人打个半死后，这些家伙就不会费心打点外表了。但有一个重点——他们会穿昂贵、柔软、轻巧的老式鞋，就像爷爷穿的那种。这些人不穿意大利皮革制的尖头鞋，要是穿了，他们第一趟任务还没办完就会痛死。八旬老人和严谨的黑手党分子，就是让美国生产舒适款鞋子的厂商不至于倒闭的功臣。

托尼的陈述主要针对他堂弟马里欧，以及对沃尔切克的敌意。一开始还不错，他说马里欧在少管所待过，后来"毕业"进入联邦监狱，转换跑道。马里欧和沃尔切克因为一笔债务而有长期纷争。接着，托尼陈述了马里欧与沃尔切克在夜店的冲突。这也许跟妮基·布伦德尔目击的是同一桩争执，但托尼的陈述对沃尔切克不利，提供了更多形成动机的理由，建立了谋杀案前的时序，而且和妮基·布伦德尔的说辞相符，这不太妙。

我再次浏览证人名单。

那位调查员是个大问题，但他的证词没什么争议性。在现场逮捕小班尼的女警不会作证，因为她的证词无关乎沃尔切克有罪与否。

但我可以在那个夜店女郎身上下功夫。

被害者的家属是个麻烦，托尼·杰拉多可能是米莉安的王牌，他应该还有什么是我没看出来的。

最后一个证人——明星人物证人 X，这个代号是用来保护他未来得到的新身份不被媒体发现。但是沃尔切克再清楚不过，他知道这个背叛他的人是何身份。

托尼·杰拉多和小班尼搞垮了沃尔切克，两个人都很要命。我确信自己已经掌握足够的资料替检方挖陷阱，让沃尔切克忙于应付，没时间管我。

如果我认识的那个托尼就是托尼·杰拉多，我就找到把柄了。

阿图拉斯和沃尔切克正在悄声说话，我故意转动椅子发出声响。沃尔切克闻声看了我一眼，随后关上办公室和会客室之间的门。他想保有隐私不让我偷听，我确实一个字也听不见，但我要他看见我在偷听，这么一来他就会关上门，我也可以不受干扰地观察他们。

在老旧镶窗橡木门的门把下方有个钥匙孔。

我从孔洞间向外看，钥匙应该还插在门锁上，这让我的视野变得更窄。我看到沃尔切克先是跟维克多说话，接着转身拥抱阿图拉斯，之后离开会客室。阿图拉斯坐下来，用俄语和维克多聊天。我现在有点私人空间了。我跪下去，感觉引爆炸弹装置压着我的身侧。差点忘了这该死的东西还在。

我探进外套口袋，拿出从大个子那里扒来的皮夹。我在皮革夹层里发现散放的 6 张百元钞，还有两个黄铜钞票夹各夹着 1000 美金，同样也都是百元钞。在几张属于"格雷戈尔·欧布洛斯肯"的信用卡之间，我发现一样让我脑中涌出无数疑问的东西：一张背后写着电话号码的名片。那是一串手机号码，用蓝色墨水写的，名片上没有人名。最让我烦恼的是上面印的内容。名片上载有某个机构的名称和地址，我不需要看机构名称，那个地址——纽约州纽约市联邦广场 26 号 23 楼——对我来说非常熟悉，在百老汇、运河街南边、市政厅北边，是联邦调查局的基地。

这让我知道，我谁都不能信任，包括警察，当然还有联邦探员。

我的手表轻响一声——8 点了。艾米的表一定也响了，这是属于我们的时间。我不能让自己想到她，必须保持敏锐、专注、愤怒，放任自己担心到发疯可救不了女儿。

还有 5 个小时可以在哈利开庭前找到他，要在俄罗斯人的监控下神不知鬼不觉地前往他的办公室,只有一个方法,光是用想的就让我害怕。

00:22

门外传来脚步声,我将皮夹塞回口袋,坐回椅子上,拿起一份卷宗埋首阅读。

门打开了,阿图拉斯紧盯着我。他朝角落丢了一瓶水。

"奥雷克回家过夜了,所以我要把你锁在里头。维克多和我要休息一下,你也睡一会儿吧。如果你想逃跑……"

"我能跑哪去儿?"我问,"至少让我把外套脱掉行吗?"

"不行。总之试着睡一下吧,我一早会回来看你。"

"拜托。"我站起来,抓住他的右手下臂,露出恳求的表情。他抽手,我旋即转身,用腰挡住他后退的身躯。他跌倒时,我的右手迅速滑进他的大衣——我拿到了今天第二个战利品。他屁股着地,咒骂出声,愤怒地朝我扑来。我没放开他的手腕,拉着他站起来。

"天啊。我很抱歉,老兄。这是意外。"我说着,防卫性地举起双手,掌心对着阿图拉斯,十指张开。战利品藏在右边的衣褶里,在我的手背和下臂之间。这是种很困难的藏法,但我练习很多年了。我还可以在手腕凹陷处藏住一枚银币不被发现,而且还能继续打扑克牌。我装出一副害怕的模样,但其实我的四肢因愤怒而紧绷。阿图拉斯挥出一记右勾拳,我瑟缩了一下,并夸大自己的反应。他笑着关上门,隔壁房间的维克多发出一声大笑。

"娘炮。"维克多说。

我听着钥匙在锁孔里转动，等了几秒才把手腕背部转向天花板，让那个黑色的小装置飞到空中。我用右手接住引爆器，心里想着阿图拉斯不知道要过多久才会发现它不见了。我需要引爆器，可不能让阿图拉斯在碰巧打开门发现我不见踪影时启动装置。我要去见哈利，我需要带着炸弹去，如果有谁知道怎样解除炸弹的话，一定就是高等法院法官兼美国陆军退役上校哈利·福特了。

00:23

采取行动前，得先确定我的"保姆"短时间内不会来找我。沃尔切克已经走了。我刚才又听到一阵细碎的对话声，通往走道的门被打开，脚步声一路走向电梯。接着，外面的门关上了，钥匙转动锁孔上锁。透过隔间门上的钥匙孔，我看到维克多闭着双眼躺在沙发上，阿图拉斯则刚离开。

只剩下维克多一个人。

我就这样注视着维克多整整一个多小时，听着沙发上传来的粗重呼吸声。他闭着双眼，手放在肚子上，除了一盏小台灯，室内唯一的光源来自对街的数块广告牌，红、蓝、白的彩色灯光有节奏地舞动，每隔几秒就在房间里进进出出，于墙壁上投影出奇形怪状的动物。

我又听到维克多打鼾，比之前更大声。

我把夹在指间的联邦探员名片翻了个面，思考着我稍早和沃尔切克在车上的对话。

他说小班尼被保护、隐藏得很好，"就连我的人脉都找不到他"。

我现在听懂"我的人脉"这个词了。

沃尔切克手下有个联邦探员卧底，不管他是谁，他无法锁定小班尼的位置。我现在谁都不能信任，如果黑帮能买通联邦探员，他们也能买通100个纽约警察。我再度从钥匙孔窥看，确定维克多还睡在沙发上。看样子阿图拉斯今晚不会回来，他说他早上会来找我。我穿上我的大衣。

现在是9点10分。

逃跑的时候到了。

我迅速移动到窗户边，打开锁住下半片窗的栓子。吐出的气给玻璃蒙上一层雾，我用手搭着窗框，下身一起使劲，猛力一推。

窗户没有动。

一厘米也没动。

我检查了所有栓锁，确定都是打开的。我又试了一次，窗户依旧不动。微弱的光线帮不上忙，所以我用指尖沿着窗框周围摸索，没摸到接缝。这窗户一定是在二十年前用油漆封上后，便再没被人打开过。我拍拍口袋，却没听到钥匙碰撞的金属声。我本来想用钥匙尖端划开油漆，却发现口袋里的钥匙不见了。不知道是被我弄掉了，还是被阿图拉斯拿走了，但我没时间去想。我改拿出钢笔，用笔尖沿着窗框划，划到底的时候，笔尖覆盖着一层硬化的油漆，一条条干燥的橡胶质地的条状物像彩带般从窗户周围掉落。

我站到大窗台上开始推，声音很大，但我别无他法。油漆发出龟裂的声音，一声干巴巴、令人心满意足的呻吟从分离的窗框传来，窗户打开了。外面是一片车喇叭声、音乐和纽约市喧嚣的合奏。雨已经停了，夜间法庭正热闹着，下方一排出租车从大楼这一侧延伸右转到正门口。周一晚上是低峰时段，但传讯庭附近总是有生意，任何在9点以后获得保释的人都会需要搭车。

我把窗户关上一点，掩盖住大部分的噪声，我可不想让维克多听到。我踮着脚往前走了四步，好弯身探出窗外，把头压低到胸口通过窗棂。我的头伸出窗外时，眼睛立刻反射性地闭上。我强迫自己睁眼，立刻就后悔了。此刻，我跪在一块90厘米宽、位于19楼的窗架上，覆盖着石材的厚厚青苔和陈年鸟屎发出一股腐朽的臭味，感觉很湿滑。我右手边是条死路——电梯突出于大楼的部分，无法通过。唯一的选择是往左走，向下一层楼，找到对的那扇窗，并且希望哈利还保持着以前的习惯。

我再度闭眼，想象出一张大楼的内部平面图，试着规划一条从外墙抵达的路线。这栋法院是独栋建筑，南侧和西侧被一座小公园包围。我在大楼东侧，下方是小波特兰街，会接到钱伯斯街，并通往位于大楼北侧的法院前门。哈利的办公室也在这一侧，但不在这层楼。还有个更大的问题——大楼这一侧有障碍物阻挡我的去路，那是某个高达9米的庞然大物。这个障碍物最顶端三分之一的头、手臂和剑正好挡在我这层，很难爬过去，但并非不可能。

要先通过这位灰色的女神，才能抵达目的地。

我双手抓住拱形窗檐两边的砖块，慢慢把自己拉直成站姿，心里又慌又怕。身处高处总是让我有这种奇怪的刺激感，不管我是离地 15 米还是 150 米，当我的头接近天花板时，感觉总是很糟。就算我在离地只有 1 米的阳台上，只要水平视线看得到天花板，一样会吓个半死，但眼前若是无边无际的天空，就一点事也没有。我始终想不出原因。

站在拱窗下，我的头离花岗石凹壁顶部只有几厘米，我感觉自己快要撑不住了。我紧攀着墙，指甲抓得裂开，同时拼命呼吸。刺骨的冷风也来搅局，把我的大衣吹得在身侧啪啪作响，每一口呼吸都异常艰难。下方的汽车喇叭和引擎声、巴士的刹车声、出租车的开关门声，不断地提醒我 19 层楼下人们的生活犹在进行，我一点都不安全。

我做了一连串快速呼吸的动作，吐出令我手足无措的紧张感，往前踏了一步。动作进行的同时，我的大脑正对着自己大声尖叫——该死，你在做什么？我没管它，专心抓住艾米的影像，那是我的艾米在我心中的影像——我在她吹熄生日蜡烛时将她的头发揽在手中，我们互相展示新手表。平台越来越窄了，只剩几厘米宽，我惊奇地看着右脚往前移动并稳住，准备让左脚跟上。

我没试着去控制面部表情，而是紧抱着建筑物的侧边，左脚缓缓地越移越远，手指因为死抓着砖墙缝隙而开始颤抖。我又动一步。

10 分钟后，我站在离女神像 1.5 米远的地方。

女神的模样很熟悉，大部分人都认得出来：一个蒙上双眼的女人，身穿希腊式长袍，一手拿剑、一手拿天平，手臂举起与地面平行。她蒙着眼是象征公正不阿，无视于种族、肤色、信仰。

是的，完全正确。

她是正义女神，是混合希腊与罗马文明掌管正义的神祇。她的眼睛并不是永远蒙着，伦敦老贝利法院屋顶的女神像就没有蒙眼布。学者认为蒙眼布是多余的，因为人物形象是女性，必然公平无私。他们显然没有开过派克法官的庭。

我的脚再度拖行着前进，但这次的动作几乎难以察觉，慢得令人难受。我皱着眉头，感觉脑袋和胸腔里有一股蠢蠢欲动的热流。迎接愤怒吧，迎接新鲜的肾上腺素。这股冲劲让我又走了60厘米，然后我伸出一只手要抓剑柄。我够不到，脚下也没办法再移动——已经没有平台了。我心中、体内的每一部分都尖叫着要我抓紧墙壁，但为了艾米，我必须碰到剑。我让右脚承受体重，举起另一脚平衡。

下方传来一声模糊的轰隆碎裂声。我移动并压低重心，然后起跳。

00:24

我的右手抓住了剑，左手滑到她的手臂上，双腿在她长袍的花岗岩皱褶处晃荡，两脚乱踏着寻找落脚处。

"我没问题，我没问题。"我不断安慰着自己。

我的手臂抖得厉害。越过石雕手臂，我看到女神背后较低的楼层上有一个宽大的凹台。我可以从手臂上爬过去，或试试从下面滑过去。我让双脚找到一个稳定的支点，调整左手的抓握姿势，准备让它承接我的重量。我违逆自然本能地将身体荡出去，双腿扫过女神的手臂下方，脚到达抛物线顶点时，我松开了手。

我降落在 18 楼的凹台上，迎接我的是一阵鼓翅声和嘎嘎声——乌鸦抗议我入侵它们的栖息地。我再度抓紧雕像，将脸贴近花岗岩。

肾上腺素通常并不会困扰到我，我学过如何善用它。当你在上百个人面前起立，每双眼睛都盯着你时，你就会感受到一大波肾上腺素，不然你就不是人。一切都会慢下来，当它流过你的循环系统，1 秒钟的停顿感觉就像一场长达 3 分钟的噩梦，这就是它应有的功能。一个慢动作似的片刻，让你反击或逃跑。它加快你的反应速度，完全扭曲你对时间和空间的感受，每一种感官都高度戒备，每一项反应都像剃刀般锐利。

我强行让身体退了几个档位，等引擎冷却才抬头看向我来时走的路。我起跳的平台几乎消失不见了，砖块已经碎裂。我低头，街上没有人躺着回望我。瓦砾掉到人行道上，但没人受伤。谢天谢地我身在纽约，真正的纽约客是不会抬头往上看的。我倚着冰冷的砖墙，仰望女神的背部。她也是这场游戏的一部分。律师常常被问到，他们怎么有办法代表明知有罪的人打官司。我就被问过许多次，而我给出的答案都是——我们没有这么做。事实上，我们的作业方式就像美国军队许多年来处理同性恋军人的方式——不问不说。我从来没有代理过任何我明知有罪的人，因为我从不问客户他们有罪与否，避免碰到那个恐怖的可能：他们对你说实话。实话在法庭上没有容身之地，唯一重要的是检方能够证明些什么。如果我遇到一个面临刑事起诉的客户，我会告诉他们警察或检方自认能够证明哪些事，并问他们对此有何想法。接下来就是他们的表演时间，如果他们说警察是对的，就是认罪；如果他们想拼一把，就会跟我说自己是无辜的。他们都明白，如果他们对我承认有罪，却还是要我打官司，我就无法继续成为他们的代理。游戏就是这样玩的。

不问，不说。

11个月前，我发现这个游戏玩起来会出人命，我决定再也不玩了。

我重新控制住心跳，看向我接着要走的路线：另一个窗台——同样狭窄、同样危险。

城市的喧嚣声持续干扰着我，就在这一刻，我听到了某个熟悉的声音。我俯瞰下方的街道，几辆汽车迅速驶过，街上人不多。我向延伸窗台靠近，用一只脚试探着，逐渐把重量移上去，直到我相信它是安全可靠的。我踏出一步，然后又听到了那个声音——一声鼓点，一个声音。我对这再熟悉不过，是滚石乐队的《无法满足》。音乐很远、音量很小，但绝不会错。

我认得这首歌、认得这个乐团，也认得这张唱片的主人。这段音乐给了我仿佛见到曙光的鼓励，这正是我迫切需要的。我抓住大楼侧边，探身出去继续移动。我越往外移，基思·理查兹[①]的吉他声就越清

[①] 基思·理查兹（Keith Richards，1943—），英国音乐家、歌手、词曲创作人，英国摇滚乐队滚石乐队的创始成员之一，为吉他手。

晰。没过多久，我就看到不远处的一扇窗户透出友善的微光。

我加快了脚步。

我伸手探向窗户，再度蹲低，试图把它撬开。窗户锁上了。房间中的景象看起来堪称温馨，角落的黑胶唱片机播着海妖般引我前来的乐声，桌上的一盏台灯透过旁边的威士忌瓶投出一道温暖的光柱，在地板洒下金黄闪亮的光影。一名老年黑人男子身穿红色套头上衣坐在桌前，下巴靠在胸前，可能是喝醉了，也可能是睡着了，或两者皆是。他的白发直竖，仿佛在努力捕捉音乐的旋律，把其中的魔力传导到他的脑子里。

我敲敲窗户。

毫无动静。

我再敲一次，敲得更大声。

他绝对是醉到不省人事了。

我敲了第三遍，窗户简直要被敲破，高等法院法官大人哈利·福特醒过来，紧张地环顾室内，可一秒之后又把头缩回原位继续睡。我又拍了一下窗户，这次他找出声音的源头了。他直勾勾地看着我，嘴巴张开，在他往后一倒、四脚朝天摔下椅子前，我听到一声压抑的尖叫。他愤愤地爬起来，气得表情扭曲，他一定以为我是酒后恶作剧。窗户开了。

"你这神经病，我该死的很乐意报警，或直接把你从这楼上推下去。"

我的情绪一转，因为我必须告诉他实情了。他醉态带来的乐趣已经消退，我再次意识到我的处境，以及我背上的炸药带来的重量。

"哈利，我有麻烦了，很大的麻烦。他们抓走了艾米。"

"谁抓走了艾米？"

"俄罗斯黑帮。"

00:25

我关紧窗户，阻挡住凛冽的寒风。哈利拨开唱针，突兀地打断米克[①]火力全开的歌声。我从窗边转过身看着哈利，仍然能感受到肾上腺素带来的高亢情绪。他的怒火似乎消退了，转成若有所思的凝视。

"我得喝一杯。"我们同时说。

他在一个脏玻璃杯里倒了三指高的酒给我。那是我专用的杯子，自从我上次来到这里后就没有人用过了，那天正是我进勒戒中心的前一天。烈酒温暖地抚慰了人心，我告诉自己，我需要这杯酒，这不是在走回头路，只是用来让我的神经系统平静下来。哈利在椅子下找到自己的杯子，倒了一大杯，用双手捧着喝，然后扶正他老旧的旋转椅，坐上去的同时发出一声刻意的叹息。

"该死的，这到底是怎么回事，艾迪？"

我又喝下一口威士忌，迅速交代了这天发生的每件事，从阿图拉

---

① 米克·杰格（Mick Jagger, 1943—），英国摇滚乐手，滚石乐队创始成员之一。1962年开始担任乐队主唱至今，被称为"摇滚史上最受欢迎和最有影响力的主唱之一"。

斯在泰德小馆拿枪抵住我背后的那一刻开始。

哈利没有打断我,他懂得先听完整个故事,再琢磨细节。

我说完的时候,他看着我的样子仿佛我是个白痴。

"老天,你还在这里干吗?报警啊!"

他拿起电话,按 9 拨外线,立刻被我切断。

"我不能去找警察。那些人买通了一个联邦探员,代表他们一定也买通了几个警察。如果我报警,我没办法确定会不会碰到他们的同伙。"

"但是我跟警察认识——我来打给菲尔·杰弗逊。"

"我们在谈的是我女儿的性命,我不能赌某个警察是否清廉,我也不在乎他认识谁——哪怕是你。这个体制就是运转不灵,你也知道。而且我没有证据。带着炸弹的是我,就算我找到一个正直诚实的警察,他也许会逮捕我,而不是去抓那些俄罗斯人。即使警察或是联邦探员相信我,虽然我觉得不太可能,但沃尔切克只要花几秒打一通电话,我的女儿就死了。我今天学到一件事:不该忽视自己的直觉。我的直觉告诉我,得用自己的方式处理——至少目前是如此。"

哈利放下电话,视线扫遍室内,我看到他脸部肌肉绷紧,胸膛迅速起伏。

"艾米还好吗?"

"他们谎称是我雇用的安保团队,说我接到死亡威胁,要保持警戒。我想她一开始是相信的,但我跟她通话的时候,我很确定她再也不相信那一套了。她知道了,哈利。她知道她被绑架了。我必须救她出来。"

哈利一口喝干了整杯酒，那股劲头让他皱了一下眉。他伸手拿酒瓶时，老旧旋转椅的木制椅脚发出嘎吱声。

"克莉丝汀呢？"哈利问。

"她以为艾米去长岛参加三天的校外辅导。据我所知，她对这一切毫不知情，但你了解克莉丝汀这个人的，我不想让她崩溃然后去报警，所以我不打算告诉她任何事。"

"你必须报警。"

"如果我报警，他们会杀掉艾米。我告诉过你了，我不能去找警察，他们已经买通联邦探员了。如果连这都做得到，他们也能买下整个分局。"

"你怎么知道他们买通了联邦探员？"

"我告诉你了，我在轿车里扒了一个人的皮夹，里面有一张名片，那是联邦探员的名片。看起来是真货，背面写着一串电话号码。"

"你偷了皮夹？"

"别跟我说你感到意外，你知道我的背景。"

"我好奇的是你有没有真正脱离过你的背景。"

他垂下头叹了口气。他说得可能没错，我从来没有抛下过去的那个自己，我仍是个骗子，只是现在不再骗保险公司了，改骗陪审团。

我又喝了一口酒，伸展脖子和背部。窗台这段历险让我的颈椎陷入慢性痉挛中，酒精对此会有帮助，但效果是短暂的。

"名片上有人名吗？"

"没有。"

"也有可能是那个俄罗斯人倒戈了,也许他拿了那张名片要打给联邦调查局。"

"不,那个家伙没有倒戈,他是我看过最穷凶极恶的混账,像抓娃娃一样把我提起来。而且,如果他是内奸,带着那张名片也不合理。除非他是全世界最笨的线人,把对口的电话写在联邦探员的名片上随身带着跑来跑去。我就是觉得不对,他没有试图隐藏,名片上的号码是写给雇员的,这个雇员可能在联邦调查局内部。我想不出在那张名片上写电话有什么别的理由,但我愿意保持开放态度倾听不同意见。"

他没有意见。

"我需要你看一下这个装置,看你能不能解除。"

"我好久没做这种事了,艾迪。"他说话的时候,我觉得自己看到一抹阴影掠过他的脸庞,但也许那只是他在半明半暗的光影下移动造成的。哈利是20世纪六七十年代战争时期第一批升到上校级的非裔军人之一,他带领过一队"地鼠",也就是摸黑在地下和敌军作战的人。他上过三次战场,但他从不谈论那些经历。

我脱掉外套,翻开内里放在哈利桌上,然后拉开接缝。我对爆炸物的知识近乎为零。

哈利小心地凑近那个装置,手叉着腰弯身,一时之间我以为他是要凑近仔细查看,但接着发现他是在嗅闻。

"是C4炸药,埋了两根雷管,和一个完整的导流器。"

"你能闻出它的结构?"

"别傻了,我是闻出了 C4。你闻一下。"

塑胶炸弹发出一股臭味,但我判断不出来它是什么东西。

"汽油?"我问。

"很接近,是机油。C4 是一种混合性爆炸物,由很多种不同的化学药品和化合物组成。出于某种原因,它使用机油来调和,它在战场上很管用,但大部分是拿来煮配给口粮的。"

"煮东西?"

"对。它是有股臭味,但是在雨天也很容易燃烧,哪怕鼻子里吸满那股臭味,都比吃冷口粮好。你看看,这鬼东西要加上一个小小的引爆装置才会爆炸。你可以烧它、捶打它,只要没启动引爆装置,它就跟黏土一样安全。那些样子很像小型笔的圆筒就是雷管,里面还有很多线路,我连从哪里开始下手都不知道,也可能是陷阱。你说你偷了遥控引爆器?"

"对。"我把它从口袋里拿出来,放在哈利的椅子上。

"最简单的做法是把引爆器的电池拿出来。我有把螺丝起子,放哪儿去了……"他跑去找起子。

哈利花了几分钟在纸箱里翻找,还找了角落的书柜——上面放了工具、酒杯和比法律书籍还多的威士忌,最后拿着一套螺丝起子回来。遥控引爆器看起来平平无奇,就像用来操作车库门或汽车中控锁的遥控器一样,大约 5 厘米长、2.5 厘米宽、1 厘米高。其中一面有两个按钮,背面用三个螺丝锁住塑胶壳的两半。我从工具组里挑出最小的一支起子,拆掉保护套,试图把它插进引爆器上的螺丝沟纹。尺寸不合,钻头太大了。

哈利开始翻找一个个抽屉，摔上橱柜门时还在喃喃自语，过了几分钟，他拿了一把美工刀回来，刀片尖端刚好符合螺丝沟纹的尺寸，就是这个了。我小心翼翼地使用单薄的刀片，要是它折断，我就没戏了。

我左手拿着遥控器，谨慎地避免按到任何按钮，缓慢而谨慎地转开第一颗螺丝。我的视线在黑暗的房间和台灯的亮光间来回移动，眼睛难以适应。哈利靠在我肩膀后面，我能感觉到他不耐烦的审视眼光。

尽管有台灯的温暖光线和暖气，室内还是越来越冷。哈利把暖气开大，给自己倒了一杯威士忌，也帮我再倒了一杯。没有进食又摄取太多酒精，让我头昏脑涨。

我把第一颗螺丝钉倒在手掌里，又小心地放到桌面上。

哈利弯下身开始抓头——两手轮流从颈后摩挲到他那头不听话的白头发。我们当朋友很久了，我看得懂他的小动作，他忧心忡忡或是思考的时候，就会猛抓头。有这种习惯的人意外得多，他们简直像是要徒手把自己的思绪抓出来。

"有话快说。"我说。

"沃尔切克有给你卷宗吗？"

"有，我大部分都看过了，至少是看了值得读的部分。"

"里面有没有提到证人，还有他做了什么协商？"

我知道哈利要讲什么。

"你是说，为什么他只供出沃尔切克谋杀马里欧？我也在想一样的问题。我试着问过沃尔切克，他说了一些事，关于小班尼对他仍然保有一点忠诚之类的。所以小班尼要送老板去坐牢，但不想陷害其他兄弟，对帮派手足依旧忠心耿耿？这没道理。小班尼告诉联邦调查局的信息多到会让他被杀，却不足以免于牢狱之灾。"

哈利点点头，喝干最后一点威士忌，把酒瓶放回抽屉里，开始泡起咖啡。泡咖啡的动作不知怎么地能让他思路更清晰。我没打扰他。让他自己想过一遍，想通了自然会告诉我。

"你听过 Penditi 吗？"哈利问。

我母亲是意大利裔，我交情最久的老朋友是纽约黑手党的头头，所以我当然听过。

"当然，就是忏悔者，西西里警察的说法。这种人以前是杀手、掮客，被捕之后作证指控黑手党从上到下每个成员。你的重点是什么，哈利？"

"据我所知，忏悔者算得上是全世界最强悍的人，一群冷酷无情的杀手。连他们都会供出背后的组织了，那小班尼之所以没供出帮派里的其他人，肯定有个天杀的好理由。"

咖啡机发出号角般的咕噜声，哈利给我们各自倒了一大杯咖啡。我心里想着，我多么幸运能结识哈利，战争时期的那些人又是多么幸运能在他手下作战。他聪明、有领导力，就算已年过六十，仍然没有事能吓倒他。

"那么，你有何计划？"哈利问。

"我有个朋友可以帮我找到艾米，救她出来。这件事你还是别知道得好。见面之前，我需要先联络他，场面可能会很混乱，我不希望有什么事会追查到你这里来。他是会在电话里装窃听器的人,所以我不能从这里打给他。我需要你帮我做一件事,我要几样工具,你只要把工具找齐藏在大楼里的某个地方就好,或许可以放在这层楼的无障碍厕所,藏在没人会注意的角落。19楼没有厕所,我到时候会下楼用这层的厕所,它是整间式的,没有隔间,非常完美。这是距离最近的厕所,俄罗斯人会在外面等,没有隔间他们就不会进来。我会把需要的东西,以及取得渠道列一张清单给你。哈利,你最好不要牵涉太深。不管抓走艾米的人是谁,都不会心甘情愿把她交出来的。"

哈利抓抓头发。"那么,要帮你忙的那个人,你要怎么跟他见面又不被沃尔切克发现呢?"哈利疑惑地问。

"我没办法。"我说,"但我想到了一个理由,说服俄罗斯人带我去找他。"

00:26

风越来越大,吹得窗户嘎吱作响。哈利坐在他最爱的老旧木框旋转椅上,那张椅子让我联想到哈利:苍老、古旧、坚实。

第二颗螺丝钉落在哈利的桌子上,滚来滚去,最后停了下来。

哈利拿下眼镜,捏了捏鼻头,那是哈利的另一个小动作。

"我就是不喜欢这计划,有什么地方不对劲。"他叹口气说,"不管你做什么,他们都会杀了你和艾米。什么让你背负炸死证人罪名的狗屁——你如果信了他们那套,他们会确保你没办法活着告诉任何人事情的真相,他们不可能冒那个险。"

我把注意力集中在最后一颗螺丝钉上。

"但你也早就想过这一点了。"哈利说。

我点头,用刀尖挑起最后一颗螺丝,并把它从外壳上拔下。

哈利拉了一把椅子坐到我旁边,我们把头探过台灯,紧张地等着。我轻轻抓住引爆装置的外壳,慢慢将它拆开。

它分开了。

我的手指发抖,但没让它掉到地上,我把两半塑胶外壳开口朝上放在桌上。

在那个当下,我有一个计划,我已经想了好几个小时了。

我知道自己不能信任警察或联邦警探,不过一旦我找回艾米,沃尔切克就没有任何筹码牵制我了,我可以带她走。而我多少想到了一个行得通的方法——我能骗兄弟帮带我去见吉米,他能追踪我在沃尔切克手机上看到的那组号码,这样我就能找到艾米。她安全了,我就能联络联邦调查局,对他们和盘托出,谈个条件,助其扳倒沃尔切克和他的全部成员。

计划是如此。

但当我看到遥控器内部的样子时,一切都变了——里头没有任何装置,没有芯片,没有线路,没有电池,什么都没有。

就是个塑胶空壳。

"假的?"哈利说。

"这没道理，阿图拉斯启动过好几次。信号被启动的时候，我看过装置上有红灯在闪，就是控制器顶端的这个灯泡。"我将那颗小灯泡指给哈利看。那颗灯泡不可能亮得起来，它根本没有电源。

"阿图拉斯启动炸弹时，我感觉到有东西震动。"

我双臂交叉，骂了句脏话。"这是什么鬼东西？"

在那一刻，许多问题涌现在我脑海：为什么阿图拉斯要带着两个引爆装置——一个仿冒品和一个真货？

"其中有鬼，他们背地里在玩把戏，你觉得这代表什么？"哈利问。

"这代表两件事。"我说，"首先，有一个真的炸弹穿在我身上；第二，有一个真的引爆器，但不在我这里。我不晓得阿图拉斯带着两个引爆器，我要是知道，就会偷真的那个。"我说着，拿起那两半塑胶空壳。

突然间，我停下手上的动作，全身瞬间僵硬。

哈利也意识到同一件事情，并倒吸一口气。

"快走。"哈利说，"如果他们发现房里没人，就只需要按下按钮……"

00:27

我手指颤抖着把外壳组装回去，螺丝钉似乎在我拆下之后就跑不见了，因为我没能把它们捡起来。

"冷静点，他们还没发现你消失了。"哈利说。

"你怎么知道？"

他用一种看白痴的眼神看我。不用他说我也知道为什么,我只是在瞎聊,做任何能让自己转移注意力的事,好让我的手指恢复控制。

"我知道,哈利,我知道。"我说。

第一颗螺丝叮当一声装回外壳里,我动手将它转回原本的位置。

哈利走来走去,再次喃喃自语起来。

"所以我负责弄装备和调包。你需要什么东西,还有我要去哪里找?"

我眼睁睁看着一颗被我弄掉的螺丝钉落在木头地板上,往通风口滚去。有那么一刻我停止呼吸,暗自祈祷,接着,我朝螺丝钉扑去,在它坠入深渊前抓住了它。

我气喘吁吁地想办法将螺丝钉塞回去,再用刀尖转动它。

"记下来。"我说。

哈利拿起一支铅笔,开始边听边写。

"我会需要打电话,这样我才能跟吉米安排事情,并和你保持联络。你得帮我弄到一部海盗机。"

"一部什么?"

"一种特别的抛弃式手机。别担心这个,你可以在贝克街上一间叫'AMPM 安全用品'的小店找到所有东西。去找保罗,那家店看起来没有营业,但它其实开着,你就一直敲门,敲到有人来开,并拿枪抵在你脸上。跟保罗说是我派你去的,他知道这是什么东西。我需要辨识追踪喷雾剂,选 SEDNA 或 Security Water 的,牌子不重要。我还需要一个小黑灯来侦测喷痕。"

他一脸困惑。

"别担心，保罗懂这个，他会确保我拿到正确的东西。"

保罗·格林堡白天时把 AMPM 安全用品当正派店家在经营，晚上则卖一堆违禁品。对保罗来说，晚上才是最有赚头的。我会在保罗那边买工具，大多都是非法用品，是老客户了。有些时候，诈骗犯的优秀程度就取决于他的装备。

"就这样？快点，艾迪。动作要快。"哈利说。

哈利走去打开窗户，探头看向外面的市景。刚刚显然下完一阵暴雨。

最后一颗螺丝钉归位后，我检查了一下假的引爆器，十分满意，阿图拉斯不会知道我拆开过。我本来是想把炸弹或引爆器弄坏，但没料到会拿到假的引爆器，这给了我一个灵感。

"哈利，你手机有照相功能吗？"

"有啊。"他拿出他的折叠手机。

"拍一下引爆器，跟保罗说要一个一模一样的。"

哈利用大拇指跟食指捏着引爆器，拍下引爆器每个角度的样子，将它加到待购清单上，然后重新确认了一次清单。

"你现在就要出发去拿这些东西了。我很快就要下手，会需要那个设备。贝克街没多远，你能在一个小时内回来吗？"

"我尽量，但这些东西我不认得几个，我甚至不确定我想不想知道。"哈利说。

我把炸弹放回暗袋，穿上西装外套。

"相信我，哈利，你不想。"

00:28

有时候你必须跟着直觉走，但也有些时候你得不顾一切拼命完成某件事。我再次站上哈利窗外的平台，在我爬出窗户时，所有的直觉都阻止我前进，要我回到室内另寻他法，因为这次我很可能回不去。

我无视自身的恐惧，再度想到艾米。哈利似乎察觉到我在想什么。

"她是一个坚强的小女孩，艾迪。他们会让她活着，而我们会救她回来。我明天得去开民事庭，但我一定会赶回来罩着你。我会坐在派克法官旁边，随时注意你的状态。"

所有的感谢之词都在我开口前卡在喉咙里，我是如此放心、开心，万分感激自己能有像哈利这样的朋友。

"你要怎么——怎么做到？"

"我会跟嘉布瑞拉说我要审核她的上诉法官资格，这个你不用管。我很担心，有太多可能出错的地方了，我不会放你一个人在那间法庭里，我会过去。"

我点点头，再次握住他的手，这让我回想起多年前第一次握住这只温暖大手的时刻。

我第一次和哈利握手时，已经金盆洗手了——呃，几乎吧。

哈利松手并关上窗户。我往窗台外移动的同时，想着自己还有没有机会再握住那只大手。哈利要为我冒极大的风险，其中一部分原因出于他的道德原则、荣誉感与对朋友的忠诚。但不知怎的，我心里知道哈利觉得自己对我有责任,他就是那样的人。

谢天谢地,雨停了。因为这场雨的关系,原先就很湿滑的窗台更覆上一层洁净明亮的反光。我往前移动,脚滑了一下,左腿直接飞出去。

刹那间,我的身体仿佛有千斤重,我伸手想抓住砌砖,但手指没能抓稳,另一只脚跟着打滑。我任凭自己跌落,拼命想调整落下的角度,直到胸口重摔在某个突出物上,将肺部的空气给撞了出来。我双手到处乱抓,试着稳住正顺着某个潮湿面下滑的身体。左脚甩了出去,右手抓到一块露出来的砖块,我顺势扭转身躯,努力避免让双腿滑出这块悬壁,背部因此疼痛不已。

我很肯定下背肌肉拉伤了,但我咬牙撑住了。

我的身体自行关机,拒绝再移动,呼吸重新缓了过来。我面朝下趴在狭窄的突起物上,看得到下方的纽约市景。街道似乎安静下来了,停在夜间法庭外的出租车,不再一路排到建筑物的这一侧。路上没什么人在等车,除了……除了一个人。即使在这么高的地方,我都能看到一位站在路灯下的光头男子,橘色的光照在他的脑袋上。那人身穿一件深色大衣,看起来正在等待什么。一辆白色轿车停在对面的街道上,是早上来接我的那辆,路灯下的男子想必就是阿图拉斯。轿车后座的车门打开了,一个大块头走出来——格雷戈尔,他拿着一只大行李箱。我一下想到了他的皮夹,在我口袋里都要烧出一个洞来了。那个行李箱跟会客室里装着案件资料的一模一样,我把那个行李箱留在维克多那儿,只把资料拿到隔壁办公室看。

格雷戈尔在路灯下稍稍掀开箱子,阿图拉斯很快确认过里头的东西后，格雷戈尔又关上它。第三个人加入他们，是一名身穿海军蓝制服的男子，我能看见他厚实的胸口上有个徽章被路灯照亮，是我早上在大厅碰到的那个胖警卫。

　　三人一起等待着。这里多是办公大楼，深夜时刻非常寂静。此时，有两辆白色厢型车转进这条街，停在轿车后面。格雷戈尔和司机示意，第一辆厢型车便驶进法院的地下停车场；第二辆停了下来，司机将后座门打开，格雷戈尔拖着行李箱绕过去，抬起行李箱丢到后座。这就是早上把我像布娃娃一样拎起来的男子，那箱子里不管装了什么，看起来都重得要命。他关上门，放厢型车开进法院地下停车场。接着，格雷戈尔、阿图拉斯和那位胖警卫走到墙边，离开了路灯打亮的范围。他们还在等什么，轿车也依然停在那里。几分钟后，两个男人从地下停车场出来，往格雷戈尔那里赶去，我猜他们就是厢型车司机。

　　我的呼吸停了一秒。

　　格雷戈尔伸手到外套里，接着他摸了外套其他口袋，拍拍裤子，重复一次刚刚的步骤，最后用他的大手指摸了摸外套，不解地双手一摊。他发现皮夹不见了。阿图拉斯拿出自己的皮夹分别给两位司机一小叠钞票，两人进到轿车后座，车子开走了。皮夹里被夹起来的钞票显然是要付给司机的。阿图拉斯跟格雷戈尔好像在互开什么玩笑，大块头举起他巨大的爪子，做出无辜的表情。他大概经常弄丢或拿不出钱包，他们不可能会怀疑是我偷的。他们不知道我的过去，对他们而言，我只是个律师，律师是不会偷钱包的。俄罗斯人和胖警卫走到街上，右转走出我的视线，往法院入口走去。

跟我早上进去的流程一样，阿图拉斯和格雷戈尔会用同样的方式进到建筑物里——通过安检，穿过大厅，去坐电梯。我估计这一路会花 90 秒。搭电梯上 19 楼需要 60 秒，走回房间要花 10 秒。他们会叫醒维克多，然后来查看我的状况——也许再多个 10 到 15 秒。保守估计，在他们发现房内空无一人、打电话结束艾米的生命、按下真正的引爆器以前，我有大约两分半钟的时间赶回办公室。

我已经习惯帮自己的交互诘问计时了，而且挺令我开心的是，我的心理时钟相当精准。我拉出卡在身体底下的双腿，站起身开始移动。等我来到雕像那里时，已经过了大概 45 秒了。灰色的女神不像窗台那样湿滑，我花了 20 秒让自己站上她的肩膀，双脚卡在她的背上，两手抓着她头部两侧。我来的时候弄掉了几块砖头，刚好在雕像和安稳的窗台间形成了一个长约 1 米、可攀爬的凹槽。

我一动也不动地紧抓着雕像，5 秒钟过去了，我把一只脚踩到她的右肩上，起身抓住长剑来取得平衡。

阿图拉斯稍早跟我说的一切都是假的。如果他想的话，弄架大钢琴到法院里都不成问题——他刚刚就让两辆厢型车和一个行李箱在毫无安检的情况下进来了。放在我背部下侧的那个炸弹，如果要放在格雷戈尔丢进厢型车里的那个箱子，完全没有难度。他们不需要我或杰克来偷渡任何东西进法庭。我暗骂自己愚蠢，如果这些俄罗斯人能花钱买通一位联邦探员，他们绝对拿得出钱来买通安检警卫，放他们拎个袋子进去。事实上，他们的钱大概够让法院里每个警卫都变成百万富翁了。我在脑海里重播早上进法院的每一幕——巴瑞大喊出我的名字，那个叫汉克的金发警卫想要搜我身，而早在我通过 X 光扫描器之前，那个胖警卫就在盯着我了。我当时以为胖警卫认识我，但我认不出他。看到他帮俄罗斯人偷渡厢型车进地下室，让我重新评估了一下他早上出现在大厅的意义。汉克叫我身体摆正的时候，那胖子朝我们晃过来，我之前以为他是来支援汉克的，现在晓得他是来监视我，确保我完好无缺地通过安检，没有被汉克或其他人发现炸弹的事。

我一旦失去利用价值，他们就会杀了艾米。我想不通为什么，究竟为什么要把我扯进来？

我爸曾经告诉我，你要对状况全盘了解才能开始行骗，然而这个情况一点道理都没有。我有种预感，我只是在一起更大的阴谋中扮演人质的角色。不过，至少我开始明白场上的对手都是哪些人了，这代表我可以自己开一盘新的赛局。

我放开剑，吐气，然后跳了下去。

00:29

我的身体摔在窗台上，双腿又踢落了几块砖。我贴着墙，尽可能快速移动回我没关上的那扇窗。跌进办公室时，已经过了两分二十秒。我起身关上窗户，脱下大衣，用手拍了拍它。外套湿透了，裤子也是。我打开角落的暖气，将它开到最强，把大衣放上去，整个人紧靠着它，好烘干我膝盖湿掉的地方，同时缓和气息。我定了定神，从钥匙孔看出去，感谢老天，维克多还在沙发上睡觉，跟我离开时的姿势一样。原本装案件资料的行李箱依旧开在地上，里头空空如也，跟我最后一次看到的无异，资料都还在我桌上。

一阵微弱的金属声打破了沉寂：走廊的电梯门开了。汗水滴在我的外套上，我擦了擦前额，听到一串体重惊人的脚步跟在另一串脚步后面。阿图拉斯悄悄回到会客室，轻轻坐到椅子上，格雷戈尔跟在他身后，踹醒维克多。他要维克多坐过去，然后两个大块头往后靠回到沙发上，闭上眼睛。跟办公室里同样的台灯映照出微弱的灯光，让外头看起来一片祥和。我试着转动门把，发现它是锁上的，这代表没人来看过我。如果他们打开门发现我不见了，不会重新上锁。

我尽可能压低声音回到暖气机边，让不断上升的热气烘干我的裤子。我已经计划好下一步了，在动手处理掉俄罗斯佬前，得先跟吉米联系上，因此我需要拿到哈利清单上的手机。就算不塞车，哈利至少也要一个小时才能取得装备并回来交货，我只能等了。我伸展双腿，背靠着墙，又查看了一次钥匙孔。

他们在休息。

半个小时后，我发现自己的头往前垂向胸口，我差点要睡着了。大衣和膝盖都已经烘干，深色布料盖住了所有污渍。办公室有点闷热，我关掉暖气，坐回去继续思考。

我欠哈利·福特太多人情了，要不是他，我不是在牢里，就是早死透了。那是骗子的宿命，没有什么退休计划，也没有健康保障。我靠骗保行骗一生，最后可能慢慢自食恶果，或被抓去关监狱。但当时我自然不会那样想,等事情真的发生,我会怪自己刹那间的错误决策,或怪那支 9 磅重的大槌。唉,不是那支槌子的错,也不是敲它的人的错。真正错的是我的司机,睡了人家的老婆。

那时,我已经观察过我的目标,也准备好在周五早上制造一场小车祸。我的专业车手,退役的 NASCAR 赛车手派瑞·雷克,在星期四晚上被一个吃醋的老公揍得鼻青脸肿。那个老公把派瑞绑在椅子上,从工具袋里拿出一支全新的 9 磅大槌给派瑞看,把派瑞折磨得半死:他的膝盖、双手、手肘和牙齿全毁了。我应该取消行动的,但我没有,我忘了这行的规矩:拿钱闪人。诈骗生涯的最后几年,我存了将近 2000 万美金,我行骗不再是为了钱,而是为骗而骗,为了骗倒大保险公司和他们的法律团队、赚到几千美金的快感而骗,然后到酒吧里敬我爸一杯,再支付所有的伤害损失。于是我那天接手了派瑞的工作。后来想想,如果把派瑞绑在驾驶座上,任他自行处理,结果大概都会好一点。但我搞砸了,刹车踩得太用力、太急,那辆奔驰从我后面撞上来,就在十字路口处。是我的错,不是他的。我没威胁要告奔驰的司机,反倒是他告我人身伤害。事实上,他把我告进钱伯斯街上的民事法庭,本案的法官正是哈利·福特。

一般来说,这种事故不会闹上法庭,事故责任归我,但我撒谎说有行人冲过来,我是因为这样才紧急刹车的。一名警察说他在对街目睹了整起事件,没看到有行人从我前面跑过去。要不是有警察在事故现场,事发后我就直接开走了。警察记下了我的资料,而我身上只带了自己的证件,这是另一个错误。

我那天一到法庭便提议要付给对方 1 万美金和解，他的律师要他别收，直接让案子进法庭。我在事故里驾驶的车子没有保险，如果我请律师，奔驰司机会觉得我很有钱，所以我就出庭替自己辩护了。案子开始审理，法官哈利·福特看起来一脸了无生趣。要不是有那位警察，我和奔驰司机会各说各话。一直到我开始提问，哈利才开始投入。对方表示，在我踩刹车以前，他没有看到任何行人。我问了他一个问题："你说你来不及看到我踩刹车才会撞上来。如果你没有注意到我的动态，应该也不会看到行人，对吧？"他没有回答。

警察说他能清楚地看到我，对事故发生的经过一清二楚，他很确定没有看到任何行人跑过我行车的路线。我知道若能挑战警方的说法，我就会有很高的胜算，所以我决定测试他到底记得什么。

"警察先生，你说你对 6 个多月前发生的事件记忆犹新，也对那天发生的事都记得一清二楚？"

"没错。"

我拿起面前的一张纸：一封对方律师寄来的信，威胁如果我不付给他的委托人 10 万美金，他就要告我。警察见我盯着纸看，却看不到上面的内容。

"警察先生，在目睹事件之后，你接下来处理的是什么案子？"

他打算要撒谎，随便说个答案敷衍我，但他看到我在等待回答的同时盯着那份文件，便犹豫了。他以为我手上有相关信息，这些信息就在我面前的文件里。

"我不记得。"这是他的安全牌。

我接着问他事发前处理了什么案子，他给了同样的答案——他突然间什么都不记得了。

我小时候看过我爸对手下用过相同的手段，确认他们没有少报数字。他会边问边拿起他的小红簿子，一副对发生的事了如指掌，且手握证据的样子。他当然没有，只是在虚张声势罢了。

再问了几题之后，我听到哈利在笑。

他第一次直接跟我说话："不用再问了，本案驳回。"

我保住了差点就飞走的钱。原告冲出法庭，对他的律师狂飙脏话。那场小小的胜利带给我超凡的感受，跟我过去筹划过的任何欺诈案同样美好。法院对面有一家西班牙小酒馆，处于兴奋状态的我肚子突然饿了起来，于是我去了那里。在我等位的时候，背后传来一个低沉的嗓音："小子，你今天干得好啊，真可惜你不是真的律师。"是哈利。

我们一同用餐。哈利告诉我，他从没见过无委派律师的诉讼当事人表现得这么好，比大部分他见过的律师还要出色。我从没见过像哈利这样的人，他为人坦率、事业有成，带着一种诡异的幽默感，我猜他也有危险的那一面。他问我靠什么维生，我告诉他我从父母那儿得到一小笔钱，但还没决定要做什么。

他将手指上沾的酱舔干净，然后说："你知道，你有很特别的天分，应该考虑念法学院。我喜欢你问问题的方式，看得出来，你有干这一行的才华和潜质，特别是对上警察的时候，你彻底打败他了。"

"说实话，我完全不晓得他那天处理了什么案子，我是在诈他，法学院不会教这个吧。"

他笑了出来。

"你听过克拉伦斯·丹诺吗？"哈利说，"他是很久以前的一位诉讼律师，你让我想到他。克拉伦斯喜欢在法庭里抽烟。开庭前，他会先在一根古巴大雪茄中间插一支长长的帽针。他的竞争对手有案开审时，克拉伦斯就点燃雪茄。克拉伦斯的雪茄总是会在对手陈述时烧光，但因为有帽针撑着，烟灰不会掉下来。那根帽针就像某种中央支架。烟灰越来越长，长到整个陪审团都无视了场上的律师和证人，全在注意雪茄上的烟灰，等着看它掉下来，落在他白色的亚麻西装上。烟灰从没掉过，克拉伦斯也没输过一场官司。你觉得克拉伦斯这招和你今天对警察耍的把戏有多大差别？"

"我从没这样想过。"

"这说明了你有天分。要是哪天决定读法学院了，给我打个电话，我的推荐应该能帮上忙。等你读完后，我总是会需要请个助理的。"就这样，哈利在我脑中种下了当律师的想法，但真正让我付诸行动的是我母亲。

会客室的打呼声突然终止，又继续。

午夜了。

我的表上还剩16个小时。

哈利肯定有足够的时间拿到装备，在12点前回到法庭。

是时候行动了。

在诈骗计划里，下手前的那一刻是最令人不安的，在那之后一切就回不了头了。这种感觉会一直盘旋在脑中，直到真正动手的那刻。一旦你踏出那一步，不安感不知怎的就消失了。

我站着伸展背部和脖子，最后确认过我的衣服和大衣。我拿阿图拉斯稍早丢给我的水瓶，倒了一点点水清理了大衣下摆的几块泥土，顺便洗了手，并把水搓干。我确定自己看起来没问题，不是一副刚从脏兮兮的建筑物外爬回来的样子后，注视着自己不再颤抖的手，坚定地敲了敲门，然后说："嘿，开门，我得跟你讲个话。你的老大如果不想要案子重审的话，他还需要处理掉另一名证人。"

我的视线回到钥匙孔上，看到有人动起来。维克多起身，刚好挡住我看《蒙娜丽莎的微笑》的视线，那幅我早上第一次走进来看到的画。不知为何，他的身躯站在画前，让我萌生了一个想法，一个灵光乍现的念头，牵涉到那个假的引爆器，以及我看到格雷戈尔丢进厢型车里的行李箱，但此刻那些想法还一片模糊。

00:30

我听到钥匙开锁的喀啦声，门向内甩开，三个人全部站在我面前。

"就算我杀了小班尼，检方还是能根据托尼·杰拉多的证词来重审，不把他处理掉，你们的计划是行不通的。但你们杀了托尼·杰拉多，肯定会冒上和意大利人全面开战的风险。幸运的是，你们不需要杀他，如果他是我想的那种人——拿钱堵住他的嘴就行了。"

阿图拉斯看着我，点点头。

"没错，其他事务所有提到这混球的证据。他们说这杀伤力不小，但单靠它不足以将沃尔切克定罪。"阿图拉斯说。

"他们说得没错，但这将足以让检察官获得重审的机会。你们现在就能花钱了事，不过我需要一大笔钱来处理它。我猜托尼·杰拉多也用托尼·G这个名字在江湖行走，如果他是那个托尼，那我认识他的老大，我很久以前帮他打过官司，可以居中安排。我需要400万美金来处理：200万给他老板，200万给托尼。"

阿图拉斯没有对这个数字做出反应，一脸冷漠。400万对这些家伙来说不是什么大数目，他们几个小时内就能弄到手。我记得报纸上有篇报道指出，沃尔切克以500万现金交保。400万不是什么问题，我敢以我女儿的命来打赌。

"托尼·G就是托尼·杰拉多。我们确实没办法跟那些人沟通，也许你能，也许你不能，这都不重要。我们杀了小班尼之后，就算案子重审，也不会有人想冒险作证跟沃尔切克杠上。所以别管这个了。"阿图拉斯说。

"我可做不到。你们老板给我机会处理小班尼——给我机会在不杀任何人的情况下打赢这场官司，但我没有能攻击托尼·杰拉多的点，你得花钱收买他。"

"我跟你说别管了。"阿图拉斯这次语气听起来十分坚定。

"你要我别管一个对你老板的谋杀案审判极为不利的检方证人？"

他的脸上立刻浮现出惊恐的表情。我看见他眼周的皮肤绷紧，然后再次露出那骇人的笑容。

"律师，这是我的计划，这里不归你管。"

"那也许是你的计划，但这是我的案子，沃尔切克是我的委托人，我赌上的是我女儿的命。如果你不跟他说，我会。我也会告诉他你试图阻止我，那样你会有什么下场？"

附近大楼上的广告牌在屋内映射出蓝色的霓虹光晕，那道短暂停留的蓝光照在阿图拉斯的脸颊上，湿润发亮——他的伤口又在流脓了。在虚假的笑容背后，他的脑袋在忙着算计、衡量他的选项。

"别忘了你女儿在谁手上。"他一边在手机上按下号码，一边说道。

才短短几句话，我们就理解彼此的意思了。如果我逼他，他就会反过来用艾米压制我。

我听着他用俄文和沃尔切克对话。阿图拉斯在听他老大讲话的时候，会时不时看向我。

几分钟后，阿图拉斯挂上电话，倒回沙发上。我猜他是在等对方作决定，便回到办公室等。托尼·杰拉多的证词有可能让检方能申请重审，它不太能完美地建立犯案动机，但在马里欧·杰拉多被杀的问题上，却是很有力的间接证据。米莉安会勾勒出一出亲人横遭杀害的悲惨戏码，说他们因为一个残暴的俄罗斯黑帮头目下令，痛失了这位前程似锦的年轻人。但这都是狗屁。如果阿图拉斯没说错，托尼·杰拉多真的就是托尼·G，他八成一点也不在乎这个堂弟。我看过马里欧和他公寓的犯罪现场照片，马里欧就是个鬼混度日的毒贩，而托尼是家族中的重要人物，并且有一定的社会地位。沃尔切克简直是帮了托尼一个大忙，托尼正在家族中往上爬，他的废物堂弟却老是把他拖下水，这不是他需要的，他需要受人景仰。但若连自己的堂弟都管不好，哪个头脑正常的人会信任托尼，让他来管一整个团队呢？

无论如何，马里欧是家人，他的死是一种羞辱，不能坐视不管。你不能就这样杀了人家的家人，然后大摇大摆走开——无论如何都不行。托尼·杰拉多需要扳回颜面。他不想开战，至少不是为了他那废物堂弟，而这大概让他进退两难。不过也不排除托尼出庭作证与沃尔切克杠上，是真的想替马里欧报仇。不管他的动机是什么，托尼的证据是我的通行证，能让我见到我的老朋友"帽子"吉米——家族帮派的头头。

我的右手和背部因为在窗台上的危险动作而感到剧痛，我曾考虑要不要跟阿图拉斯要止痛药，但我马上就打消了这个念头。

阿图拉斯的手机响了。

他接起电话看向我，沉默了大约 30 秒后，他挂上电话起身，用俄文跟维克多讲了些什么。维克多火大地看向我。

"你说谎。"维克多从口袋掏出一把刀。

00:31

我跟维克多之间有 2.5 米的距离，没有任何障碍物。我坐在办公室的桌子后，维克多稳稳地站在沙发前盯着我看。他左手握着一把刀，我完全承受不了他紧迫盯人的注视，视线紧张地在维克多和那把刀之间摆荡。

他朝我走来。

不发一语。

我在脑中模拟出各种情境，一个比一个更缜密详细，实在想不通自己是怎么露馅儿的。各种可能性在我的脑中激荡，使我的眼神更加飘忽不定。我的手指摸上嘴巴，如果我被抓包了，现在看起来一定很明显。

接着我的思绪踩了刹车。

我记起我爸对我的训练——保持冷静。

如果我没有被抓包呢？

"你知道吗，维克多？我在这边想了半天，想着沃尔切克怎么会误解我的行为。"维克多放慢脚步听我说话。

"我是很聪明的人，我怕你蠢到没办法自己想通，得跟你说明一下。我对你老大是一片真心诚意，沃尔切克不可能有理由另作他想。所以我猜，他并不认为我在说谎，他是谨慎行事。要我说的话，有点太谨慎了。他过去要是没冒过险，他天杀的钱都是怎么赚的？总之，我不是骗子，你才是。你想吓我让我露出马脚，看我是不是反过来在骗你老大。我们都别浪费时间了，我没有别的意图，我难道会拿了他的钱，把女儿留给他？他是疯了吗？"

维克多停在离我大约 1 米的地方，刀还在手上。

"所以呢？"我问。

"动手。"阿图拉斯下令。

"全是狗屁。"我说,"你们这些人没抓到我任何把柄,只是在看我对当下情况作何反应。你们在猜我会不会自爆、干出蠢事,或是坦承我的计划。别担心,我能去哪儿?我整天都跟你们这群混蛋待在一起。我想要我女儿,我想要她平安,我必须赢。我会打赢这个案子救回我女儿。"

维克多没有动作。有那么一刻,室内一点动静也没有。

他迅速朝我走来,刀仍拿在身侧。我站稳脚步,抓着我的椅子,在他往前踏出下一步时,准备好要往左闪,并转动椅子。

他的脚停在半空中,亮出刀子,然后笑着收回脚步,转向阿图拉斯。

"他不是骗子,他都要在裤子上拉屎了,娘炮一个。"维克多用浓浓的斯拉夫口音说,中气十足地笑了好一会儿。

我稍微松了口气,显然我刚才通过了一项很重要的测试。

阿图拉斯拨了通电话,再次换成母语说话,对方应该是沃尔切克。通话结束后,他指向我:"律师,你最好别搞砸,400万虽然对我们来说不是很大的数字,但依旧很多。弄丢的话,我们会很火大。"

"何时出发?"

"我们得离开去拿钱,要花几个小时准备。我们要带钱去哪儿?"

"我要去吉米的餐厅吃早餐,你们就带我去那儿,我要在那里跟吉米碰面。你们不能见他。他看到你们,你们就死路一条了,明白?你们老大就靠这个了,我是唯一能处理这件事的人。"

阿图拉斯没有说话。

"你知道吉米是谁吧？"我问。

"他是个×××的意大利胖子。"阿图拉斯回复道。

"没错，但他也掌管了纽约最大的犯罪家族企业。他不喜欢任何人招惹他的家族，不管血缘有多远。我搞不懂的是，你们这些人怎么到现在还没死透。"

"因为他不想为了马里欧那种小毒虫挑起战争，而且相信我，要打的话肯定会是场战争，吉米也许最后会赢，但他会在过程中损失很多手下和钱。为了一个毒虫值得吗？不值得。他放出风声后，我们手底下的毒贩顺势撤出他的地盘1个月，让他舍不得放弃这送上门的甜头，他很快就会忘了那些事。"

媒体把马里欧的死报道成帮派暗杀——为了争夺地盘。托尼证实了沃尔切克跟马里欧·杰拉多在夜店打架一事，并表示堂弟是因为债务纠纷遭杀害。我现在还不知道的部分似乎很重要，我猜最可能的情况是，犯罪现场中藏在破碎相框里的相片，就是害马里欧送命的原因。警察即将破门而入时，小班尼正在烧相片，相片里有什么？为什么马里欧会因此而被杀害？在对相片内容一无所知的情况下，我没办法下定论。

"好吧，所以吉米这次认钱不认血了，还是那只是他想要你们这么以为？这取决于吉米在多大程度上把这件事看作个人行为。所以和他个人有多大关系？马里欧为什么会被杀？"

"他会死是因为他是个跟沃尔切克杠上的白痴毒虫。"

"但托尼·杰拉多提到欠债的事。"

"每个人都欠沃尔切克什么。"阿图拉斯说着,视线飘向远方。

"所以是欠债、在酒吧喝醉打起来,还是因为那张警察在马里欧家的水槽里找到的被烧毁的照片,才令小班尼杀了他?"

阿图拉斯震惊地看向我。

"那是命运,你只需要知道这么多。别问太多,律师。可能有的问题会让你女儿没命。"阿图拉斯用手抚过他脸颊上的疤痕。

那是我第二次看到他摸那道疤痕,他可能根本没注意到自己的动作——跟大多数人一样,无意识地露出破绽。那道疤看起来很新,呈粉红色,正在发炎——也许才形成不到 18 个月。我猜,差不多是在沃尔切克得知小班尼即将作证揭发他的时候,阿图拉斯脸上就多了那道疤。

00:32

我辗转难眠。

办公室里的小沙发松垮垮的,有些地方凹了下去,坏掉的弹簧和支架戳着我的腿。但就算我躺在华尔道夫酒店的加大双人床上,也会同样为失眠所苦。我无法阻止脑中不断重演稍早发生的一切,从某个方面来说,这很有帮助,逐一推敲眼前的难题,能让我不会想到艾米。我的脑中充斥着各式各样的推论,大部分很扯,有些很接近真相,还有一两个关于钱的猜测可能正中红心。

我从没听过哪个作证扳倒黑帮的污点证人,不会争取用宣誓供述抖出组织内幕，以此换取完全免刑：这些是货源、这是我们的贩毒网络、这是洗钱管道，谁杀了谁、在什么时候杀、在哪里杀。通常这些供述还会配上一张钉得满满的地图，呈现出尸体被埋在哪些地点，就像忏悔者那样。

实际情况相距甚远，小班尼只坦承一项谋杀，仅此而已。审判之后，他也不会进入证人保护计划，还是得服刑。他目前就在联邦调查局的监管保护下服刑。

我想不通小班尼怎么会蠢到让自己还要服刑，为什么不爆出所有人的料、弄到免刑协议，让政府安排他在证人保护计划下度过余生？

这一定有什么好的理由，我脑中第一个浮现的推测是家人。陈述里完全没提到这部分，但如果小班尼确实有家人的话，我敢肯定他们人在俄罗斯老家。就算是联邦探员，也不会笨到跑去那里提供保护。不对，小班尼担心的不是俄罗斯的家人，如果他有家人在那儿，他连一句对沃尔切克不利的证词都不会说，因为他完全没办法保护远在家乡的至亲。如果他家人在美国，他会把整个组织都抖出来，让他的家人也加入证人保护计划，或是干脆闭紧嘴巴。家人这个因素跟我的推论联系不起来。

他的首要动机是什么？

避免坐牢想必是他唯一的动机。

但一样跟事实对不上，小班尼还要服上十一年左右的刑期，他大可供出沃尔切克，借此赚一笔，外加免刑。但他为什么要抖出足以让自己被追杀的证据，却又不够让自己大赚一笔、免于牢狱之灾？

当然，我忽视了最大的关键因素——蠢。

身为聪明理性的人类，即使穷途末路，还是能另寻出路。我只是在合理化自己可能会采取的策略，但也许问题是出在智商，那家伙就是蠢到不行，你没办法合理化他的决定。

但小班尼有那么蠢吗？

他被逮个正着。

沃尔切克给我的答案似乎是最符合事实的，小班尼依旧对某些人抱有忠诚——阿图拉斯。那才是关键，我得找出阿图拉斯跟小班尼之间的关联。

我慢慢起身，这动作让我的背部痛得发出抗议。

我再一次翻过证词、照片、证人名单，还有警方陈述。

有哪里不对劲。

我想到楼下那个胖警卫、厢型车开进地下室前被格雷戈尔丢进后座的同款行李箱、那张联邦探员的名片，一切都浮现在我眼前。我的脑袋因为试图容纳一切而鼓胀欲裂，突然间，一个形象从我的意识中浮出水面，停滞不去——艾米。我在心里仔细看着她的五官，想象自己抱着她，告诉她一切都没事，她很安全，爸爸来找她了。我的身体开始颤抖，只能咬牙忍住泪水，瘫倒在椅子上。

我肯定是看资料看到睡着了，我不知道自己睡了多久，但办公室的门一开，我就立刻醒了过来。

"我们现在出发。"阿图拉斯宣布。

维克多和格雷戈尔用他们的语言跟阿图拉斯说了几句话,得到他怒气冲冲的回应。我听不懂他们在说什么,虽然听起来像是在争执。我的手伸进大衣袖子里,理了理背后,并将领口翻好。

"等一下。"阿图拉斯跟维克多大吵起来。金发男指着我。

"你们两个要是不小声点,警卫会上来查看这里在吵什么。"我说。

"闭嘴,给我脱下——"阿图拉斯说,然后被维克多打断。

他们在吵是该把炸弹留在办公室里,还是穿出去,再冒一次险把它偷渡进法院。我不想再来一次,他们面临了严重的两难境地。如果把炸弹留在办公室,就算外面的门换了新的锁,仍然还是有很小的机会被警卫或联邦探员给找到,我背上没了炸弹也会更难掌控。逼我穿炸弹出去对他们比较有保障,如果我跟吉米见面后没回来,他们只要按下按钮就好。前提是我还傻傻地把炸弹留在身上,而我显然不会这么做。

"你想要我把外套留在这儿?"我问。

他们停止争论。

"脱下来。"阿图拉斯说,"我不要再冒险让你回来的时候被搜身。"

我脱下大衣和那件外套,小心地将外套挂在办公室的椅背上,再将大衣穿上。

"打给吉米。"阿图拉斯把他的手机递给我。

"等一下,我得先去上厕所。"我祈祷哈利已经结束他的临时购物行程,从 AMPM 安全用品店回来,并成功把我的东西藏进厕所里。

00:33

我会去上厕所，阿图拉斯看起来早就料到了。

他说："去楼下的厕所，维克多会跟你去。"

"我已经会自己上厕所很多年了。"我说。

"你再提一次，这辈子就都给我拉在裤子里。"阿图拉斯说。

维克多领着我从楼梯间往下走去，黑暗中的楼梯走起来危机四伏。晚上9点以后，法院里大部分的灯都关了，只留几楼亮着，供夜间法庭使用。

我们花了点时间下楼，我找到了洗手间，趁维克多提出异议前迅速溜了进去。一进厕所便是一个宽敞的无障碍空间，我缓慢安静地将门锁转了整整180°，让它保护我。但它救不了我，维克多不消几秒就能拆下这扇门。

我大声拉下马桶坐垫，维克多大概正狐疑地听着门后的动静，但我告诉自己，那只是我的想象力在作祟。

哈利把东西藏在哪里？我边想边环顾洗手间。

寻找过程不大顺利，我掀开瓷制马桶水箱盖，差点把它弄掉，过程中还发出巨大的声响。

我屏息等待。

维克多没有大喊或问话。

我开不了洗手台底下的木柜，检查了天花板上有没有松脱或移动过的瓷砖，最后在卫生纸旁边看到一个适合藏东西的好地方。

这个地方完美到不行：一个固定在墙上的废弃卫生纸架。我打开卫生纸架的外壳往里面摸，一个纸袋轻轻松松就被拿了出来。架子已经坏掉好一阵子了，所以清洁人员不会来动它。我尽可能无声地打开袋子。东西都在里面，我一个个把它们拿了出来。

一罐SEDNA黑色小瓶装喷雾，类似香水样品，很容易藏匿。接着我找到某个看起来像手电筒的东西，其实是一种黑光，能照出只在紫外光底下才看得见的追踪喷雾痕迹。

手机小得不得了，但我不是为了它的大小才要的，而是它的功能。这部手机的卖点在于，它使用的是非法地下网络，通话不受监控，信号不会被截取，也很好藏。假的引爆器看起来简直一模一样，我拿出从阿图拉斯那里偷来的比对，两者完全一致。

我听到电话响起，吓得差点把手机丢到地上。铃声停下，我听到维克多在门外说话，是他的电话，不是我的。他的声音变小了一些，感觉像边讲边来回走动。

哈利干得不错。我打开手机，确保它是在静音模式，以免有人打过来发出铃声。我拨出电话，等了足足十秒才被接起来。

"你哪位？"

"我找吉米有急事。我是艾迪·弗林。"

"等一下。"

电话另一头有人在交谈。

"拨这个号码过来。"吉米说。

我重拨了安全号码。

"见鬼，发生了什么事？"绰号"帽子"的吉米·费里尼用微微带有意大利的口音问道。

我压低音量说："我麻烦大了，有人绑架了艾米。我几分钟后会打给你，假装我们还没讲过话。我要跟你谈个生意，你马上就会见到我。等一下绑匪会在旁边听，别让我失望。"

"艾迪，你需要钱吗？"吉米问。

"不需要。我会去餐厅给你钱，我要雇一组杀手。"

00:34

挂断电话后，我沉默了10秒钟，为了确定没人发现我匆忙打给吉米。维克多响亮的声音每隔几秒就传过来，他在厕所外走来走去，声音离我忽近忽远。我吐了口气，甚至没意识到自己屏着气息。

我还剩两通电话要打。

我先打给哈利，留了一则语音留言给他。现在将近凌晨4点，他大概还在夜间法庭里。我告诉他我拿到袋子了，谢谢他，如果还有需要，我会传信息给他。

最后一通电话让我出乎预料地紧张。

手机的键盘很小，我在拨号时按错好几次，问题可能出在我高度紧绷的身体上，毕竟我成功拨出其他几通电话了。我的双手颤抖着，这也不是今天头一次了。花了长达10秒钟的时间，确定输进手机的号码没错，又重读联邦探员名片背后的手写数字，对照我输入的号码，最后才满意地拨出。

我或许不该打这通电话，但我别无选择，而且也有合适的手机——一部改造过的诺基亚手机，里面装着一张特别的 SIM 卡。这手机贵得要命是有道理的，它能拦截拨号对象的手机网络。从技术上来说，接到我电话的人，实际上是自己打给自己。若打室内电话，它会进行随机的无线侦测，探测到距离最近的宽带市话，接着这通电话就会登录在那串市话号码上。同一串号码不会被重复拦截。

有人接电话了。

"喂？"一名带着美国腔的男子说。

"哈罗，方便和持有者说话吗？"我说。

"啥？持有者？你肯定是打错了。"那个声音回应道。他听起来有抽烟的习惯，我听见他低沉的呼吸声，还有老烟枪那种拖拖拉拉的低沉嗓音。

"真抱歉，我又在用专业术语了。我是新来的，他们说不能这样讲。我要说的是，方便和这部电话的主人说话吗？"

"我就是，你是？"

"这里是您的电信公司，先生。抱歉得打来给您 60 秒的警告——您的电话即将被停机。如果您有任何急事需要联络，建议您现在尽快处理，先生。您目前有任何急事，或预期里有任何急事发生吗？"我听起来就像是正在看着准备好的讲稿照念出一堆狗屁，也搞不清自己在讲什么的傻瓜，就跟真的电信公司员工一样。

"你不能给我停机,为什么要给我停机?"

"您有未缴的账单,先生。"

"这是诈骗吧?这串号码是统一支付的——联邦调查局付的钱,老兄。"他给了我完整的机关名称。

"很抱歉,话费尚未缴清,先生。除非您能在稍后几分钟缴纳6680美金,不然我必须将您的号码停机。"

"你不可以这样。我已经说了,这个号码是联邦调查局付费的。"

"恐怕已经好一阵子没付了,先生。您能现在付款吗?"

"不要。明明已经付清了。"

"那么我就必须为您做停机处理了。"

"你不能这样。我的意思是,你有什么资格这么做?"

"我已经做了,先生,就在刚刚。如果您不相信我,只需要在挂掉这通电话后,试着拨打电话看看。"

他立刻挂断,而我没有。我已经拦截到他的手机网络并且开始使用了。如果他真的打电话——我肯定他会这么做——他会连拨号音都听不到。

我等了30秒,期间听到门外的维克多对着电话大笑,然后再拨了一次那个联邦探员的号码。

"看吧?"我说。

"你怎么办到的?"他问。

"我只是在这边按了一个按钮,先生。能麻烦您付清欠款了吗?"

他叹了口气,停顿了一下。有那么一刻我以为自己穿帮了,打这通电话太危险了,我不应该打的。我把大拇指放在结束通话的按钮上,屏息等待。我祈祷他不会在今天冒失去手机的风险,在俄罗斯佬可能最需要他的时候。

"你们收信用卡吗?"他问。

我几乎要欢呼出声。

"当然,但在您告诉我卡号以前,可以麻烦您告诉我卡片后方的姓名吗?"

他沉默了一下,然后说:"没门。这是诈骗。"

"低等的骗子会有办法对您的手机做这样的操作吗?"我问。

"不会,但……"

"是吧,所以姓名是?"

"你怎么会不知道我的名字?我的意思是说,是你打给我的,我是客户,对吧?你需要我的名字做什么?"

"我只是需要确认信用卡上的名字,先生。我们不是什么诈骗组织。"

这是个大漏洞,还好我顺利脱身了。真是毫不意外。

"先生,我这边有您全部的客户资料,但我无法确认现在与我对话的是否为客户本人。任何人都可以接起您的电话,所以我需要您卡片上的身份资料。"

又一阵令人煎熬的沉默。

"你说你是从我的电信公司打来的,我用的是哪家公司?"

我看向屏幕顶端的收讯指示,我拦截到的是 AP&K 的信号。

"AP&K,先生。您还希望我问您穿什么颜色的裤子吗?"

"啥——"他停住，呼吸声从齿间窜出。这招随时都可能砸锅，但我在赌这家伙也许很好骗。好险，他是联邦探员，而不是缉毒局的人，警察和联邦探员时常会上别人的当。我知道有诈骗集团专门挑警察和联邦警探下手，因为他们对自己心目中的机构有更高的信赖。老奶奶和巡逻警察最好骗了。

"持卡人姓名是汤玛斯·P.列文。"他说。

"感谢您，列文先生。可以请您告诉我信用卡卡别，并确认您地址的第一行吗？"

维克多敲门了。我已经拿到需要的东西了。

我假装接受付款，然后挂掉电话。

00:35

维克多跟在我身后，我们摸黑走过光线微弱的楼梯，我忍不住猜想汤玛斯·P.列文长什么样。回到法官办公室后，我一边用阿图拉斯的手机打电话，一边思索着。

"方便让我跟吉米说话吗？"我问。

"哪里找？"一个声音回应。

"跟他说是他的律师。"

吉米接过电话。"你知道现在几点吗？"他问。

"我，艾迪。"我说。

一片沉默。我没有说话,就只是等待。

"好久没联络了,打到这部电话来。"吉米说。

我记下一串手机号码,接着拨过去。

他很快就接起来:"好了,没人在听。怎么了?"

"我准备了400万,有份差事要给你,而且很好赚,只是让某个人乖乖闭嘴。"我说。

"我们一般还蛮能让人闭嘴的,你几点来?"

"我得先去拿钱,不会太久。"

"你6点来,我会弄早餐,那时间有班要交接。这附近有很多人在盯,各式各样的部门都有,所以你得绕个路。走侧门,敲三下,微笑拍张照。待会儿见,兄弟。"

通话结束。

我改邪归正后,吉米就跟我分道扬镳了,我们双方多少都同意这样的结果。联邦探员、纽约警局、司法部、国税局,天晓得还有哪些人,全都紧盯着黑手党的一举一动。要是有人看到我们同进同出,我这条正道会很难走,可能还会让自己被盯上。以前我们会时不时打电话给对方,但没持续多久。我都忘了要偷偷和吉米会面有多困难了,要带着400万美金去找他而不被任何执法单位看到,更是不可能的事。就在我以为自己成功脱离险境时,突然又面临了一连串全新的问题,这几乎是我这辈子最疲惫的时刻。我骂了一声,往地上的行李箱踹了一脚,让它飞过整个房间去到门口。

"有个麻烦。"我说。

"怎么？他想要更多钱？"阿图拉斯问。

"不是。他那边有人，联邦调查局、烟酒枪炮及爆炸物管理局、缉毒局，任君挑选。有人在他外面扎营了。我们靠近时得小心，如果有人看到我送了一大袋现金进去，不用几秒我就会被抓，全纽约大部分的黑手党也得遭殃。"

"那就算了，风险太大，我们就赌小班尼这一把。我去打给奥雷克，跟他说计划取消。"阿图拉斯说。

"等等。我说会很麻烦不是不可能，我会想办法。你觉得我难道不想在不杀证人的情况下脱困吗？你觉得我不想要我女儿回来吗？只要能在不杀小班尼的情况下让沃尔切克脱身，我什么都愿意做。我能做到，你老大的事必须这样处理。"

俄罗斯佬又陷入争论，不过这次我大概听出几个字。"班尼"出现过几次，引起了我的注意。阿图拉斯整个人气炸了，他的颈部和胸口涨红，正对着维克多咆哮，嘴唇上挂着唾沫。我听到了"班尼"，接着是"nyet，nyet，nyet"，我很确定"nyet"是"不"的意思。然后是"Benedikta"，以及一串我听不清的话。阿图拉斯大吼"Moy brat"，最后这声大吼在屋内回荡。他们在讲小班尼，但我听不懂内容。

维克多安静下来，看起来是阿图拉斯吵赢了。

"好了，我们去拿钱。你也跟着来，我们直接去吉米那里。"阿图拉斯说。

现在是凌晨4点，还有两个小时的时间去拿钱，赶往餐厅。

00:36

走出法院比进来容易多了。大厅里满满的都是人，为了他们遭到逮捕、等待保释的亲友而来。一堆警察在楼梯口一边听彼此讲笑话，一边吹散咖啡上的热烟。夜班的警卫我一位也不认识，但这不重要——出法院时不会被搜身。

室外有风，这让我很高兴。我的肾上腺素的作用已经开始减退了，冷空气令人振奋。格雷戈尔留在楼上，只有我、阿图拉斯和维克多往停在对街的轿车走去。我先进去，维克多跟在后面，并坐到我对面。阿图拉斯进来时，我倾身撞到他的肩膀，假装在扯被脚踩着的大衣下摆。

阿图拉斯抱怨了一声。

他没有察觉到我扒走了东西，放了点别的进去。

我从他外套口袋里拿到了引爆器，真正的那个。与此同时，我把之前从他那里偷来的冒牌货，和哈利帮我跟保罗弄来的那个都放进去。阿图拉斯身上现在有两个引爆器，就如稍早一样，只不过现在两个都是假的。我在口袋里掂了掂真的引爆器，感觉它更重一些。这是我20年前就练就的功夫，拿在手上就能辨认出假硬币轻了半克。阿图拉斯察觉不出这几个引爆器的重量差异，至少我是如此希望的。我注意到他将真的引爆器放在左边口袋，假的放右边，好确保自己不会搞混。

车停在我与哈利第一次吃午餐的那间小餐馆旁。那次见面，哈利等于是给了我一个工作机会，在那之前，我从没做过什么正经的工作——我不需要,也不想要。我妈以为我是律师助理。跟哈利初次见面的隔天,我去医院看她。我爸去世后的那几年,她状况越来越差,我每个星期都会拿钱给她,这样她就不必工作,但那好像只加速了她的状况恶化。她鲜少在中午以前起床,也不再跟朋友聚会,甚至不看书了。

那一天,最后那天,她看起来那样疲惫不堪,脸上的肌肤薄得好像随时会裂开。她的嘴唇干裂,头发扁塌,粘在苍白的皮肤上,医生无法确定是什么造成了她体重减轻和疼痛、咳嗽等症状。他们先是诊断为多发性硬化症,接着改成癌症,然后又改回去。

在我内心深处,很清楚她是被什么东西夺走了生命。

失去。

我爸过世时,她为了我撑下去,她没怎么哭,不想让我看到她痛苦的样子。她付出的这些努力我都明白,我明白她早已心死。一直到我开始赚钱,她也相信我做的是份好工作以后,她的身体就差不多停止运作,仿佛责任已了。她已经把我养大,现在她想放下一切,这样她就能跟我爸在一起。心碎让她缓缓迈向死亡。

她看到我买了花给她,眼睛随之发亮,她很爱花。

她握着我的手,泪水在她脸颊上闪烁。

"你感觉好吗?今天还痛吗?"

"没有,一点也不痛,我很开心。我的好儿子在这里,而且他有一天会当上律师呢。"

她的笑容让我感觉自己被揍了一拳。我无法对她据实以告,不管我跟她讲了多少次，她都听不懂：当律师助理不代表未来就会变成律师。她听不进去，只是想象着儿子的美好未来，我阻止不了她。如果我跟她说我不是律师助理而是骗子，我为了骗保险公司而冒充律师，她仅剩的东西就会烟消云散。某种程度上，这个谎言让我觉得自己该为她的死负责。如果她早知道我不是律师助理而是骗子的话，还会放弃生命吗？如果我跟她坦白，她会哭出来，哀号着要我停止那样的生活，说我父亲对儿子有更高的期待。但我只能坐在她床边，看着她逐渐凋零。我决定要忠于她对我的回忆而活，我会给她一个真实的理由为我感到骄傲。

她的手滑到我手里，我知道她醒着。心电图发出了警示声，过了一会儿也没人出现，最后一名护士缓缓地打开门，关掉心电图，抚摸着我妈的头说："她走了。"

我把她和父亲葬在一起，遣散了我的手下，打电话给哈利。他帮我安排进一所法学院就读，一直到阿图拉斯在泰德小馆拿枪抵着我的那一刻，我都没有走过回头路，我已经把骗子的生活抛在脑后。现在我很庆幸，庆幸我那些技巧都还在。

哈利给我工作的那天也拯救了我，他亲手扭转了我的命运，改写了我的人生。不知怎的，我感觉哈利认为自己有义务照看我。

一阵刺耳的汽车喇叭声将我拉回行驶中的车上，过暗的车窗让我很难看清此时自己身在何方。

我猜我们在往南，朝布鲁克林开去。没过多久，我们就驶经布鲁克林—炮台公园隧道的出口。即便这条隧道为了纪念纽约前州长已改名为休斯·凯里隧道,我依旧称之为炮台隧道。我爸生前常说,凯里是位优秀的基督徒,那想必是真的——凯里膝下有14名子女。

"我们要去哪儿?"我问。

"羊头湾。"阿图拉斯说。

我对那个海湾很熟,那儿离我长大的地方不远。羊头湾将布鲁克林和康尼岛分隔开,一路从沿岸闹哄哄的苏联酒吧,蜿蜒进安静的社区。我们开了大约30分钟,停在一家修车厂后头,就在格雷夫森德尼克路和东十八街的交叉口上。这块地位于一间旧仓库前方。

"跟我来。"阿图拉斯说。

我们下了车。我望向四周,这一带公寓大楼和店家混合林立,商家大多5点过后就休息了。早晨这个时段,街道一片宁静,地面因为结霜而湿滑。我们往铁门走去,那里是仓库的行人出入口,通往一间装潢过的大办公室。东面的墙边摆着两张沙发,面朝对面墙上装在高处的电视机。电视开着,频道锁定在新闻台,一位主播在播报新闻,配图是哈德逊河。荧幕下方跑过的新闻标题显示,海巡队已出动打捞那艘货船的残骸,就是周六晚间与所有船员一同沉没的萨加号。跑马灯字幕跑过他们找到船体和几名船员的消息,但截至目前,都只有尸体。主播声称,寻获沉船对通勤族而言是个好消息,因为沉船的残骸不会再给大家造成困扰,荷兰隧道也能重新启用。这位主播好像在乎交通状况多过死者家属,他显然不是个纽约客,我们会关心自己人。

两名男子从隔壁房间沉默地走进办公室,手上各提着一只大行李袋,他们把袋子丢在地上后离开。我猜他们可能是我稍早在窗台上看到的厢型车司机，但我认不出来。

"400万。拿起来，我们走。"阿图拉斯说。

"我哪儿也不去。我要是进去了，万一那400万少了1分，我就死定了。数过钱以前，我哪儿都不去。我跟吉米说我会拿400万去，我要确定我拿的就是这个数字。"我说。

我跪下来，拉开两个袋子的拉链开始点钞，每叠钞票都厚达15厘米高，紧紧捆在一起。

我一边数钱，一边留意阿图拉斯和维克多。

几分钟后，地上被我摆了一大堆现金。阿图拉斯示意维克多跟他到大厅去，我跪着挪到能看见他们身影的位置。阿图拉斯背对我站着，维克多被阿图拉斯挡住，看不到办公室里面。

那个小黑瓶很好藏，要在大口袋里找到就不容易了。瓶盖安静地打开，我按了四下喷嘴，在那堆钱的表层喷上水雾状的液体后，盖回瓶盖，把小黑瓶收回大衣口袋。

45分钟后，我结束假装数钱的动作，起身扭动发疼的脖子，痛得咒骂出声，然后叫阿图拉斯过来。

"我说，维克多这家伙真的有在做事吗？"我问，"让他来帮我把钱装回袋子。"

维克多在我旁边跪下，我确保被标记过的钱都在维克多那侧，每当维克多拿起一叠，他就会碰到残留的喷雾，接触后会留下痕迹，这是一种独特的化学印记，让维克多跟这些钱脱不了干系。

00:37

轿车从仓库出发，在车流顺畅的纽约街头开了大约35分钟，来到吉米的餐厅。此行堪称我这辈子最糟的乘车体验。我坐在轿车上，脚边摆着400万美金，准备要付给我见过最凶狠的人，请他帮我找到女儿。

车子疾驶过曼哈顿下城，我看见卷饼摊贩在街角准备餐车，随着城市苏醒，迎接新的一天。书报摊也纷纷开始营业，阳光似乎随时都要从大楼背后溢出。我感觉好累，靠着肾上腺素撑到现在，过去24小时完全没有好好睡上一觉。刚意识到这点，我就打了个哈欠。

吉米的餐厅坐落于茂比利街上的小意大利区，是间数一数二的优秀餐厅。我想到一个办法，让我能既进入餐厅又不被本市所有的执法单位拍个正着。

"右转到勿街。"我说。

"为什么？"阿图拉斯问。

"我不能直接拿着钱走进吉米的餐厅，那里有监视小组的人，要先转移他们的注意力。勿街上有个鱼市场，停在那儿，我去跟一些人谈谈，他们能帮忙。"

阿图拉斯安静了一会儿，迅速和维克多交换了几个眼神，然后告诉司机转进勿街。

"听好了，律师。你如果打算逃跑，我要你知道，是没有意义的。首先，我会杀了你女儿，慢慢地杀，让她受尽折磨。我也会找到你，把你给杀了。你听过柯鲁齐克这个名字吗？"

"没有。我应该听过吗？"

"苏联前指挥官。苏联瓦解后，我跟奥雷克来这里打拼，柯鲁齐克提供给我们运输管道，让我们运送武器和毒品。苏联被清算的时候他被逮捕，但成功潜逃了，还把我们大部分的钱和货物一起带走了。"

他在位子上转动身子，挺起上身，好倾身俯视我。

"一年后我在巴西找到他，先弄死了他太太和儿子，还逼他在旁边看。我跟你说这些是要你知道，这世界上没有哪个地方能让你躲过我，记住这件事。"

这个故事完全不加润饰。又一次，一段简单的事实陈述，清楚而不带感情。

"我不会跑，我不会放弃我女儿。但我需要你明白，我遵照你的规则，是因为我希望她回来。她是我的全世界——所以你不用担心我会逃跑。"

轿车缓缓驶进勿街。我告诉阿图拉斯，我不觉得从餐厅后门溜进去会比较安全。但其实我根本没概念，我只知道我要让吉米刮目相看，尽可能讨他欢心，因为这笔钱和我们的友情对他而言的价值，大概都不值得他为我冒这个险。我要是偷偷摸摸从后门进去，他不会信任我的。我要他知道，真正的艾迪·弗林回来了，为此我需要一个盛大的进场：我得在警察没看见我的情况下，从大门走进去。

"停在这儿。"我说，"我需要500美金，不能从这400万里拿。我知道有几个人能帮我进餐厅不被监视小组的人发现。"

维克多给了我一捆钞票，我下车进入鱼市场。

10 分钟后，我背对着一个离吉米餐厅半个街区远的街角。轿车还在街上等，我边走边扫视周围，查看是否有人跟踪。吉米餐厅开张的前一年，对街已经有两间餐厅，分别卖普通食物和特色菜。吉米不想抢晚餐的客人，所以他的餐厅只开到晚上 7 点。其他两家餐厅客人还是不少，不用交保护费，又能从吉米餐厅的营收中抽成，收益挺不错的。怪异的是，有些月份那两家餐厅关门比开店还赚。吉米后来把那两家店都买下当仓库用，这下联邦调查局、烟酒枪炮及爆炸物管理局，以及其他将吉米列为涉案关系人的情报单位都难办事了——探员们再也没有餐厅卡座能栖身，不能点杯咖啡占着座位从对街监看吉米，必须想些更有创意的监视手法。

我放慢脚步，不到 1 分钟就发现探员了——一辆深色窗户的棕色厢型车，后座车窗外的地上积满了烟蒂。那是指挥中心。

这个移动追踪小组掌控着其他的监视人员。考量到这条街的布局，我猜是个三人团队：一人在车上待命，一人负责确认进出吉米餐厅的人、车，还有一人踞守高处，好监视店里出来的人。我看到路边停了一辆黑色的本田摩托车，这位骑手花了 10 分钟的时间慢慢品尝外带咖啡——第一位机动组员。另外两位成员分开行动，以顾及最大视野范围。他们会派一个人待在自助洗衣店，那里能看到厢型车和通往地铁站的路线——这是第二位机动组员。还有一位会待在高处。我抬头一望，看见有几个人站在窗边，没什么特别，其中一名男子身上的衬衫皱巴巴的，看起来像穿着它睡过觉一样，他就是负责制高点的那位。

上面那双眼睛对我来说最不好处理，除非我人在餐厅对面，他的视线死角。我往那个位置前进，抵达之后，一屁股坐在公交车亭的椅子上，吹着口哨，等待好戏上演。

大概在两年前，我第一次帮彼特·图利西打官司。彼特在勿街的鱼市场做全职工作，每到周五，他就会带着薪水上酒吧，把钱都拿来买伏特加，然后跟人打起来。对彼特来说，周五夜晚一般都是如此。他的犯罪记录上列有许多伤害及妨碍治安的罪名，但也仅止于此。法院罚金调高后，彼特就不再缴罚金了。我们最后谈了个条件，他没现金能还的时候，就付我新鲜的鱼作为替代。要是我的客户因为付律师费而缴不出罚金，我就绝对不会逼他们，因为他们若缺缴罚金就得坐牢。我先去了一趟勿街，把维克多给我的500美金拿给彼特，他已经准备好要搬出我要的好戏了。

彼特的好哥们儿是一位在码头送货的卡车司机，他在吉米的餐厅外停下来绑鞋带。他面向彼特，后者在收到我的信号后出发，现在刚走过街角。两个男人互望了一眼，脱下各自的外套和上衣，一秒后，彼特跟他的好哥们儿互相厮杀了起来。他们都是很壮的男人：拳头像戴了棒球手套，还有橄榄球员般的肩膀，体重都超过100公斤，而且他们也不是在打着玩儿。照我家老爹的说法，这就是场货真价实的拳脚激战。

没过多久，他们开始在人行道上翻滚扭打，互相朝对方身上丢垃圾。重头戏来了，纽约警局的警察出现，但不愿上前。他们越打越激烈，打到了茂比利街上，离开了餐厅那一带。两人一路上互相将对方往停在路边的车上摔，触动防盗警报，竭尽所能地制造更多混乱和噪声。只要他们各自都使尽浑身解数，警察就会待得远远的，放他们两只疯狗互咬。警方对上的如果是这么粗壮的家伙，很难保证电击棒能有什么作用。

如此完美的调虎离山，500美金不算什么。

我看了看两位机动组员，还有制高点的探员——他们都看得目不转睛。轿车在我旁边停下，后座车门打开了。

"现金一张一张点也花不了半个小时。一个小时后，你如果没站在这里，我就会打电话，你女儿的血会染在你手上。"阿图拉斯说。

"你忘了我得告诉托尼他今天在法庭上要说什么。我需要两个小时。"我说。

"我给你一小时，就这样。"

一小时可不容易，我动作得快点。

我的手表显示现在是早上6点01分，距离最后期限还剩不到10个小时。

我提着满满两袋现金往吉米的餐厅走去，在没有被任何人发现的完美状态下，推开正门走进去。迎接我的是一把科特手枪的枪口。

00:38

我一进门就遇上了肌肉棒子。吉米的两个手下，身穿黑色皮夹克以及定制长裤，其中身材较瘦小的那位将枪拿在身侧对准我的胸口。那堆钱的重量让我的肩膀不断下沉。

"吉米知道我要来，我是艾迪·弗林。"

"手趴在墙上。"持枪的家伙说。他长得不像他伙伴那样丑，黯淡的棕色眼睛下方有黑眼圈，但在他浓密杂乱的眉毛下，几乎看不太出来。另一位比较高，我猜他出生的时候应该是有鼻子的，直到有人决定把它咬下来。他脸部中央有一坨红色的伤口，底下是两道砍伤的痕迹，一路延伸到鼻孔去。

我动也不动。

"我管你他妈的是谁，没被我搜身就别想进来。"枪手说。

"不准碰我，也不准碰这些袋子。我这里有400万个理由把你跟你男友给宰了。我要是走出去，吉米会想知道是哪个混账赶我走的，我会跟他说是那个小鲜肉。现在给我让开，美人，否则我亲你一下，让你爽到这辈子都醒不来。"

两个人看了看彼此。

"你敢乱踩一步，我们就把你给毙了。"

他们各自拿枪指着我的后脑勺，跟着我走到用餐区。现在这个时间，餐厅里只摆了一张桌子：这是吉米的晨间会议，基本上就是一场小型暴动，只是有附餐而已。

不管电影和媒体是怎么演给一般民众看的，黑帮内部并没有真正的阶级或职称存在，至少现在没有了。有参谋、顾问，但没有帮派领袖，没有老大中的老大，那是史柯西斯和柯波拉①在玩的。

当然，黑道也不是什么民主公社，他们有老大，就是吉米，但其他家族也全都一同共事，并推派代表加入委员会。这桌有十个人，估计每个人都杀过至少一个人。吉米杀人的次数大概比大部分人要多，通常是关系很近的人，非常亲，这就是他的工作。一般来说，不管在哪个领域，他们个人的职务都跟他们的专长相符。以奥比表弟为例，不管他是哪一家出身的，都是大家的表弟，他一路从中学念到大学毕业，是一位有证件的会计师。他负责处理财务问题，业务包括大额现金存取，还有"地下三十洗钱法"。奥比说有三十种简单又安全到不行的洗钱方式，但你必须同时把三十种都用上，如果你只用一种就会被抓。三十道手续能降低总额数字的风险，并且让一切维持在相对保密的状态。奥比穿得很体面，看起来年轻专业，一点也不像黑道中人。

奥比表弟正吃着一碗谷片，他坐在吉米左手边。吉米右边是一个和奥比表弟完全相反的人——法兰奇。法兰奇属于格斗型成员，手上的皮肤像是最粗糙的砂纸。我记得一个故事，说法兰奇是怎么拥有这样的指节的：他的中指指节上有很大一块粗糙的皮肤，那是在殴打一个波兰网民之后的短短三天内长出来的。他打完之后，那个可怜的家伙一颗牙也不剩，脸肿成原来的两倍大，而且鲜血直流。法兰奇的手伤得很重，一个星期都开不了车，他待在家里，把他受伤发紫的手泡在冰水里。他的脸看起来没比手好到哪儿去，五十好几了，岁月痕迹

---

① 法兰西斯·福特·柯波拉（Francis Ford Coppola, 1939—），美国电影导演，家族为意大利移民。其最著名的作品是《教父》。

很容易就能看出来。法兰奇坐在桌边，老迈而致命的双手好好地抓着一个早餐三明治。

餐厅里的暖气肯定是开到最大了，我感觉到前额开始淌汗。餐厅里约有五十张桌子，能容纳上百人，地上铺着一条灰色与淡紫色交织的厚地毯，烘托出复古的装潢，十二盏大型水晶灯照亮室内，和装潢风格形成强烈对比，让人宛如置身在老戏院中。

吉米看起来很普通，一如往常。他通常都穿毛衣配黑裤，无论到哪儿都帽不离身，故得其名。帽子是 20 世纪 60 年代他祖父在西西里岛买的，那是一顶扁平的灰帽，自从吉米的祖父在芝加哥被警察逮捕后，吉米每天都戴着这顶帽子，那是一种敬意，有人说他甚至戴着睡觉。黑色短发从帽子两侧露出。吉米个子小，体格像拳击手：厚实的手臂，胸部和颈部肌肉偾张。我们当年一起在米奇·胡利的健身房训练，击打沉甸甸的沙包，在老旧的楼梯跑上跑下。我爸第一次带我到那里时，我一个小孩也不认识。他们全是爱尔兰裔或移民第二代，里头有个小孩没人敢靠近，就是吉米·费里尼。因为我有一半的意大利血统，吉米跟我挺处得来，我们很快就在米奇的健身房的彩绘水泥地上一起做伏地挺身，做到指节痛得要命。在那十五年里，吉米确实一直都是我最要好的朋友。跟我最后一次见他时相比，他胖了好几公斤，而我的体重还是维持在 83 公斤。不算瘦，但也离过重有好一段距离。

看门守卫带我上前，桌上所有活动戛然而止，全部人都看向我。

"这是他妈的在搞什么，艾迪？"吉米问。

"我来付钱找帮手。"我说。

"袋子里是什么?"

"400万美金。奥雷克·沃尔切克绑架了我女儿,我要请人处理。"

"你确定?好几年没见到你了,骗子。我怎么知道你不是在帮那些俄罗斯人做事?"

"因为我要是想杀光你们,不用一秒就能办到。"我从口袋拿出引爆器,"你们想要干一票大的、赚个几百万,还是想要我把这地方翻修一下?"

沉默笼罩着整张桌子,没人有任何动作,所有人都看向吉米,等待着。只要他一声令下,这些人就会把我碎尸万段。

吉米的嘴角露出笑容,看出我是在跟他闹着玩。

接着他起身,用一条丝质手帕擦拭嘴巴,放声大笑。

"艾迪阿弗,我真想你,兄弟。"他给了我一个拥抱。艾迪阿弗,好久没听到这名字了。

吉米环在我背上的手拍了拍。这是个表示友好的动作,但同时也在检查是否有窃听器和手枪,还好我把炸弹留在了法院。回到吉米这里,仿佛回到了家,但那感觉持续不超过一秒,我就意识到来这里是在赌我女儿的命。我爱我的小女儿,我想要她回来,想到我牙齿都发疼。

我抓住吉米,给了他一个大大的拥抱,忍住不让情绪在我的声音中显露。

"吉米,他们抓了我的女儿。"

"抓不了多久的。"他说。

00:39

我飞速交代完昨天发生的事,从泰德小馆开始,一直到我来这里的路程。桌上有些人听得目瞪口呆,我注意到有几个人表情狐疑,吉米左右两边的人则是面无表情地沉默着。

吉米没露出任何表情,跟往常一样。他没对我诉说的任何事情做出反应,就只是坐在那儿,偶尔喝口咖啡。但他很警觉,非常仔细地听着每个字,眼睛有时候会瞥向他的手下,审视他们的反应。我讲完我的故事,他低头看着吃到一半的早餐。

"那么,让我厘清一下。"他说,"你得在证人席上设置炸弹,杀了现在是证人的小班尼。艾米被绑架,正关在某个地方,你不知道在哪儿,但知道是在曼哈顿。你没办法跟警方或联邦探员求助,而且你不想让托尼去沃尔切克的审判上作证。我理解得没错吧?"

"完全正确。"我说,"但我漏掉了哈利,就是福特法官。哈利帮我弄来一些东西——比如我打给你的手机。"

吉米在他脑内思量各种可能性。

"我可以丢给你一位收贿的联邦探员,还有那 200 万。"

"我对收贿探员没兴趣,他们靠不住,而且几分钟前你说的是 400 万。"吉米说。

"抱歉。其中一袋用了紫外线感应 DNA 辨识喷雾，那是一种隐形的液体，带有特殊的化学标记，它已经在所有大数据库中做了记录。我需要你把那袋暂时收着，事情结束后再交给联邦调查局。我已经把贿赂的钱做过标记，这样钱就会直接和俄罗斯佬联系起来——帮我装钱的大个子手上全是那个喷剂。我会跟联邦探员说贿赂的金额是 100 万，他们会全部拿走，这样还会剩下很多给我们。"

吉米从桌上的烟盒取出一支烟，用奥比表弟给他的火柴点燃。他深吸了一口，烟就烧了 1 厘米，烟雾很快飘散到天花板。吉米再次全神贯注地看向我。

"所以就是 300 万，艾德华。"他说，好像我们还是小孩子一样。我妈每次骂完我之后，他总会喊我艾德华。我妈叫我艾德华，所以当她在场，或吉米开我玩笑的时候，他都会叫我艾德华。直到我开始管自己的团队，"艾迪阿弗"这个称号才问世。

我本来不想现在处理这件事，但好像也没别的选择。

"我得借个 100 万，当我欠你的。帮我把艾米找回来，我保证让你拿到 300 万：现在 200 万，剩下的之后我会补上。"

"为什么我不能现在就拿 300 万？"

"我有件事得处理。你知道我从没让你失望过。"

他想了想。身为一个出色的生意人，他喜欢冒险。我猜他暗地里很想跟俄罗斯佬开战，找机会搞垮他们。马里欧的死不足以成为理由，这人无足轻重，但现在他有动机了。

"所以我能信任你吗，吉米？我没在耍诈，这事关我女儿，我把她的命交到你手里了。"我说。

吉米看着我，1分钟过去了。

"我相信你，艾迪。"他说，"我们是家人，你跟我。我们打小一起长大的，所以这代表艾米也是家人。"

我让看门的把袋子拿到房间后面。

"那你希望我们怎么做？"他问。

我拉了把椅子坐下，挤在两个小喽啰中间。我将手滑进大衣里，听到有人在碎碎念，转头看见枪再度指向我，但只有一下子，吉米立刻挥手赶走他们。我缓缓从口袋取出格雷戈尔的皮夹。

"我需要你找到艾米，确保她的安全。她在另一组人马手上。这是格雷戈尔的皮夹。"我将皮夹摆在桌上。

"里头有他的驾照和他最后拜访的位置。我怀疑她是否还在，但可以从那里开始找。来这儿之前，我们在羊头湾一间仓库拿钱，那边有两个人。如果你逼问地址，他们也许会松口，但切记不能让他们有机会通知沃尔切克或阿图拉斯。除此之外，我唯一有的情报是沃尔切克拨出的电话号码。艾米有提到一个叫伊兰雅的女人，我不晓得这是不是她的电话，但我记住号码了。"

说完后，我仔细观察吉米，他没有让我失望，直直看向奥比，只看了很短暂的一眼，但终究是看了。奥比在工会里有人脉，要联络上谁他都有办法。

我接着说："我想你可以从那部电话，或是格雷戈尔这里查到那个位置。"

"你说这是手机号码,你知道是哪种手机吗?"奥比问。

"不知道。阿图拉斯用的是杂牌手机,沃尔切克拿的是黑色的小型手机,照相画质很好,屏幕很大,我只知道这些。你能用号码查到地址吗?"

"如果号码有实名的话,当然可以。但这些手机很可能是在黑市买的,代表不会有任何纪录。不过,如果是新机种,可能就有办法追踪。"

"那些手机看起来挺新的,我不晓得伊兰雅的是否也一样。"

"如果是2005年以后产的手机,就会有内里的GPS追踪器。在美国生产的新手机都有那个芯片,好像是与911事件有关。我们没办法找到地址或是监听通话内容,但能追踪芯片。我知道有人能办到,我来打给他。"奥比说。

"好,你去处理那串号码。其他人去联络你们底下的人,我们得找出小女孩被藏在哪儿。我在布鲁克林有几个人,很快就能到海湾那边。法兰奇,给我们的兄弟打个电话。"吉米吩咐。

我把仓库地址交给法兰奇。

一位迷人的女服务生端上热咖啡,我也欣然接下一杯。她留着一头黑色长发,有一双电眼,是吉米广大后宫里的一位佳丽。吉米拿起杯子凑到唇边,又停了下来,好像突然想到什么事情。

"你昨天几点和艾米讲话的?"吉米问。

"下午大概四五点钟,怎么了?"

他把杯子拿得更近,再度迟疑了一下,蒸气近得足以温暖他的脸。

"他们要是带着她移动呢?"

他说得没错，无法确定她没被换到一个又一个的安全屋，但我觉得不大可能。拉着一个10岁女孩跟他们一起走太显眼，他们也许会觉得最好还是待在同一个地方。

"我很怀疑。他们大概会想低调行事，留在原地。如果我们要出手，分头找也是个好主意，分头突袭各个嫌疑地点。若能追踪到手机里的芯片，那艾米有非常大的概率就是被关在那里了。"我说。

吉米一副满意的样子。

"别忘了托尼。"我说，"他得收回所有提供给警方的证词，否则俄罗斯佬会觉得他们花了400万却没买到任何东西，我大概也会没命。"

"米奇，叫托尼·G过来。"吉米说。

吉米的神情软了下来，我想起我第一次在健身房见到的那个小恶棍。他的眼神仿佛穿过我，乘着我的回忆越过香烟的烟雾，回到我们一起拆了整个社区的美好时光，以及骗到4美金却没被抓包后的狂欢。

他笑了，接着停下来皱眉，仿佛这样不大得体。

"我听说了你去年发生的事。我很抱歉。"他说。

我很惊讶，我没想到他会知道。

"那肯定很不好受，兄弟。"他说。

"确实。我偶尔会梦到她，在我难得睡着的时候。我猜她可能是在跟我说，她原谅我了。也许这是我内心的渴望。"

撇开他的工作性质，吉米仍旧保有一颗温暖的、充满父爱的心。

"你对兄弟帮了解多少？"我问。

"不多。他们是在20世纪90年代初期、苏联垮台后过来的，来了很多人。沃尔切克和他的手下大概是最顶尖的那一群，毕竟他们也撑了这么久。有人跟我说他们是退伍军人，一开始卖些 AK 步枪给黑帮，干得很不错，后来开始涉猎毒品、卖淫、人口贩运，跟其他常见的东西。贩毒集团进来以后，切断了很多俄罗斯的供应链，直接买断。贩毒集团给的那种油水，你完全没办法比。据我所知，他们的竞争压力很大，非常勉强才能守住现有的版图。"

"有些竞争对手昨天到法院刺探，沃尔切克说他们是来看他落魄的样子的。"

"有可能。大多组织因为自己寡不敌众，就去跟大集团合作。沃尔切克撑了这么久，但还是维持不下去，迟早会被搞得关门大吉。他们可能是觉得，他若下台他们就能出手了。"

大部分在我听来挺合理的，沃尔切克和阿图拉斯身上有一种狗急跳墙的急迫感。

"我们有多少时间？"吉米问。

"49 分钟，得出发了。"

"安托尼，打给老王，跟他说我们需要两个能在 5 分钟内准备好的忍者。还有打给蜥蜴，叫他去曼哈顿，然后一直开，等到我们给他地点。"

安托尼高挑帅气，年约二十，是吉米的外甥之一，他开始拨打电话。我注意到，吉米提及蜥蜴时，法兰奇脸上现出嫌恶的表情。

"蜥蜴又是哪位？"我问。

"是个朋友。我的人要是想准时到，就得轻装出发，我们唯一需要的支援就是蜥蜴。"吉米表示。

00:40

我等着托尼·G出来时，吉米餐厅里的众人切换成像军队一般的忙碌生产线，令我为之叹服。可能知道兄弟帮任何藏匿地点的毒贩和毒虫，全接到询问电话。整桌人都拿着手机大吼、拨号、等待接通。女服务生收走早餐，桌布上摆满了小纸条、笔和烟灰。奥比在处理那串电话号码，他在工会里有个线人就是电信公司的员工，正等着他朋友接电话。

吉米的其中一位手下戴上乳胶手套，把钱拿到紫外线光底下，被我标记过的钞票呈现出发亮的紫色斑点，没被喷染的钱都被分开来放。要是没这么做就太蠢了。

这场早餐派对很快就有所斩获。

"我的人说他们在港口那里有一家肉品包装厂。"

"找到他们在皇后区的一间仓库。"

"我们找到两个他们的毒贩，他们什么鬼都不知道，没有地址，只负责处理车子。"

"我找到两间妓院，一间卖古柯碱，还有一间大麻窟。"

"大伙，找出三个你们觉得可能性最高的地点，你们有5分钟的时间，决定好之后来找我。安托尼和法兰奇，无论如何继续找出手机的地址。你们得一个个确认，扑空就换下一个，直到没地址可找为止。找到她就打给我，无论死活。"吉米说到这儿顿了一下，意识到自己说了什么。

那股混杂着恐慌、愧疚和害怕的巨大压力再度重击我的胸口。有那么一刻，我完全无法呼吸。

他转头说："抱歉兄弟，讲习惯了。通常我要找的人，下场都是一具尸体。但她还活着，我很确定。"

奥比联络到他在电信公司的线人了，他开始奋笔疾书写下地址，钢笔发出很大的唰唰声。

"找到了。"奥比说。

吉米读了一下地址。

"那里离法院六个街区远。打给蜥蜴，叫他在那儿跟安托尼和法兰奇会合。"吉米说。

"还有我，我也要去。"我说。

"不，艾迪，你不行。听着，我知道你能管好自己，但你不是狙击手。"吉米阻止我。

"打给老王，跟他说你需要三个忍者。我要跟他们去，我得见我女儿。"

吉米叹了口气，摇摇头，叫安托尼打电话给老王。

就在此时，一位身穿亮灰色西装的男子走了进来，黑发挺立，好像用了整罐发胶将每撮头发撑直。我记得托尼·G，我现在确定他就是托尼·杰拉多，希望他能解答我的许多疑惑。我看向托尼的鞋子，那双鞋充满光泽，看起来宽松柔软、无比舒适——他是负责运钱的。

"托尼，你记得艾迪吧？"吉米问。

"当然，艾迪阿弗，那个骗子、律师，还有你们小时候玩棍球，老是把你打得落花流水的家伙。"托尼边说，边开玩笑地戳了戳吉米的肋骨。

"近来如何，艾迪？"托尼在我对面坐下。

"不太好。我时间不多，托尼。告诉我为什么奥雷克·沃尔切克要干掉你堂弟马里欧。"

"这么严肃啊。好吧，事情是这样，马里欧就是个家族耻辱，他人蠢，年轻时就被抓过几次，但他是家人，我能怎么办？所以我把他收来我这边，在我手底下处理工地的事，我想就算是马里欧，也不会把这事搞砸。结果他搞得一塌糊涂，跟一个愚蠢的家伙走得太近，让联邦探员逮到，但至少他没乱讲话。他在里克岛监狱关了五年，几年前被放出来。他搞出那些破事之后，我就叫他闪边了。结果呢？他变得蠢上加蠢。"

"他做了什么？"

"他太自大了。他在里克岛监狱上了门摄影课，好像学得很不错，出来之后，不管去哪儿都带着相机。我先说，我一开始不晓得他干了什么，我们一群人有天晚上去西洛可俱乐部，马里欧走去吧台，等我发现的时候，沃尔切克的人全都站起来呛他，他们看见我之后才退下。隔天马里欧就死了。"

"这些就是你的陈述内容，但你没提到相片的部分。是什么挑起与沃尔切克的争执？"

托尼抹了抹嘴，看向吉米，后者朝他点点头。

我猜托尼需要人推一把，所以我讲出我的推论："我看过犯罪现场的照片，地板上有碎掉的相框，水槽里还有张被烧毁的照片。我的推测是，马里欧拍了一张沃尔切克并不想被拍下的照片，还试图把照片卖给沃尔切克。他如果跟你说的一样蠢，就可能那样做。"

"对，他就是那么蠢。"

"所以，你为什么不告诉警方这些？"我问。

"马里欧因为想卖那些照片而被杀死，我不想有人知道我有副本。"

"你有副本？"

"当然。我要了一组照片，以防哪天我们要跟那些土匪开战。这也许会是很好的筹码。"

"沃尔切克为什么那么想要那些照片？马里欧看到什么了？"

"我看过了，看不出来。我不晓得他为什么想要。"

"照片现在在哪儿？"

"藏在我家。我听说我今天应该闭嘴，问题是，我没办法。我得讲出跟供述内容一样的话，懂吧。再多的钱都无法说服我改变心意。"

00:41

"艾迪，如果你想准时到，现在就该出发了。"吉米说。

我举起手："给我 1 分钟。你这手下要是不照做，那全都白搭。"

托尼往后靠在椅子上，交叉双臂，没有要再吭声的意思。我猜到他沉默的原因了。

"看看我想的对不对。你被抓了,地方检察官提了协商条件给你,对吗?你这种人是不会为警方作证的,一定有什么原因让你答应当证人。告诉我——你被抓到持有多少古柯碱?"

水晶灯照出的光仿佛被托尼的西装给吸了进去。他在椅子上前后晃动。

"不多,半公斤。如果我不合作,不像个好公民一样作证,我就完了。我别无选择。"

我没料到这个。400万对他来说不重要,在监狱里当不了有钱人,就算我再多给一倍也改变不了他的心意。我想了想他的处境,得出一个解法。我拿过一张纸来写了几句话,把它推到托尼西装的闪耀光晕之下。

"不管你被问什么,只要在法庭上这样说就不会有事。你的控辩交易协定通常是制式协定,我不用看都知道内容。照着我给你的说法一字不差,你就不会被起诉。"

托尼读了那几句话。

"我只需要这样讲?"

"没错,而且我跟你保证这行得通。"

吉米的手出现在托尼的肩上。

"照做吧,托尼。艾迪带来的那些钱,我保证你会分到一大笔。如果真有差错,我也会照顾你的家人,但这不会发生的。如果艾迪说某件事行得通,那就一定行得通。艾迪就像我兄弟一样,他的话等于我的话。"

托尼点头起身:"好,艾迪,但如果这行不通,我会杀了你。你知道,对吧?"

我起身跟托尼握手:"真要那样,你还要排队呢。听着,我真的得看看照片,还有些事不对劲,但我想不通。照片可能会帮上忙。"

"照片在我家,开车要一个半小时。"

"我需要那些照片,但我没时间等,你得晚点把它们送进法院。"

"我要怎么拿给你?"

"托尼,你是信教的吧?我倒不是。你何不跟我传传教呢?"

托尼明白我的意思。

吉米一脸困惑:"等一下,如果我们及时救出艾米,你就不需要回法院了,艾迪。"

我的肩膀垮了下来。如果能救出艾米,我再来决定吧。

00:42

我跟着安托尼和法兰奇走到餐厅后方,穿过一扇双推门来到厨房。厨房看起来大到能处理比吉米的餐厅多上两倍的点单量。中间有一张长长的不锈钢工作台,隔开了通往四口工业型大火炉的走道。我之前见过安托尼,在他还只是个小孩、坐在母亲腿上的时候。如果吉米信任他来处理这样的工作,那这孩子想必很有天分。安托尼打开冷冻室的门，我跟在他们后面走进去，气温低到吸进来的空气都结了霜，呼吸雪白而悠长。法兰奇动手把一箱箱装箱肉从右侧最后面的角落移开，没过多久，一道暗门出现在眼前。里面是一间小仓库，房间两侧的层架上有各种尺寸的手枪、一袋袋古柯碱，还有一叠叠用玻璃纸包起来的现金，直堆到天花板去。

安托尼和法兰奇各拿了一根钢制长杆，长杆末端有个钩子，他们将钩子卡进房间中央铁制水沟盖两侧的凹槽，拉起孔盖，露出通向下水道的钢梯。

"你们在跟我开玩笑吧。"我说。

"这是我们唯一的出路。"法兰奇拿起柜子上的手电筒。

安托尼从地上拎起一个袋子，递给我一支手电筒。我们一起爬进阴暗恶臭的地道里，令我意外的是，里头竟然是干的。我打开手电筒，这光线大概只能照亮方圆15米。

我们往左转，在接下来的两个十字路口右转，沿地道直直走了1分钟后，安托尼停在另一面墙上的铁梯旁。法兰奇爬上去，在孔盖上敲了敲，几秒后，一名亚洲男子打开盖子，拉了法兰奇一把，上面的光线洒进整个地道。

我们站在另一间厨房的仓库里。从印在箱子上的中文字，以及大蒜、姜和柠檬草的味道来判断，我们应该是在一家亚洲餐厅里。男子示意我们跟上，穿过一道狭窄的通道，来到卸货区后方的巷子。吉米请的三个忍者在这儿等着我们：三辆黑色的川崎忍者650机车，以及轰着引擎的骑士。我们各拿到一顶安全帽，安托尼坐上第一辆摩托车后座。

"这是最快的交通方式,艾迪,你的时间不够开车来回。萨米·王是我们的快递员,我们有时候会在城市里这样移动,安全又快速。"安托尼说。

"不要提到危险。"我说。

"放轻松好不好,这些人是专业的,只要照他们说的做,你就会没事。"

我把安全帽戴到头上,爬上最后一辆摩托车的后座,拍了拍骑士的肩。

"这是我第一次坐摩托车。"我喊道。

"我也是。"骑士说。

除了我以外的所有人都笑了。

"我叫艾迪,别杀了我。"我说。

"我是小陶。这我可没办法保证,兄弟。"

我双手紧抓住小陶的腰,他踩下油门,我们从卸货区的坡道冲下去,右转进巷子。

巷子有100多米长,但我们似乎只花了3秒就骑了过去。我听见自己对着安全帽尖叫。

安托尼的车子打前锋,朝巷尾疾驶而去,我暗忖那辆冲向尽头的车何时会刹住,然而它完全没减速。那辆机车持续加速,往主干道奔去。我根本没时间想他要做什么,机车便加速穿过车流,消失在对街、清晨巷内的阴影之中。

"靠。"我大叫。

街道看起来无比繁忙。汽车和自行车从左向右飞冲过我们眼前的道路，又从右向左窜过去。我们的机车冲出巷子，像一颗 400 磅重的导弹直驶向四线道车流中。小陶兴奋地叫着，人车从我们两侧涌来，机车又是蛇行，又是刹车，又是加速。

我闭上眼，向上天祈求自己能安然度过这一切。

小陶用力踩刹车，我的胸口撞上他的后背，鼻子充斥着车盘因急刹摩擦产生的烟味。我睁开眼，看见一辆黑色的福特金牛座从左侧滑向我们，司机惊慌失措地按着喇叭——我们要被拦腰撞上了。

"往后靠。"小陶大吼。我们的安全帽撞在一块儿，我使尽全身力气抵抗这要命的冲击力道，背部痛得仿佛在燃烧。接着，我意识到小陶要做什么——他放开后轮刹车，摩托车往前用前轮立起来。小陶身体往右侧压车，摩托车旋转了 90°，后轮撞上金牛座的侧边借力停了下来，也让我们直挺挺地存活下来。

后轮从金牛座车身弹开，落地时已经在猛烈运转加速，我们往前冲，在一阵轮胎扬起的烟雾中绕过那辆车，很快就被巷弄里浓重的阴影给吞噬了。

00:43

我们从老王的卸货区出发，只花上地狱般的 9 分钟就开过了法院，机车的时速肯定破百。我们冲过街头，躲进巷子，避开测速照相和警察。

抵达目的地后，安托尼的机车在我们前面慢下来——这里是塞文大楼，距离法院只有几个街区远的新建公寓。我们停在地下停车场一辆蓝色厢型车旁。我肯定是太紧绷了，努力要移动双腿下车，但感觉好像有人拿火炬在烧我的大腿。

距离和俄罗斯佬会合的时间，还有27分钟。

"我们会在转角等。"小陶说完，三辆机车安静地驶离停车场。今天是上班日，可这停车场看起来太过空荡，只有零星的十几辆车子。我用抛弃式手机打给吉米。

"我们到了，确切位置在哪儿？"

"等等。奥比说，他朋友最多只能找出那部手机目前的位置在塞文大楼。如果手机在太高处，GPS会不稳。目前推测，那部手机在5楼以上。"

"吉米，这栋楼很高，大概30层楼，我需要更多信息。"

"你们得等羊头湾那边的人打过来。我一有确切消息就告诉你。"

他挂断电话。

一名黑衣黑裤的高瘦男子从蓝色厢型车里走出来，跟安托尼握手，接着朝法兰奇伸出手，后者只是点点头，男子也点头回应。他留着军人式的寸头，结实的双臂上血管凸起，我猜他应该轻轻松松就能折断一个粗壮的脖子。

"你们怎么这么慢？蜥蜴在等了。"男子说。

安托尼笑了，并介绍我给他认识。

"艾迪，这位是蜥蜴，现在换他上场了。"

我也跟他握手，他的手握起来像条大蟒蛇。他浑身长满了肌肉，动作却很优雅，几乎像个舞者。

"我们能一路通到 25 楼，再上去就难了，楼梯只到 25 楼，之后的楼层要先通过一道铁门，只能用密码锁进出。电梯也得用密码锁才能到高楼层。如果你女儿在那上面，没有密码我们就无能为力了。我要是把门给炸了，他们会听到，可能会杀了她。祈祷她在比较低的楼层吧。法兰奇，对街有一间画廊，你能上顶楼帮蜥蜴查看这里的情况吗？"蜥蜴再度以第三人称称呼自己，这让我笑出来。

"当然。"法兰奇说。

蜥蜴递给法兰奇一只双筒望远镜和一部手机。

"多方通话设在手机上了，我会把你加进来。动作快点，法兰奇。"蜥蜴说。法兰奇跑出停车场，穿过马路。

安托尼把刚刚拿的袋子丢在地上，拉开拉链取出一把拆成两半的 12 口径猎枪，还有一盒子弹。

"你不需要进去，这里我们能处理。"他说。

"我要跟你们去。"我说，"给我一把。"

"坏主意。"蜥蜴打开厢型车后门，从座位下一个带锁的铁箱里拿出一把突击步枪检查起来。那把武器又短又黑，弹盒从枪托的位置凸出来。

"这枪看起来很新。"我说。

"喔，它是很新。"蜥蜴点头微笑着说。

我绕过厢型车，跟安托尼小声说话。

"这家伙是谁？"我问。

"他是退役海军，表亲替吉米做事。蜥蜴从伊拉克回来之后开始找工作，他表亲就安排他们见面。相信我，我们能信任这家伙。他是一人军团。如果说有谁能从公寓里救出你女儿，那就是这位比利了。"

"比利。"我重复了一遍，"所以他为什么叫蜥蜴？还有法兰奇为什么不肯靠近他？"

安托尼把红色子弹滑进拆开的步枪中，头垂了好一会儿。

"事实上，很多人都怕他。比利喜欢蜥蜴，他背上有一个巨大的蜥蜴刺青，还在皇后区的房子里养了各式各样的蛇和其他鬼东西，甚至在院子里养了一对科摩多巨蜥。但那不是唯一的原因。我们如果想从某人身上挖到什么，但对方死活不说，我们就打给蜥蜴。你知道有些爬虫类动物长大会脱皮吧？嗯，那就是比利的招牌。谁不肯开口，比利就会开始剥对方的皮，就像在剥香蕉，然后把皮喂给他的宠物吃——简直能吓坏所有人。但我喜欢他，我只要确保自己离他那间皇后区鬼屋够远就好。"

00:44

蜥蜴的手机传来震动声，他接通后调成免提状态，但我没在听，我正在和吉米通电话。

"我们从仓库那边的人身上弄到地址了。"吉米说,"在顶楼的阁楼。你们的位置没错,别担心。羊头湾的那些人没有机会联络任何人,短期内也打不了电话,我的人会好好善后,专业级的。这样就算俄罗斯人回到仓库,也不会发现他们的人在里面被干掉了。你最好快点回来,剩20分钟就要跟俄罗斯佬会合了。我会在老王的店外面等你,兄弟。"他说完便挂断。

我双腿发软跪在地上。艾米在顶楼,在我们闯不进去的安全门后。我紧握拳头咒骂着,感觉手湿漉漉的,掌心的伤口被我抓裂了。

"她人在阁楼。"我说。

"法兰奇?你有听到吗?阁楼。"蜥蜴对着电话说。

法兰奇的声音从扩音器传来:"收到,我正在看那里。客厅的窗帘是打开的,公寓里有四个男的,两个坐在正门右侧的沙发上,一个在厨房,还有一个拿报纸躺在椅子上。有一把步枪靠在左侧墙边。厨房里有个女生,金发,大概三十几岁吧,她拿着一把蝴蝶刀扔来扔去。右边有三个房间,其中两间门开着,一间被关上。浴室看起来就在厨房旁边。就这样,没有其他人了,我没看到什么小女孩。"

我的心沉到谷底,没有任何事情合我的意,我不过是想确定她还活着。

"她肯定在其中一间房间里,那里有步枪,他们干吗要在公寓里摆这种'大炮'?艾米跟你说有个女人在照顾她,伊兰雅,一定是拿刀的那个小妞。"安托尼说。

我站起来，同意地点头。一定就是这里，我差那么一点就能把她救回来了，我只想结束这一切，然后抱着她，把她关进保险箱里，这样就再也没有人能把她带走了。

"法兰奇，我是蜥蜴。公寓里有没有能帮我们打开门的东西？有看到什么地方钉着一张纸条，上面有密码的吗？"

"我看看。"

我们沉默地互望。

"没，没有东西钉着。"

"你还看到什么，法兰奇？"我问。

"墙上有画——现代艺术之类的。不是我的菜。家具看起来也很有现代感，感觉有点不太舒服，皮革做的，白色的。厨房桌上有一堆比萨纸盒——看来那女的不是爱下厨的类型。电视开着……"

"纸盒上写了什么，你看得到吗？"我问。

"当然，是大乔伊比萨，离这里不远。我听说他们的东西吃着不错。"

"所有盒子都是大乔伊的？"我问。

"对，大概有 6 个。"

"他们肯定都叫外卖。"我说。

我拿出手机："法兰奇，你看得到大乔伊的电话吗？"

法兰奇喊出电话号码，我同步拨号，对方在响了三声之后接起来：

"大乔伊比萨，我能帮您点餐吗？"

"你好，我需要叫外卖到塞文大楼顶楼，老样子。但听着，我这次半个小时内就要，你们昨天迟到了。"

"真抱歉。请问您是？"

"伊兰雅的男朋友。你们的人上次送餐好像是忘了密码还是怎样，搞得我穿着内裤，还得搭电梯下去放他进来。上次就算了，但我这次要你先重复一次你们提供给外卖员的密码，我可不想再光着屁股跑下去了。"

"我真的很抱歉，先生。请跟伊兰雅说，我们不会再犯同样的错了。请稍等，我确认一下您的资料……好的，我们这边登记的密码是4789。正确吗？"

"没错。谢啦，兄弟。"

"费用是39.5美金，先生。20分钟内送去给您。"

"慢慢来，小伙子。"我说完挂断。

蜥蜴露出一个大大的笑容，把一个全新的弹匣装进克拉克手枪，插进裤子里，并将自动步枪挂到肩膀上。

"蜥蜴喜欢你，弗林先生。"蜥蜴说。

"走吧。"我说。

安托尼拍了拍我的背："艾迪，你不能跟来，你没时间了。小陶在转角等你。"

"我有时间——"

蜥蜴打断我："就算你有时间，也不能确定你女儿真的在上面。如果她不在这儿，你又赶不回去……我们就搞砸了，他们会杀了她的。再说，蜥蜴用不着你，艾迪。你要是在公寓里看到她，还动手了，你有可能被流弹打中。更糟的情况,艾米可能会中枪。别担心,如果她在这儿,我们会带她回吉米那里。"

他伸出一只手,我握住了。他说的没错,我得让他们自己处理这件事,我必须回去,否则风险太高了。

"别让她出事。你们找到她之后,叫吉米传信息给我。"

我转身摔上蓝色厢型车的车门,冲出停车场找小陶。

00:45

小陶将车停在老王的卸货区。吉米脚蹬了一下墙,扔掉手上的烟,看了看手机。

"还没消息。"他说。

只剩 6 分钟。

"你收到消息后发给我信息,我得去跟他们碰面了。"

"艾迪,他们会把她带回来的,我很肯定。我会传信息给你,收到后你就快跑,我们会接应你的。"

我的肩膀垮下来,闭上眼睛摇头。"事情没那么简单,吉米。"

"为什么不行?我们找回艾米,你离开那鬼地方,打电话给警察。问题在哪儿?"

"不行。我只相信你和哈利,没办法相信警方、联邦调查局或其他任何人。我现在手上没有任何证据,就算找到一个正直守法的警察或探员,他们也不会信我。我得了结这件事。"

"为什么?你如果想了结,等一下车一转进街口,就用蜥蜴的步枪打爆他们。让他们一点胜算都没有。"

"确实,但那只是他们一部分的人,而且我们这么做,联邦调查局、烟酒枪炮及爆炸物管理局、缉毒局和其他停在你门口的人都会看得一清二楚。要是艾米不在那间公寓里,我们就可能永远找不到她了。我赌不起。再说,我还没搞懂整件事,不是很确定他们在计划什么,只知道法院里的人都有生命危险,包括哈利。你想想看,现在已知法院地下室停着两辆厢型车,车里有格雷戈尔的行李箱,还有我从阿图拉斯那儿偷来的假引爆器,以及法院安检有内应——其中一定有鬼,我得搞清楚。托尼·G等一下会把马里欧的照片拿来给我,这算是事情的源头。我会想通的,一定要想通。俄罗斯佬知道我住哪里,也知道我家人住在哪里、我女儿上哪所学校。他们把我摸得一清二楚。"

阿图拉斯说他在巴西逮到苏联前指挥官的故事,一次次在我脑中重播。

"吉米,不管我在哪儿,这些人都找得到。就算我跑了,他们一样会找到我,并且杀了我的家人。你跟我同样清楚,我跑不了,我得解决这件事。"

有那么一刻,我仿佛又回到麦古纳格酒吧后面,跟老爸一起坐在高脚椅上,立下我们的小小约定。

"说好了。我教你招数,你要学会如何照顾好自己。我知道你有一天会想试试某一招骗术。记住我跟你说的——陷入困境的时候,冷静下来。如果行不通，你就跑，照我说的话做。如果你跑不了，那就打，把对方打得头破血流。"

我父亲的圣克里斯多福纪念牌在我脖子上，感觉沉甸甸的。这是他从都柏林搬来美国时，唯一带在身上的私人物品。我知道他会怎么做，他会奋战——不顾一切来保护家人。这无关复仇，而是生存。如果我不把这件事解决掉，艾米再也不会安全。

"艾迪，别这样，肯定还有别的办法。"吉米说。

倒数中的一个小时又少了两分钟，我开始坐立难安，准备出发。

"我在脑中想过上千次了，没有别的方法。我会查清事情的真相，一旦掌握到足够多的信息，我就会拿给联邦探员，不会让俄罗斯黑帮的卧底拍拍屁股一走了之。目前的情况是，除非我彻底扳倒他们，不然我唯一的结果就是把自己变成悬赏对象，让我和我的家人下半辈子都被全世界所有顶尖杀手追杀。我只能解决它，或被它解决。你一找到艾米就传信息给我。还有，帮我把这个给她。"我把刻字的钢笔交给吉米，"告诉她，她在父亲节的时候要她妈妈买这个给我。我不想她对你们的人有疑虑，我想要她知道自己跟家人在一起，是我派你们去找她的。"

"没问题，兄弟。"吉米应允。

我转身往餐厅狂奔，鞋子在柏油路上打滑，我差点在层层压力与疲惫下无法呼吸。背部和颈部的痛楚宛如熔化的铅，将我往下扯，拖慢我的速度。我把痛苦抛到一旁。如果没能及时赶回餐厅，阿图拉斯会打给伊兰雅，她没接的话，他就会去找她。我要占尽先机，我需要兄弟帮的人相信自己仍掌控全局。我全速奔过转角，奋力摆动手臂，并祈祷自己能准时赶到。

一辆巡逻警车疾驶而过，我猛地停下，心中警铃大作。

此时，一辆白色轿车出现在我眼前。

00:46

后座车门打开，我弯下身，坐到黑色的皮椅上。

"你从哪儿过来的？"阿图拉斯说。

我花了点时间稳住呼吸才有办法回答。

"从后面。我得快速移动，绕过一个街区，好确保我没被跟踪。我没被逮到，但还是不能冒险——就算是联邦探员，也不会蠢到在一天之内被调虎离山两次。我知道那是很大一笔钱，但它很值得。托尼·杰拉多现在是我们的人了，而且你们刚刚赢得了意大利人很大的感激。"

"希望如此。"阿图拉斯说。

"我也是。"沃尔切克说。

我没意识到沃尔切克也在这阴暗的轿车里，他们想必是在等我的时候先过去接他了。早知道他也在车上，我也许会同意吉米火力全开的提议。

"别担心，检察官准备度过地狱般的一天了。"我说。

而你也是，奥雷克。

"把这个穿上,这应该比较合身。"阿图拉斯递给我一件未拆封的白衬衫。我在车里换上新衣服,干净的衬衫感觉真棒,而且这次领口尺寸十分贴合。我的领带因汗水湿透了,阿图拉斯给了我另一条,这次是蓝色的。另外,他还给了我一把电动刮胡刀。他在这个行动上投入的心思之细腻,一再让我感到意外。他不希望我走进法庭时是一副彻夜没换衣服的样子。

话题停了下来,为此我很是感激。我的头往后一靠,闭上双眼,但没有丝毫睡意,我的大脑超载了。打从我见到阿图拉斯的第一眼,就感觉出他是个杀手,是跟沃尔切克很不一样的杀手。阿图拉斯做事很有条理且无情,沃尔切克则是沉溺于对施虐折磨的狂热。我当骗子和律师的日子里,两种人都见过:阿图拉斯这类人非常稀有,沃尔切克那种比较常见。这么想来,沃尔切克和泰德·柏克莱有许多共同点——那个人在将近一年前,彻底终结了我的律师生涯。

某日深夜,柏克莱企图趁17岁少女汉娜·塔布罗斯基离开地铁站时抓走她。她在走到出口前,感觉到一对粗壮的双臂抓住自己的腰,整个人被抬起来,扛到冰冷幽暗的隧道里。这一站在夜间时段一个通勤旅客也没有,男子算准了时机,选在两台监视器的视野盲区下手。她试图尖叫,却被捂住嘴,并遭到威胁称只要发出任何声响就杀了她。

一位游民听到她的哭喊后按下警报,加害者逃走了。地铁警察抵达后安抚了这名少女。他们在她被抓走的位置找到一张地铁月票,其中一位警察认为这非比寻常,把票卡装进证物袋里。事后证实,案发前10分钟地铁站空无一人,代表该车票极有可能为加害者所有。地铁票是用信用卡购买的——泰德·柏克莱的卡。我在夜间法庭接下柏克莱的案子，因为他没有刑事律师，而我甚至成功帮他申请到保释。

审判时，检方的立案基础是那张票卡，以及受害少女对柏克莱的成功指认。纽约警局搜遍柏克莱的办公室、公寓和避暑别墅，皆无所获。泰德·柏克莱30多岁，家境富裕，交往的女友外形靓丽，还在汉普顿有一栋房子，完全不符合大家对绑架犯的刻板印象。他是完美的当事人：为人礼貌，律师费一次缴清，而且相信我会拯救他。我的想法与他一致，认为是那女孩搞错，误认了身份。柏克莱说他在犯罪发生前24小时遗失了钱包，那张地铁卡也在里面。

汉娜·塔布罗斯基是一位音乐系的学生，事发当天结束了独奏会要搭地铁回家。她是一位极富天分的大提琴手，正在努力争取奖学金。她留着一头棕色长发，皮肤白皙。出庭时，我看见坐在证人席上的她流露出恐惧之色。在任何案件中出庭作证都是很吓人的，但皆比不上一位年轻女性在法庭上面对加害者来得更令人崩溃。

我决定维持坐姿，这样我交互诘问汉娜时，不会显得那么有威胁性。我清了清喉咙，在提出第一个问题前朝她微笑，让她安心。在我要开口之际，柏克莱悄声对我说："给我毁了这婊子。"一直到审理前的每一次会面里，他都没有这样讲过话，或对受害者展现出任何敌意。

我无视了他，反而决定采取别种策略。陪审团很喜欢这个女孩，我如果攻势太猛，可能会赔上一切。我用一种慈父的姿态来处理，对她的回答开玩笑，并且不经意但成熟地点出她证词里的矛盾之处，为的是显示她不是骗子，是一桩犯罪的受害者，只是将我的当事人与真正的加害者给搞混了,虽然错误,不过情有可原。

给人们他们想要的。

陪审团喜欢共情受害者,这样一来——照我的方式——他们会理解她,也理解由我代理、身穿布克兄弟①西装的有为青年。

即使我处理得很温和,汉娜还是在我交互诘问完后哭了出来,绝望地看向陪审团。我感觉自己差劲至极,转头望向我的当事人,看见柏克莱脸上令人作呕的表情,其中还掺杂了某种情绪。我误将之解读为恐惧所引发的焦虑,再仔细观察才看清那种情感的原貌——兴奋。看着一位17岁少女描述被人抓住、拖至暗处的极致惶恐,让泰德·柏克莱内心感到兴奋。陪审团被请出去讨论裁决结果。看见柏克莱面对汉娜的反应后,我就知道柏克莱是有罪的。之后的几个月,我去了曼哈顿所有的酒吧,喝得醉醺醺,告诉自己直到裁决出来前,我都无能为力。

陪审团一致判柏克莱无罪,身为受害者的汉娜没有正确指认出加害者。

裁决出来的一个小时后,调查警官打给我,说汉娜失踪了。他询问柏克莱是否同意再让他们搜查一次住处。他同意了,但他们没找到汉娜的踪迹。

隔天,星期六,我去了一趟柏克莱家。调查警官把首次搜查柏克莱时查扣的笔记本电脑交给我,纽约警局的工程师在笔记本电脑上找

---

① 布克兄弟(Brooks Brothers),成立于1818年,是美国历史最悠久的服装品牌,以男士商务西装为主。许多时尚达人、美国历任总统、好莱坞明星都是此品牌的爱好者。

不到半点证据，现在要物归原主。我跟警方表示会亲自送还，我希望柏克莱能滚出我的生活，滚得越快越好，因为我不相信陪审团做出了正确的裁决。我的直觉告诉我，柏克莱很危险，在他完美的生活背后，他隐藏着某些事。

他不在公寓，我擅自决定要开去他的避暑别墅，他假日时都会过去。

我敲门等候。他的保时捷就停在车道上，我听到屋内有淋浴声，过了两三分钟，他打开前门，头发和胸口湿漉漉的，腰间围了一条浴巾，肚脐下方的浴巾沾有新鲜的红棕色污渍。

"怎么了，艾迪？"柏克莱气喘吁吁地说。

"警察把你的笔记本电脑给我了，我拿来还你。"

"你不需要大老远跑来这里，我可以去你办公室拿。"

我不想要柏克莱接近我，或我的办公室。

"这没什么，我……"在成功挤出一个烂借口搪塞他前，我听见一声哭喊。

柏克莱笑了："我开着电视。"

"我什么都没问。"我回应，同时把脚卡在门框上。

他试图甩上门，被我推回去，我用肩膀使劲撞门，直接撞到柏克莱的头部，让他眼睛上方裂出一道伤口，倒在地上。

哭喊变成了尖叫。

我冲进大厅，路过柏克莱时，朝他脸上踹了一脚。

尖叫声在屋内回荡，楼下空无一人。我看到一楼有间卧房的门未关,床沿有一只鲜红色的脚被绑在床柱上。

我推开门。在那之后,我开了那扇门很多次,几乎每个夜晚,我都会在梦中推开那扇门,然后再次见到她。

汉娜·塔布罗斯基的四肢分别被绑在床柱四角,绑着她的金属线完全嵌进皮肉里。口枷从她受伤的下巴滑落,松垮地垂在颈部。柏克莱大概在听到我来时想先敲晕她,但他打得太用力,导致她下巴整个受伤移位,让口枷松脱,她才得以尖叫求救,发青的嘴唇上血迹斑斑。

她全身赤裸。

干掉的血迹盖住了她的胯下和腹部。咬痕四散在她的胸口和颈间。每个咬痕周围都布满了紫黑色的瘀青,以及被柏克莱用牙齿咬伤皮肤的血迹。她的左眼完全合上,右眼睁得斗大,无比恐惧。

我没办法替她松绑,金属线需要用工具切开。我只能跪在她身边,告诉她已经安全了,警察马上就到。

我用厨房的电话报警,猜想这一区的警察反应速度应该很快,可能只需要 5 分钟。结果 3 分钟后警方就抵达这栋屋子。他们再晚一点赶到,我想柏克莱就会死透了。

他还躺在大厅,不过开始恢复意识。我跨坐在他身上,用膝盖固定住他的手臂,猛揍他的脸。揍到左手受伤,我就换成手肘,每次攻击我都用尽全身力量,他的头骨在我的手肘和瓷砖间碎裂。在那当下,我感觉不到手部受伤的疼痛,只意识到每次攻击后,一道道溅在我脸上的温热血液。我不记得警察把我从他身上拉开,不记得自己被抓,但我记得克莉丝汀把我保释出来时她脸上的表情。地方检察官没有起诉我，因为汉娜能活下来的唯一原因，就是我救了她。但在我心里，是我害她遭到凌虐、强奸的，我明明有所警觉，却没采取行动。

我将当事人打得半死不活，本来都要被州律师协会吊销执照，并取消律师资格。哈利代表我出席纪律委员会的听审，他没有说我是个多优秀的律师，而是对着清单念出汉娜所遭受的伤害：她失去了一只眼睛，下巴即使被重建了好几次都无法妥善复原，面部永久毁容。她在生理上和精神上都留下了一辈子的疤痕。

柏克莱造成的内伤太过严重，让汉娜永远无法怀孕生子。

虽然哈利在拯救我，但又一次地，我感觉自己的世界在崩毁。我就跟柏克莱一样，得对那些伤口负起责任。

柏克莱遭判二十年的刑期，而我被停职 6 个月。

是我让他脱罪，他才有办法那样对汉娜，我得活着面对这个事实。这是我的错，再多酒都改变不了这件事。

在陪审团宣判柏克莱无罪以前，我心里就晓得他有罪，而且还会再犯。我试着让自己相信，有鉴于他最后一次下手的经验如此失败，不太可能再次抓同一个女孩。但我的直觉不这么认为，也正是那个直觉，让我在见血之日去到他家。

我不会再犯相同的错误，像柏克莱、沃尔切克和阿图拉斯这种人，必须被阻止，不然他们会继续残害别人。

轿车往法院狂飙的同时，我闭上眼睛，清楚自己做了正确的决定：消灭这些俄罗斯佬是确保我家人安全的唯一方法。我已经将手机设成震动，尽管我觉得它没有动静，可车子的晃动和轮胎在凹凸路面上转动的声音让我难以肯定。我张开眼睛，见到沃尔切克跷着腿、闭着眼睛，他在想象着即将到来的这天吗？我不确定。带疤的那位视线望向窗外，避开他的老大。我的手差点要伸去拿手机，只是想看一下，只是想确定。我调整领带，清了清喉咙，强迫自己看向街道，思考我的下一步。阿图拉斯在计划什么？是时候搞清楚真相了。

我们越接近钱伯斯街，我就越相信我的答案就躺在地下停车场的那两辆厢型车里。

00:47

我们在 7 点 30 分刚过不久抵达钱伯斯街，太阳早已把法院冰冷的阶梯照得暖烘烘的。

离沃尔切克潜逃出国的时间还剩不到 9 小时，我得从沃尔切克身上尽可能挖出所有信息，并在下午 4 点以前找到一位能信任的探员。

沃尔切克、阿图拉斯和维克多全都跟着我一起下车走向法院大门。

"你先。"阿图拉斯说。于是我走在前面，三步并作两步踏上阶梯，往安检关卡走去。

来到较高层阶梯便能看见大厅入口，今天这些安检警卫我全都不认识，对他们毫无印象。我手上没有公文包或其他律师常见的配备，这次不用担心安检人员发现炸弹了，它不在我身上，但我有一罐非法的追踪辨识喷雾、一盏小黑灯，以及一部手机。如果被俄罗斯佬看到其中任何一样就完蛋了。

我走到距离入口约 6 米处，认出了一位警卫。他留着金发，年轻又积极——汉克，就是昨天在巴瑞把我带走前，想搜我身的那个小伙子。

汉克见到我过来，站在探测门前伸展指节。可以的话，他会对我进行全身彻底搜查。

就在此时，我听见一阵急促的脚步声从身后的阶梯传来。我转身，看到比尔·肯尼迪特别探员朝我跑来，身边跟着两位我昨天见过的探员。

"弗林先生，真高兴我追上你了。我想为昨天的事道歉，但我确实需要跟你私下谈谈。我们兜个风吧，不会很久，我保证。"

沃尔切克瞧了瞧探员，又转向我。

"好吧，弗林先生。你可以跟探员走，我们会在楼上的办公室等你。"沃尔切克说，"只要出庭别迟到就好。你不会想逼我不得不打电话，你说是吧？"说完，沃尔切克又靠上前，悄声说道："你要是敢要任何把戏，我就杀了你女儿。"

"别担心，我去去就回。"我说。

我离开沃尔切克，感觉到他的目光落在我身上。

其他探员不发一语，身材矮胖的红发探员走在最前头，高挑健美的那位跟在我身后。

"我们要去什么好玩的地方吗？"

"去河边，40 号码头。对了，"他指着后面那位高挑优雅的探员介绍,"这位是考森特别探员。"

"幸会。"我们握了握手。

肯尼迪指着前面的红发男子说:"这位是汤姆·列文特别探员。"

列文没有伸手,只是点点头,我也颔首回应,内心却对目前的情势无比清楚。沃尔切克之所以突然同意让我跟联邦探员去兜风,是因为他的卧底探员也会同行,我说的每一句话都会直接传回他耳朵里。

"我们为什么要去40号码头,肯尼迪探员?"我问。

"你等下就知道了,弗林先生……你等下就知道了。"

00:48

前往码头的路上,我们没说什么话。列文不发一语地开着车,考森坐在前座,我和肯尼迪窝在后座。

"码头那里有什么东西这么重要?"

"你看过今天的《纽约时报》了吗?"他问。

"还没有机会看。"

他递给我一份。我的相片出现在头版,标题写着:俄罗斯黑手党审判持续进行。

"你看看下面的报道。"

我将报纸翻过来,看到我星期天瞥过的那张照片——一艘名为萨加号的货船停在河岸。就是星期六晚上连同全体船员沉入哈德逊河的那艘船，报道感谢了邻近船只的船员努力协助定位失踪的人员与船只。

"我们找到一名目睹萨加号在 40 号码头附近沉没的船员。哈德逊河是一条很宽阔的河，昨晚终于寻获了船体和部分船员。我们到了，你可以自己看看。"

我们停在一座高耸的对开铁门外。一名警察挥手让车通过，我们开进去，停在一辆纽约警局巡逻车旁。考森跟列文下了车，在通往码头的行人路口处等。越过大门后，太阳在远处的河面上闪烁，雄伟的哈德逊河看起来波涛汹涌。肯尼迪和我加入两名探员前，他向我走近，压低音量对我说："你如果有什么事想告诉我，就趁现在。"

"我没有什么要告诉你的。"我越过他的肩膀看向列文，后者正假装在和考森闲聊，但偷偷留意着我。

"也是啦。"肯尼迪叹气。

有个问题一直在我脑海中盘旋，为什么我还没收到吉米的信息？肯定有什么地方出了差错，也许艾米不在那间公寓。要是俄罗斯人干掉了吉米的手下呢？我抓住口袋里的手机，握着它，想要用意志力让它震动。压力经常对我造成生理上的影响，好像一条巨蟒缠绕在我的脊椎上，一阵痛楚乍现，我呼吸并伸展肌肉让脖子放松，试着整理思绪。我累坏了，从昨天到现在几乎没有睡觉，身体也已经准备好宣告阵亡。

肯尼迪那双硬底鞋踩在通往 40 号码头船坞的碎石路上。我一直低着头，跟随着肯尼迪，听到他停下脚步时，我抬起头，恰好停在黄色封锁线前。

随着一声低语，我的手机传来震动。

一条信息。艾米可能活着，或仍下落不明——或是死了。

血气涌上我的脸庞令我难以呼吸，我得到答案了，但不能在列文身边冒险查看。

考森和列文在前头，背靠在船坞上，肯尼迪则和两位穿着白色塑胶工作服的鉴识人员交谈。我看见一艘海巡队的船停泊在桥墩旁，还有几位潜水员在水里。肯尼迪把我叫去一个帐篷，我晓得那是哪种帐篷，也晓得里面可能会有什么。世界各地的警察用的都是这种帐篷，避免他们寻获的尸体受到污染。

我将帐篷门拉链拉到底，里面摆着两个尸袋。这里就只有我、肯尼迪，和两个尸袋。

肯尼迪背对着我，屈膝蹲在尸体旁。

我趁机拿出手机——找到她了。屋内已经收拾干净。制伏四男一女。艾米在发抖但没事。

我两腿发软，双膝跌在碎石地上，手捂着脸。我一次次无声地道谢，颈部的疼痛似乎缓解了，仿佛有块漆黑有毒的铅块威胁着要粉碎我的心脏，却又凭空消失了。我大口呼吸，突然间感觉自己已经准备好。

准备好干掉沃尔切克了。

"他们半小时前把这些人送上运尸车，我要他们拿回这里好让你瞧瞧。"肯尼迪说。

"谢了——我最想在吃早餐前看这个了。这到底跟我有什么鬼关系？"我说。

"你告诉我啊。"

肯尼迪屈着膝,将一只手放在其中一个袋子上,水从拉链渗出。我知道为了保存所有证物,在湖底或河里寻获的尸体通常会跟水一起入袋,有助于厘清死因或死亡时间。

拉链衬着死灰沉闷的袋子显得闪闪发亮,肯尼迪将拉链往下拉,金属链牙随之分开。他先后将两个袋子拉开,袋子里各装着一具穿海军蓝工作服的男性尸体,都是白人,看起来在水里泡了超过24个小时,显然皆遭人谋杀。我在第一位受害者胸口看见两处枪伤,第二位受害者也有同样的伤口。凶手熟悉枪支操作,并集中射击,但两具尸体上的第三个枪伤强烈暗示了是专业杀手所为,明显是基于保险起见而做,都是近距离头部射击。

"我猜你应该不期待在肺里找到泡沫了。"我说。

"不太可能是溺水,这些人是被处决的,下水前就死了,弗林先生。我们这条河最近没什么海盗出没,当然也不曾看过这样的事情。"

"你找到货物了吗?"我问。

"什么都没找到。"

"萨加号本来是在运什么?"

肯尼迪没有回应,反而抓住离他最近的那具尸体,将它胸口朝地面翻过去,露出工作服背后的公司商标——麦劳夫林拆除工程。

"那么,我们总结一下,弗林先生。案子开审前几天的晚上,萨加号的船员遭人谋杀,货物下落不明。昨天我得到可能有炸弹威胁的消息。两者也许有关,也许没有。我想要你来是因为我不相信巧合,也不觉得你相信，我想让你亲眼看看你代理的是什么样的人……"

我无法将肯尼迪的话听进去，我已经彻底分神了，有个画面挤开一切在我脑海中浮现——开进法院地下停车场的厢型车。

"他们弄到多少？"我问。

"足够把纽约市大部分的建筑物搞得半死不活。"

肯尼迪往前靠近一些看我，等我从实招来。

我最终什么也没说。我听见身后的帐篷外传来一阵窸窣声，早晨的阳光勾勒出一道剪影，是列文，他在偷偷摸摸地抽着烟。

"听着，我跟你老实说吧，弗林先生。我们昨天接获情报，你跟你的当事人讨论到一颗炸弹。今天我们发现有一大堆爆炸物遭窃，船员被处决。我不觉得是你杀了这些人，但我肯定你知道的比你肯告诉我的多。然后还有那个血。"

"什么血？"我问。

"我昨天在你袖口上看到的血，也许那血是这边其中一位的？"

我早忘记那块血渍了——从我自己手上流出来的。昨晚我为了吓跑肯尼迪，最后放手一搏伸出双手让他上铐，印象中他瞥了我的手一眼。

"那是我自己弄伤的，玻璃杯在手里裂开，是我的血。伤口在这儿。"我说。

肯尼迪检查我的手。"我想这大概是你第一次跟我说实话。"他继续劝说，"那就废话少说，全部招来。"

"没什么好招的。"

"听着,我知道你只是很紧张,你在保护你的当事人,诸如此类的。但现在需要被保护的人是你,我想要把你排除掉,才能把心力集中在你的当事人身上。所以,我希望你能同意我们搜查你的公寓。"

他从外套口袋里掏出一张纸摊在我面前,是一张自愿受搜查同意书。我想起昨晚站在被油漆封死的窗框前翻找钥匙的画面,钥匙若不是昨天早上在车里被打晕时从口袋掉出来……一个可怕的想法在脑海中浮现,我感觉像被揍了一拳——阿图拉斯要栽赃我,让我看起来像个炸弹客。他拿了我的钥匙,在我公寓里布置某些足以定罪的证据,某些让我跟炸弹联结在一起的东西。我没办法跟肯尼迪说,至少现在还不能——列文在旁边偷听。必须等搜集到能扳倒俄罗斯人的证据,而且必须有力到足以推翻任何他们可能栽赃在我公寓里的鬼东西。

列文肯定是感觉到我在看他,他走到帐篷前,拉开门帘。

"我们如果想准时回去,最好现在出发。"列文微笑说。

肯尼迪拉上尸袋拉链后站起身,从外套右手边的暗袋里拿出手机。

"签下同意书,我们就能把你排除在调查外,集中火力在真正的坏人身上。最后机会。"他高举手机。

"我对你无话可说。"我说。

他按开手机,拨出号码。

"我是肯尼迪,我跟弗林在一起,他不肯签搜查同意书。把宣誓书最后一段修改成以下内容:法庭成员兼律师艾迪·弗林,拒绝配合联邦执法部门,因未排除他确有参与被怀疑之犯罪活动,对其住处进行搜查之合理请求。"他停了一下,让电话那头的人有时间写,同时眼神一直对着我,"他的拒绝缺乏合理性,且很可能妨碍并干预联邦调查之进行。我们诚心请求法庭重新裁量搜查令的许可,以取得并保存重要事证。记下来了?很好,拿去给吉曼尼兹,越快越好。"

肯尼迪挂断电话,难以克制脸上沾沾自喜的笑容。我思考着他的通话内容,这段话告诉了我很多事:联邦探员已经尝试过申请我公寓的搜查令但失败了——因为肯尼迪在请求重新裁量。如果探员急需一张搜查令,他们可以通过电话向执勤中的联邦法官申请。我猜肯尼迪昨晚试过,但可想而知失败了。首先,他的合理根据听来很薄弱,用唇语读出来的"炸弹"一词、遭受生命威胁的联邦证人,以及与我无关的爆炸物窃盗案;再者,国会对特定职业有特殊保护的待遇——律师就是最被保护的那一群。

考量到搜查小组可能不小心找到受秘匿特权所保护的资料,搜查律师的公司或住处是很危险的。联邦法官应该很乐意终止我受宪法第四条修正案所保障的权利,但由于这有可能侵害我当事人的权利,他们不太可能在没听审的情况下就核发搜查令。大部分的搜查令都是在没有听审的情况下,以纸本而非电话申请来的。探员会拟一份宣誓书,列出搜查事由与目标,十之八九都会获准。如果牵扯到争议事项,好比说搜查一名律师的住处,联邦检察官就得在听审中为其申请做出争辩,那会花上一点时间。有些搜查令一天就下来了,如果该位探员走运的话,只要半天。但也有申请搜查令前,先花上好几个星期准备的案例。

肯尼迪任由他的微笑转变为明目张胆、志得意满的笑脸。

他知道搜查申请会被批准,我帮了他一把。身为律师,我有义务要配合法院，这样拒绝搜查，等同是亲自将搜查令交给了肯尼迪。没有一位法官会冒险拒绝搜查令的申请，因为不想让人以为他们在保护手脚不干净的律师。

"是哪位法官负责审理这份申请？"我问。

"波特。我们把时间定在中午。"

现在是早上8点5分。

我安排的日程全作废了，中午一到，联邦助理检察官吉曼尼兹会替联邦调查局弄到搜查令。他们大概早已派人站在我公寓门口，准备进行封锁，确保没人能拿走证物，并耐心地等待波特法官签过名的文件。波特法官核准申请后，拿去给庭务员签名盖章，这个步骤大概会花个10分钟，也许15分钟，接着要花40分钟的时间将原始文件送到我的公寓，才能开始合法搜查。我以为在下午4点以前，我都还有时间把事情想清楚，现在我最多只剩不到5个小时。

我们往帐篷外走去，肯尼迪抓住我的手臂，另一只手拿着自己的名片。"这是我的联络资料，认真思考一下，你现在麻烦可不小。"

我看到列文拿出手机。

"不用了，谢谢。名片你留着吧。"我说。

肯尼迪把名片放回外套里。

在我看来，比尔·肯尼迪是一位紧张兮兮但认真勤奋的探员，他真的在乎自己的工作，这很难假装。那时，我很确定肯尼迪是一片真心。我终究会跟他坦承一切，但得先掌握事情的全貌才能去找他。我不想让俄罗斯佬知道我拿了他的名片，我得另外设法来联络他。

一个俄罗斯佬意想不到的方法。

00:49

联邦探员开车送我回法院,一路上我们没再交谈,对此我很感激,这让我有时间思考。

我告诉自己,扳倒俄罗斯佬所需要的东西全在那个行李箱里。摆在其中一辆厢型车后座的那个箱子里,塞了萨加号上满满的爆炸物。

回程途中,列文一直通过后视镜瞧着我,肯尼迪和另一位探员考森似乎完全不晓得列文有问题。肯尼迪不会随随便便就怀疑自己人,不过我有个疑问:既然列文在调查局内部,他怎么会不晓得联邦探员将小班尼藏在哪儿?

"所以你们今天早上要把证人 X 带到法庭?"我问。

此话一出,考森和列文仿佛都竖起耳朵,兴致勃勃地等着肯尼迪的回应。

"有些事情不该知道的就别问,你们说是吧?"肯尼迪说。

"是。"列文和考森齐声答道。

"事实上,他今天会到法院。我派了一个外地来的特别小组负责看管证人 X,是证人保护计划的人。就连我都不晓得他们把人关在哪儿,那样比较好。直到证人保护小组将他带至法庭前,责任归属都在他们身上,之后就由我负责安保。"

这完美解释了一切，列文绝对是沃尔切克的人，这辆车上没人晓得小班尼被安置在哪儿。我觉得这挺聪明的，肯尼迪在我心中的评价瞬间提升。

"弗林先生，我今天会紧盯着你。"肯尼迪说，"如果我们在你家里找到什么东西，我会亲自逮捕你。"

我摇摇头，挤出一副假笑，我的自信没能成功说服肯尼迪。

"不是非得这样，假若你知道有炸弹要被送去法院，得告诉我。"他说。

"你怎么知道它不会已经在里面了？"

"我们上上下下搜了一遍，没有找到。"肯尼迪说。

在我问联邦探员怎么会漏掉厢型车以前，答案就出来了。如果有车子停在地下停车场，且该车辆出现在门卫的授权记录上，联邦调查局便无权合法搜查这辆车，宪法第四条修正案杜绝了这一点。阿图拉斯把整件事计划得滴水不漏，我敢用我的衣服打赌，那两辆厢型车一定在安检的授权名单上。停车场是在20世纪70年代建成的，行刑室拆除以后，把地下室的天花板挑高了一层，偌大的地下室现在能容纳约两百辆车。若要逐一搜查，探员大概得花上一个星期的时间来查出每辆车的车主，而且他们不得不查，因为搜查令申请书要求他们通知登记过的所有权人。合法搜查每辆车太花时间，搜查小组只会大略从车外部检查。破窗而入的风险太大，车子有可能是某位律师或法官的。

联邦调查局的车子停在法院外，肯尼迪放我下车。

"记得我们讲过的话。"肯尼迪说。

我不理肯尼迪，迅速跨上台阶。负责修复法院外墙的工人已经出现在他们高耸的移动式平台上了。粗实的钢铁缆线将平台从屋顶垂下来，停在离建筑物顶端好几层的位置，上头的工人用电钻凿开石墙，清除沉积百年的污垢，让一阵细碎的棕色雪花落在排队等安检的人们肩上。蓄胡的胖警卫站在汉克身后，确定我是否回来了。俄罗斯人不担心我进来时的问题，因为炸弹已经在楼上了。然而，我身上有手机、喷雾、小黑灯，以及真正的引爆器，我不想让胖警卫看到任何一样，于是直接插队越过所有人，直直走向他。这次没那么紧张，因为我想到一个低调许多的方法进去。

安检扫描器在我经过时发出哔声，我忽视汉克的呼唤，走向阿图拉斯的内应悄声说："甩开你兄弟汉克，我身上有钱，不想被他们发现。钱是要给你的——阿图拉斯说我应该现在拿点额外的奖金给你。"

"没事，汉克。这人我认识。"胖警卫说。他名牌上写着阿尔文·马汀。

汉克再一次无法搜我的身，还来不及抗议，我就向阿尔文点头，示意他跟我走。"我们去安静点的地方，大厅里有摄影机。我知道地下室有个好地方。"

地下室有个小储藏空间——一间密室。前安检主任艾德加在里面偷酿私酒贩售，供货给熟客，例如我和其他几个律师朋友，甚至还有法官。我记得哈利特别喜欢艾德加的"树根汁"。

阿尔文和我穿过大厅西侧通往楼梯及地下室的双开门。

我们下到停车场后左转，进入一条昏暗无光的长廊，长廊深处有一道暗门，迎接我们来到艾德加的酿酒室。门还是开着的，里头的私酿设备都没了。这里以前是锅炉室，但现在只剩一堆灰尘、折叠椅和几张桌子。艾德加被抓包，但没被关，我记得哈利在他的惩戒听证会上为他说了好话。艾德加有法官撑腰，于是没被开除。他被降职，少了一大堆职责，但保住了工作。哈利拿走他剩下的库存作为报酬。

我撑着门让阿尔文进来。

"我应该要现在付钱给你，但我想先确定你明白接下来会面临什么事。"我说。

阿尔文看起来有些错愕且困惑，尽管如此，在金钱的驱使下，他还是走进了漆黑的房间。我打开灯，趁他经过我的时候，右手伸向他的枪，利落地解开压扣，摸走贝瑞塔手枪。他听到压扣开启时的喀啦声，以及金属物件摩擦皮套的声音，反手想抓住我的前臂。我左手往阿尔文后颈一砍，便让他松手跪倒在地。

"放轻松点，你搞不好还能活着出去。"我用他的枪指向他的后脑勺，"坐下。"

对一位身陷如此险境的人来说，他显得相当冷静。

他从角落的铁椅堆中搬出一张椅子，在我面前 1.5 米处坐下。我关上门。

"你让俄罗斯黑手党开那两辆厢型车进法院。为什么这样做，阿尔文？"

"跟你一样——为钱啊。这工作薪水太低，我还有赡养费要付。别白费唇舌跟我说什么你不只是为了那点钱。"

"也许不是，但我不想为了赚钱而杀人。厢型车里有什么？"

"他们说要用厢型车退场。如果沃尔切克被定罪，他就要开始逃亡。要是我事后被问话，也就只是放了几辆车进来，把它们加到名单上——我怎么会晓得是谁的车？就算我丢掉工作，家里还有 10 万美金，我做这烦人的工作可赚不了那么多钱。"

"沃尔切克现在在哪儿？"

"他们在 19 楼等你。"

"你有车钥匙吗？"

"没有。听着，我全都告诉你了。放我走，我就当这一切没发生过。"

"我不能冒险，你有手铐吗？"我问。

"当然有。"

"去角落那台暖气机旁边待着。"

阿尔文起身，往右瞥了暖气机一眼，旋即转过身疾冲向我，同时抓起铁椅往我头上扔。我双手护向身前，感觉到椅脚扎进手肘和手腕，撞飞了手中的枪。阿尔文扑上前抢夺在地上旋转的贝瑞塔，伸手抓住枪柄。我以左脚为支点，右腿弯到身后蓄力，接着重重踹在阿尔文的脸上。这射门肯定能踢出 35 米——他的脸猛地向后仰，随后撞向水泥地，瘫软的身体毫无生气。

我捡回手枪，手指按上阿尔文的颈侧动脉，发现还有很强的脉搏。他失去意识，不过还活着。我把他拖到暖气机边，将他铐在管线上，谨慎地拿下他腰间的无线对讲机、手机，以及贝瑞塔备用弹匣，再把对讲机和手机砸在墙上。在没有光线且门被关上的情况下，短时间内应该不会有人发现他。我将枪和备用弹匣收进大衣里。

我在停车场西北边的角落找到第一辆厢型车，它之前直接开往这个方位。副驾驶座那侧离墙约莫 1 米远，一道外加的铁制密码锁守着后门。这辆厢型车的底盘异常低，车上似乎装满东西，但深色玻璃窗让我看不到内部。如果这几辆厢型车配有警报器和防盗装置，仪表板上应该会有红色的灯光持续闪烁，就算是暗色窗也还是看得到。我仔细观察了 1 分钟，没见到任何闪光，这让我很是满意——能用老方法开门了。我下手前再次确认过停车场，一个人影也没有。这个位置看不到警卫室，如果里面有警卫，他们八成忙着做警卫的拿手绝活——看电视，放着监视器不管。我回到副驾驶侧，用贝瑞塔枪托敲了两下车窗，玻璃在第二次撞击时碎裂。除非有警察或警卫特地走到停车场最深处检查这辆车的副驾驶座，否则不会知道这辆车已遭人入侵。我又等了 1 分钟，确认是否有人听到。

停车场里毫无动静。厢型车后座堆得满满的，一块防水布盖在上面。我拉下防水布，看见一堆貌似枪管的东西，包在亮蓝色塑料袋里。起初我不晓得自己看到了什么，但枪管堆左侧窜出的电线让我屏住呼吸。我循着电线找到一个黑色的塑胶大盒子，许多根电线汇集于此，电路板上装着一个电子计时器，上面显示"00∶20∶00∶00"。我猜这个"20"代表 20 分钟，其他数值则是小时、秒和毫秒。这里看起来没有任何像是无线电接收器的物品，他们或许得手动启动计时器，但我不敢肯定。我只确定一件事——这绝对不是用来逃亡的车子。

另一辆厢型车停在反方向，位于东南边的角落。两辆车都停在法院两侧的承重墙下，副驾驶那侧贴着墙面。第二辆车的窗户没那么暗，我能看到后座同样被塞满。它的底盘也很低，两辆车应该装着一样的东西。我前一晚瞧见格雷戈尔搬进车里的那只行李箱，就摆在副驾驶座上——银色硬壳的新秀丽牌，跟阿图拉斯昨天早上用来装案件资料进法庭、放在楼上的那个一模一样。我强行破窗开门，拿起行李箱要放在地上时，发现它出乎意料的轻。那个大块头格雷戈尔，昨晚可是用双手扛起这个箱子的。

感觉不大对劲。

在打开箱子前，我闪过一个念头，想冲上楼把肯尼迪抓来这里。两件事阻止了我：第一，警卫阿尔文身上到处都是我的DNA，脸上还印着我的鞋印；第二，两辆车都被我打开过，门把手上有我的指纹，我却没证据将俄罗斯人跟车子联系在一起。

一切取决于箱子里的东西。我用拇指划过锁扣，把盖子掀开，以为会在里头找到另一个引爆器，或阿图拉斯在用厢型车策划什么的线索，也可能是某个能让我搞清楚状况的东西。但当我看清楚箱子内部的那一刻，忍不住把脸埋进手掌心。我闭上双眼，赏了自己两巴掌。24小时之内，我第二次感觉自己蠢到不行。

箱子是空的。

一个想法浮现在脑中，箱子是空的——就跟我从阿图拉斯身上偷到的第一个引爆器一样。只有一个解释说得通，一个稍能说明这一切的解释。我找到电梯，按下按钮，准备通往19楼。在这之前，我花了几秒钟将贝瑞塔手枪藏进垃圾桶里才进入电梯，上去顶楼和沃尔切克碰面。

00:50

沃尔切克、阿图拉斯、维克多和格雷戈尔在 19 楼的会客室里,吃着外带的早餐。

"有我的份吗?"我问。

格雷戈尔递给我一个外带餐盒,里面是一堆吃剩的松饼。

"联邦探员想做什么?"沃尔切克问。

"想说服我说出你对他们的证人造成威胁,如果我知道是什么威胁,就该为自己着想,向他们据实以告。我跟他们说你清白无辜,是美德的典范,能代表你出庭是我的荣幸。"

沃尔切克笑了。

会客室角落有个敞开的行李箱,跟我在厢型车里找到的空箱一样,是硬壳的新秀丽。

如同它在地下室的双胞胎一样,里面空无一物。

或至少看起来空无一物。

松饼很油腻,但给了我能量,让我的肚子不再崩溃地提醒自己已经 24 小时未进食了。我趁用餐时间把事情再顺过一次。

地下室的那个行李箱看起来大约长 120 厘米,宽 60 厘米,深 45 厘米。地板上的那个箱子虽然外观尺寸相同,但掀开之后可见深度只有 30 厘米。这说明了一件事:另外那 15 厘米的空间还在,只是被假的底板遮住了。跟我想的一样。上电梯前,我仔细检查过地下室的那个箱子,里头没有隐藏隔层。

打从禁酒时期[①]初期,美国就是走私界先驱,底部作假的箱子当属经典。这手法最棒的地方在于,无论谁来搜你的箱子,都只会对那鬼东西里头的物品感兴趣,没人会注意到箱子外部,而那是识破箱底有无造假的唯一方法。布料内衬的花纹经常会形成某种视觉错觉,让眼睛以为这就是箱子的全部了。我之所以能辨认出差异,是因为我才刚看过一个同款的新秀丽,对箱子实际容量有很强的视觉参考。

底部作假的箱子唯一的坏处是,只要你知道自己在找什么,它通常藏不了多久。我决定来验证目前为止的推论。

我丢下空的外带餐盒,跪在行李箱旁边,合上盖子,将它举起来掂了掂重量,跟楼下的箱子相比较,并在测试完后,准备带着它走进办公室。

"你在做什么?"阿图拉斯问。

"我要装文件,出庭要用到它们。"

"把箱子放下,维克多会帮你处理。"

"没关系,我可以——"

"把箱子放下!"

阿图拉斯情绪失控了,他不想让我对那个行李箱动手动脚,担心我会找到隐藏的隔层。沃尔切克看上去有些困惑。

"阿图拉斯,冷静点。律师很努力了,他搞不好能成功,我们就不用……嗯,你晓得。暂时放过他吧。"沃尔切克说。

[①] 禁酒时期(Prohibition),是指从 1920 年至 1933 年在美国推行的全国性禁酒,禁止酿造、运输和销售含酒精饮料。

我放下行李箱，坐在沙发上，注意力停在会客桌上方的《蒙娜丽莎的微笑》画像，霎时间，一个推论在我脑中成形。

假引爆器、胖警卫阿尔文和底部作假的行李箱：这一切人、事、物所扮演的角色和功能，在我盯着这幅肖像的同时变得明朗。

搞懂这一切的关键就是《蒙娜丽莎的微笑》。从骗子的角度来看，《蒙娜丽莎的微笑》自有其趣味，它是世界上有着最多赝品的画作，那些赝品就挂在世界各地知名的艺廊与美术馆中。每隔几年，我就会在报纸上看到某种新的科学发现，声称某幅赝品实际上是大师真迹。我对此一直很感兴趣。仿造任何东西的唯一理由就是要调包，让人误以为正版还在原处。事实上，他们眼前的才是赝品。骗子最好的朋友就是伪造者。

阿图拉斯昨天早上拿着通过安检、装有案件卷宗的行李箱，应该是我刚才在地下室看到的那个。格雷戈尔整夜留守法院，阿图拉斯与维克多则和我一起拿钱去买通吉米。格雷戈尔晚上肯定去地下停车场调包箱子了。阿图拉斯昨天用来装资料带去法庭的那个箱子，现在在地下室的车里；而格雷戈尔昨晚放进厢型车里的箱子，则躺在我面前的地板上。这就代表，眼前的箱子里无论装了什么，如果阿图拉斯昨天早上带着它通过安检，都会触发警铃，X光机也能看穿假的底部。

沃尔切克对箱子一点也不感兴趣，他根本不晓得箱子被调包了。如果他对此事一无所知，我很肯定他也不知道厢型车、阿尔文或阿图拉斯带了一真一假两个引爆器的事。

为何要有一个假的引爆器和一个真的引爆器？为何要有两个一模

一样的行李箱？为何要伪造《蒙娜丽莎的微笑》？

都是为了让你在目标无所察觉的情况下调包。

我一直以为是我在骗俄罗斯佬。

其实是阿图拉斯骗了我，更重要的是，他也在骗沃尔切克。我察觉到他们之间关系紧张，也看到阿图拉斯摸着脸上那道疤。

沃尔切克站到我旁边说："5分钟后开庭，弗林先生。为了你好，我希望钱花得值得。要是托尼·杰拉多今天说出任何让我卷进马里欧谋杀案的证词，我就会让阿图拉斯打给他女友，你女儿就能一边娱乐我的人，一边责怪你了。"

"托尼会闭嘴的。"我说。

阿图拉斯从椅背上拿起西装外套。

"穿上它，我们会趁中午休庭时放炸弹。"他说。

我再度感觉到装置在我背上的重量，以及如此致命的东西贴在我皮肤上的骇人恐惧。既然联邦调查局准备好要申请我住处的搜查令，我晓得自己大概撑不到中午休庭时间。

如果我想的没错，阿图拉斯在对他老大使诈，但真正的目标我仍然毫无概念。我依旧相信答案就躺在那只行李箱的夹层里，我必须在阿图拉斯不注意的情况下查看，而我完全不晓得该如何做。

"给你。"阿图拉斯递给沃尔切克某个东西，后者检查了一下，放进口袋。阿图拉斯刚才给了沃尔切克一个引爆器。

一个假的引爆器。

00:51

除去干净的衬衫和领带，我与昨天穿的是同一套西装。不过无所谓，那点微小差异也是我平常会有的作风。一般而言，案件审理的第二天，我会穿同一套西装，换上干净的衬衫和另一条领带，进行到第三天才会穿套别的西装，第七天再换一套不同的。但任何案子都不会换超过3套，除非它持续超过1个月——那就会有5套，但绝对是我的极限了。我公寓里有15套做工极佳的西装，每天穿一套新的不是问题，我也曾经这么做过，然而这会让陪审团注意到我，我发现了这件事，那可不好。

陪审员一旦对我的西装窃窃私语，就代表他们没认真听证词，只是在想能每天穿不同西装的工作有多爽，想着那些西装有多贵，想着律师多赚钱，以及那罪人会花多少钱让自己免于牢狱之灾。辩护律师可能会游走在证词之间尽力取悦陪审团，却依旧在弹指间让他的当事人因为各种理由被定罪。就算是最优秀的辩护律师也会毁于一套上好的西装。我要是穿阿玛尼出庭，我的当事人不如直接开除我，找公设辩护人算了。

我平常出庭的服装是一套朴素的褐色西装，或是一套海军蓝的西装，整套轮替，这样陪审团就不会对我的银行账户想东想西，继续认为我是个普通人，干净、专业、值得信赖。

陪审团耐心地等待法官。派克吩咐先带他们进来，她马上就会出席。陪审团很安静，大多数人低着头，其中一两个人偶尔朝我看来。

我没看见阿诺，他大概跟米莉安说他被辩方摆了一道，身份曝光了。

陪审团没有人看向米莉安，我昨天可把她给整惨了。即使如此，她还是有充足的时间重整旗鼓。官司有起有落、时好时坏，你可能前一秒胜券在握，下一秒便万劫不复，这就是作证的过程：直接讯问、交互诘问、覆问[①]和覆反问。大部分律师如果没被阻止，会花上好几天交互诘问证人，挑出证词里所有的细枝末节与细微差异，然后激动地点出证人稍不连贯之处，仿佛他们刚刚承认了自己在肯尼迪总统遇刺时，人就在草丘后面一样。在我看来，那么做大错特错。言辞交锋的时间越长，证人看起来就越占上风。

秘诀其实在于出手快速且正中要害，这样才会让人印象深刻。

我把卷宗摊在桌上才意识到自己忘了某样东西——笔。我拍了拍口袋，啧了一声，跟沃尔切克说我肯定把笔丢在哪儿了，得去跟法官助理借一支。他点头同意。琴恩给了我一支备用笔，还附上一个可爱的笑容。

今天可能得应付四个证人，我必须减少数量。肯尼迪会拿到那张该死的搜查令，天晓得阿图拉斯在我的公寓里栽赃了什么，八成是很糟的东西，会让我跟他的计划扯上关系，让我被关到死。

"全体起立！"

所有人起立，阿图拉斯大声咒骂，我转过头去看。他挂断电话，跟沃尔切克低声说了几句，带着格雷戈尔离开法庭，留沃尔切克和我

[①] 审察讯问。

坐在辩方席，维克多坐在我们后面虎视眈眈。我不晓得发生了什么事，希望那是因为他们没办法联络上阿尔文——他大概已经清醒，很高概率还被牢牢地铐在暖气机上。我的直觉告诉我另一个可能——阿图拉斯试图联系伊兰雅，但联络不上。如果他去检查离这里不远的塞文大楼公寓，发现他们死了，而艾米不知去向，那一切就完了。阿图拉斯会逃走，躲起来等待机会向我家人复仇。我现在不能想这个，艾米正安全地窝在一个黑手党据点，外头还有至少一整间执法机构在监视，所以她人很安全，暂时而言。

我回头面向法官席，满心期待会见到哈利坐在派克法官旁边，但他不在。我需要哈利在场，以免我遇上麻烦。

米莉安站起身，她今天很小心，一个字也没和我说。没有纸条、没有笑容，为了帮自己增加点优势，她穿的裙子看起来比昨天那件还要短。

"检方传唤托尼·杰拉多。"

米莉安还没发觉这是个错误的选择。她想替受害者博取同情，但做得太早了，应该先让那女孩的证词出来才对。妮基·布伦德尔将指出受害者遭人杀害的前一晚曾与沃尔切克发生冲突，她没听到争执的内容，只是看到有人扭打，这会挑起陪审团的好奇心——到底争执的内容是什么？此时米莉安再传唤托尼来说明一切，陪审团会把两件事联想在一起，他们最爱这么做了。

我环顾法庭，看见托尼从容地走上证人席。我从他脸上的笑容大概猜到，为何米莉安要先传唤他。她肯定意识到托尼没打算要合作，只好切换成止血模式：从最坏的开始，早点解决掉，然后好好收尾。

沃尔切克紧盯着托尼，他大概在想自己的400万美金花在哪里。他手中拿着引爆器，我能看到，在他手掌间露馅儿了。不过，真正的引爆器好好地待在我这儿。

托尼闪亮的银色西装实在很引人注目，配上舒适的乳白色鞋子、乌黑的丝质衬衫以及白色领带——看起来活像个廉价皮条客。陪审团不大可能同情他。托尼的鞋子发出响亮的金属喀啦声，随着他趾高气扬的每一步在法庭内弹跳回荡。

他站上证人席，法官助理琴恩走上前。托尼发出夸张的咀嚼声，琴恩看见他在嚼口香糖时，露出一副嫌恶的表情。琴恩对宣誓这个程序非常认真，认真到不行。她拿出一张纸巾递到托尼嘴前，他配合地将口香糖吐在纸巾上。

"你可以留着哦，宝贝。"他说。

他一手放在《圣经》上，成功宣读完卡片上的誓词，在法官允许以前就坐下了。

"杰拉多先生。"米莉安开口，"请你向陪审团解释，你与本案受害者马里欧·杰拉多的关系。"

没有回应。

"杰拉多先生？"米莉安问。

没有回应，托尼就只是坐在那儿。陪审团往前靠了过去。

我低着头，能感觉到米莉安的眼神好像两道平行的镭射光，直向我冲来。

"杰拉多先生，请陈述你的出生日期以供记录。"她说。

我听到回答时，忍不住把头压得更低：我在吉米的餐厅里预先准备好的答案，那个托尼铭记在心的回答。

"基于我可能危害到自身权益，我拒绝回答此问题。"

陪审团看向米莉安，又转向我。米莉安的重心移至臀部的一边，嘴巴微张。她看上去很受伤，而且准备好要还以广岛核弹级的报复。陪审团永远能发现事有蹊跷，而当情况不对劲到这种程度时，就好像有地铁车厢在你面前脱轨一样显而易见，且惨不忍睹。

"容我提醒你，杰拉多先生，你和我的办公室签了免罪协议。你今天要是拒绝在此作证而破坏协商，就得入监服刑。"

托尼没有说话。事实上，他犯了个错，他开始笑。

米莉安的脸庞涨红，一时间哑口无言。她本来想说什么，但及时忍住。法官帮了她一把。

"苏利文女士，你可以提出请求，将这位证人视为敌意证人，但在你这么做以前，我是否能提议休庭5分钟，让你衡量该方案呢？"

就这样，派克法官离开了法庭。

我起身坐在辩护人席的桌子边缘，双臂交叉，准备好面对米莉安不可避免的长篇大论。她果然没让我等太久。

"你这混账，艾迪。你到底懂不懂自己在做什么？干预检方证人？你疯了吗？"

"没有。我是他的律师，我恰巧在托尼·杰拉多涉案的那几起毒品案件里代表他。我只能说我非常晚才接到委托。"

"多晚？"

"我今天早上和他讲过话。"

"我希望他能把你开除，找个更好的律师，因为他即将被控持有且意图供应、运送、经销毒品，和其他任何我能想到的罪名。你跟我一样清楚这是怎么运作的，艾迪。互惠原则——没有证词，就没有协议。你何不跟他说这个？"

"哇，等等。我能看一下他的协议吗？"

米莉安一副我刚刚向她求欢的样子。趁她还没把我大卸八块，她的一位助理把协议书复印件递给我。我对这协议再熟悉不过了，这是检方的制式免刑协议，落到对的律师手上，它就有漏洞可钻了。好多明显到不行的漏洞。

"这是你们的制式免刑协议，上面写明，我的当事人只要在本次审判中提供证词，就不会面临任何指控。协议中没有详述他必须提供什么证词，也不该如此。对证人下指导棋会害你被取消律师资格。"我说。

她一听到"下指导棋"，眼睛便睁得斗大。律师能帮证人准备出庭，但严格禁止教导证人在证词中如何回答，证词不能由律师决定。

"你觉得我在对证人下指导棋？他从哪儿学来第五修正案那段回应的，艾迪？是你教他那样说的吗？你还好意思说我对证人下指导棋？他不会就这样安全下庄的，你也不会。"

"他会。你知道他会。没有哪个法官会让美国境内的任何人，因为行使宪法赋予的权利而遭到审判，不自证己罪特权是极其重要且不容退让的。他是否因行使宪法权利而破坏协议并不重要，宪法的位阶高于所有协议及从属立法。换作是我就不会认他为敌意证人，他什么都不会说，那只会继续伤害你的案子，陪审团会觉得你在乱找证据，因为你的论据弱到不行。就让它过去。你被黑手党摆了一道，那又如何？再优秀的人都可能碰上这种事。传你的下一个证人吧，米莉安。"

若不够聪明、强硬与残忍，是爬不到米莉安的位置的。她晓得托尼·杰拉多没救了，但她没打算就这样放过我。

"昨天那出是怎么回事？你提到炸弹？"她环臂抱胸。

"你的陪审团顾问是个烂货，这可能是他自己瞎掰出来的，否则就是他误读，或把我的话断章取义。你不能仰赖他。说到底，你干吗找个像阿诺那样的人？我一直以为你作风正派。"

"我不晓得他会读陪审员的唇语，只知道他能判断结果。他跟你一样，艾迪。你不在乎自己如何得到你要的结果，你只想赢。我认为你确实有提到炸弹，不过不是真的炸弹，只是想象中的。我认为你想搞无效审理。"

"鬼扯。我只是在尽我的本分。"

米莉安在我转身要离开时，抓住我的手臂。

"你才是烂货，艾迪。在法庭上代表那种人渣就是你的本分。"她说，还朝托尼点了一下头。

最后一位陪审员依序走出法庭，托尼在证人席上起身。

"嘿，小姐，别把我讲得好像犯了什么罪一样，我是个虔诚的基督徒呢。"他说。

米莉安对托尼露出凶恶的表情。

"好了托尼，别以为自己很了不起，毕竟你确实犯了罪，否则也不会被卷进这种破事里。《圣经》对此又有什么好说的？"我说。

托尼抓过《圣经》，冲出证人席。警卫跑向前，但我举起一只手，朝他们摇了摇头，让他们晓得这不要紧。托尼把《圣经》用力塞进我手里说："你应该读读这本经典，弗林先生。你也许会学到些什么。"

托尼坐回他的位子，我回到辩护人席，将《圣经》放在桌上。就像我们稍早在吉米那里讲好的，托尼对我传了教，这突发的举动似乎也娱乐了沃尔切克。我深深叹了口气，维持着面向左侧的站姿，好让我能背对沃尔切克。我打开案件卷宗，从资料里拿出马里欧的医疗检查报告，用双手将其摆在《圣经》上，好遮掩接下来的动作。我把右手小指卡进去翻书，找到夹在内页的东西，以两根手指推出，藏于《圣经》和医疗报告之间。接着，我拿起报告，垫在底下的手指顺势带上信封。我将报告连同藏在其下的信封摆在桌上，并将《圣经》交还给庭务员。

这招叫乞丐盗术。这门艺术最顶尖的大师，大多住在巴塞罗那，全球骗子的首都，我就是在那伟大的城市亲眼见识了这门盗术。当时我和克莉丝汀带着艾米去那儿度假，我们坐在一家咖啡厅外享受着阳光，我注意到一个流浪汉晃来晃去，手里拿着一张塑封过的卡片，和杂志差不多大小。他靠近我们隔壁桌的一对中年英国夫妻，那位丈夫对太太的态度奇差，说她穿夏季洋装看起来很肥。说真的，这招遇到好一点的人还真没用。那位流浪汉把卡片放在桌上，同时拍手祷告："拜托看一看，拜托看一看。我不会英语。"

那位英国丈夫读了卡片，内容想必是跟流浪汉的家人有关，精辟而赚人热泪的故事，文末请求读者给带着这张卡片的男子一点钱。英国丈夫读完后，挥手要他离开："不给、不给、不给。滚开，你这脏东西。"那位脏东西于是谢过英国丈夫，从桌上拿走他的卡片，用那张卡挡住他的顺手牵羊，他顺走了英国佬的手机和钱包。他一开始就刻意将卡片摆在那些物品上方，好掩饰他的偷窃手法。

同一个人来到我们这桌，我在他把卡片放到克莉丝汀的钱包上之前，就拿出一些现金，朝他眨眼。他收下钱，也眨眼回应。我当时已经收山了，但看到这种人才时还是会欣赏。

米莉安伏案工作，我翻过案件卷宗，取出所有的犯罪现场照片，飞速拂过那份医疗检查报告，用折起来的几页遮住信封，同时手指翻弄着——打开信封，把相片混进犯罪现场的照片里。我把报告放在一边，瞧着桌上的一堆照片，不仔细看不会发现这堆照片里有哪些格格不入。沃尔切克的注意力不在我身上，但为了防范他突然看过来，我把照片叠成一堆拿在面前。

这些照片就是一切麻烦的罪魁祸首，害马里欧惨遭杀害。有两张照片，第一张拍的是沃尔切克、阿图拉斯，还有第三名男子入座要用餐。照片是在一家昏暗的餐厅拍的，大概是在西洛可俱乐部。沃尔切克肯定发现马里欧在拍照，立刻威胁他。夜店舞者妮基·布伦德尔见到的就是这一幕。

照片中的第三名男子身穿海军蓝西装和一件白衬衫，留有一头整齐红发、细心修剪的小胡子，还有大大的笑容——汤姆·列文。沃尔切克跟联邦探员用餐时被偷拍了。马里欧肯定认识列文，我记得托尼早上在餐厅跟我说，马里欧被联邦探员抓到过，还因此在里克岛监狱关了五年。他也许在那里遇上过列文，或者更有可能的是，列文正是当时抓他的探员。沃尔切克一定花了很多时间跟金钱来收买列文，不想因为马里欧这种白痴，就失去如此重要的资产。重点是，企图勒索俄罗斯黑帮的人，肯定是个白痴。

第二张照片是在不同地方拍摄的。夜晚的停车场中有阿图拉斯、列文，还有另外三名男子。一开始我认不出他们，可是我转头，发现他们就坐在法庭里。一位日本人——来自山口组，另外两位是其他帮派的代表。昨天早上沃尔切克走进法庭时，就是同一伙人起身鼓掌。吉米跟我说过，沃尔切克和其他人关系不好，抗拒跟其他犯罪集团合作，此举让他的生意蒙受损失。想必是列文安排了阿图拉斯和三位帮派首脑的会面。我还不知道他的目的，但我敢确定，这张照片能说明阿图拉斯要蒙骗他老大的一部分原因。

我好想朝托尼亲下去。列文和沃尔切克在一起的照片能让我说服肯尼迪，或许也能救我一命。我在法庭里四处张望，看见肯尼迪坐在米莉安身后几排的位子。我没见到列文或考森在他旁边，这让我更方便行事，但还是得设法私下与他交谈。

我快没时间了，必须先下手为强。我本希望能先看一下行李箱再去跟肯尼迪讲话，但时间紧迫。

维克多发现我在看行李箱。刚刚若有机会看一眼，所有谜团都能被解开，但现在这么做风险太大了：周围人很多，维克多也不会随随便便让我靠近那鬼东西。

我的手表显示现在是上午 10 点 05 分，距离搜查令申请还剩两小时。我转过去看向肯尼迪，他正在看表。一种恐怖的情绪淹没了我，肯尼迪可能在说谎。助理检察官吉曼尼兹也许已经在和波特法官会面了，如此一来，在他们破门闯进我家以前，我只剩不到一个小时。我越来越相信俄罗斯人在我家栽赃了能让联邦探员将我定罪的铁证，直指我试图炸死小班尼。我祈祷自己想错了，想错肯尼迪，想错俄罗斯佬。我内心深处很清楚，两个揣测里至少有一个会成真。

00:52

派克法官和陪审团回到法庭。米莉安让托尼·杰拉多离开了。哈利依然不见踪影。我没有问题要问托尼，于是他自信满满地从证人席走出来，仿佛自己是法兰克·辛纳屈[①]。

"检方传唤拉菲尔·马丁尼兹警官。"米莉安说。

米莉安会在询问马丁尼兹时卷土重来，他的陈述里没有多余的细节或推论，只是陈述事实。这个案子不需要添醋加油，他在死者家中将小班尼逮个正着，之后小班尼供出俄罗斯黑帮的老大涉嫌谋杀。

马丁尼兹是一名帅气、年近四十的西裔男子，身穿合身的西装。他胸有成竹地走向证人席，但没有太自以为是。他手中的那叠文件贴

---

① 法兰克·辛纳屈（Francis Sinatra, 1915—1998），绰号"瘦皮猴"，美国著名男歌手和奥斯卡获奖演员。被公认为 20 世纪最优秀的美国流行男歌手之一。

满便利贴，标记出重要部分，让陪审团看见他做了充足准备。马丁尼兹抬着头，双眼直视陪审员，他没什么好怕的。

"马丁尼兹警官，你能和陪审团成员说明你的职级和工作经历吗？"

米莉安又失误了，一次问了两个问题。她应该更专业的，我想她是被紧张情绪给影响了。差一点的律师可能到这里就投降了，但米莉安强势回归，不到10分钟就抓回节奏，于是马丁尼兹在接下来的30分钟，对小班尼的自白和控辩交易侃侃而谈。

坚不可摧。

她得到最后一个回应后，转身背对证人，在走回检察官席前先朝我走来。

她微笑着说："证人交给你。"

我若试图让马丁尼兹动摇，绝对毫无胜算。有时候，有些证人你动不了，马丁尼兹就属于这类人。我决定速战速决，问他那些米莉安在直接讯问里没碰到的部分。

"马丁尼兹警官，请打开卷宗到卷三、表三、第二页。"我在交互诘问里不会使用"请你……"或"你能否……"这种说法，一切都应该是陈述而非提问。人们都说好的律师从不提问，除非他们早就知道答案。此言为真，但这不是因为律师知道的比其他人多，是因为我们在题目里，就在引导证人说出我们想要的答案。

马丁尼兹找到那一页，上头用了一张黄色便利贴来标注。

"警官，这是一张照片，上头是一个在公寓里找到的破相框？"

"是。"

这个回应深得我心。我转向陪审团一笑，顿了一下，才重新面对证人。

"这张照片底下的描述是'破相框'，但没告诉我们里头有几张照片，对吗？"

他眯起眼睛，看起来有些困惑。"是的，并没有。"

我露出满意且理解的笑容，再度转向陪审团，缓慢且愉快地重述了一次马丁尼兹的回应"是的，并没有"，将之展示给陪审团，好像这是一番苦战后赢回的奖品。陪审团点点头，他们还不确定我赢了什么，但看上去很感兴趣。米莉安没有反应，一脸无趣至极的表情。所有优秀的律师，在认为对手抛出震撼弹时，都是如此反应，表现得一脸不在乎，期待陪审团因此产生动摇。事实上，那些问题不是要给陪审团听的，是给肯尼迪——我想要他思考相框的事。

"法官大人，请问我能和我的当事人商讨一下吗？"

"可以，弗林先生。"

我倾身跟沃尔切克低声交谈。"你早餐吃什么？"我问。

"你的最爱，松饼。怎么了？"

"只是在耍检察官，让她以为我在筹划什么大计，就是要她紧张。我觉得我们快要被判无罪了，你也不需要用到炸弹，但有些事我得知道，我必须先知道小班尼会跟陪审团说什么。检方只缺动机了，我猜小班尼会提供动机，所以我得搞清楚你为什么下令杀马里欧·杰拉多。相框里藏了什么让你这么想要？"

阿图拉斯不在场,无法给他建议,而维克多看起来头脑不太好使。

"弗林先生,你还有别的问题吗?"我假装没听到法官的询问。

"快点,告诉我。我可以毁掉小班尼,但如果不知道他在证人席上会说什么,我便会束手无策。相框里放的是什么?"

沃尔切克双手在大腿上来回抚平他的裤子,再次陷入沉思。

"马里欧拍了一张我跟某人的照片,那个人私下为我工作,一个很接近执法机关的人。他是我最重要的资产,我不能冒险失去他,但马里欧想用那张照片换钱。我派小班尼去杀了他,并毁掉证据。"

"他拍了几张?"

"一张,没有副本,阿图拉斯跟我说的。我想付钱了事,阿图拉斯却想表明态度。"

"然后阿图拉斯告诉你相片只有一张,就是马里欧在西洛可俱乐部拍的那张?"

"对。"沃尔切克点头。他的眼神自然,面部肌肉放松,双手打开摆在大腿上。他讲的是实话,我只需要知道这些就好。

阿图拉斯对马里欧下手,是因为他知道马里欧还拍了另一张照片——他跟其他帮派以及山口组会面的证据。这事若被沃尔切克知道了,阿图拉斯大概会看到自己的名字出现在撕去一半的一卢布上。所以他让小班尼杀了马里欧,并毁掉照片以湮灭证据。

没能检查行李箱的情况下,我能查出的也就这么多了。

上午 10 点 40 分。

我不能冒险花更多时间,我得在肯尼迪拿到搜查令以前和他说话。

00:53

"弗林先生，你还有问题要问这位证人吗？"派克法官句尾带着不耐烦的咬牙声。

"法官大人，能容我再跟我的当事人谈几分钟吗？"

"休庭 15 分钟。"派克法官宣布。

她起身时点了点头，这对我来说是好事，我大步跨上走道。

"我去上个厕所。"我对沃尔切克说，并听见维克多起身的动静，他跟着我走向法庭大门。我朝肯尼迪靠近时刻意放慢脚步，维克多低沉的脚步声回荡在身后，在我有意朝探员走去时越发地接近。

离肯尼迪只剩 1.5 米。

我加快脚步，拉开我跟维克多的距离，眼神紧盯在联邦探员身上。肯尼迪见我盯着他，准备起身。我猛地伸出左手抓住他的领带，将他扯起来与我面对面、鼻子贴鼻子、胸口贴胸口，与此同时，我的手不着痕迹地伸进他外套里。

维克多过来前，我有足够时间简短地说上一句话，就三个字。

"相信我。"

肯尼迪当我是个疯子一样推开我。我踢开法庭大门，通过大厅人潮，把自己关进无障碍厕所里。10 分钟后我听见敲门声，以及低沉的斯拉夫嗓音。

"哪儿也别想去，律师，我在等你。"维克多站在外头守着。因为休庭的关系，法庭里的人都走了出来，背景音越来越嘈杂。我伸手进口袋，拿出肯尼迪的手机，打给我加密手机的号码。响了四声后，肯尼迪接了起来。

"这是什么鬼？"他问。

"我是艾迪·弗林，你大概已经猜到了，我拿了你的手机，想必你在来电显示上认出了自己的号码。你手上那部电话是我的，抱歉我早上没办法拿你的名片，我得打电话给你，但没有你的号码，只好调包手机了。事情是这样的，我被俄罗斯黑帮绑架了，需要你的协助。你的朋友汤姆·列文在为他们工作，他们绑走了我的女儿，我身上还有他们的炸弹。看来你今天要很不好过了。"

00:54

我将手机紧贴耳朵，尽可能用最低音量说清楚："我推测最有可能的是阿图拉斯在计划篡夺兄弟帮。他在设计自己的老大，但我不晓得他要怎么做。"

"你疯了，弗林先生。"肯尼迪说得又快又简短。

"可能吧，但我说的这件事情是真的。马里欧·杰拉多被杀，是因为他看见汤姆·列文和沃尔切克一起用餐，还拍了照片。小班尼从没说他为何杀马里欧，那是因为马里欧试图拿照片来勒索沃尔切克。还有，阿图拉斯背着沃尔切克在跟其他帮派领袖碰面，跟对手搞在一起这是禁忌，除非你打算跳槽，或拿下自己所属的帮派。你那里有列文的照片,就在外套右手边的口袋里。"

这就是我的计划,我把一切都押在肯尼迪身上,赌他会相信我,并逮捕俄罗斯佬。但我不敢告诉他全部,包括我外套里的炸弹、楼下的厢型车,我都没有证据能将它们跟兄弟帮连起来,厢型车和炸弹上还有我的指纹。我得先确定他信任我,才能告诉他一切。我等了几秒。

"看到了?"

"这能证明什么。"

我的背垮在厕所墙上,靠着瓷砖往下滑。一阵空虚自胸口蔓延至喉头。

"什、什么?"

"这跟你无关就是了,但列文探员当卧底好几年了,他的任务是渗透进黑帮。他要是跟沃尔切克吃过不只一顿晚餐,我也不惊讶。"

"但我在格雷戈尔的皮夹里找到一张联邦探员的卡片,后面手写了一串号码,那是列文的号码。如果他多年前开始卧底,那就是在某个时间点跳槽过去了,他正在为俄罗斯黑帮工作。我早先没办法和你说这些就是因为他在听,并直接回报给沃尔切克。"

"汤姆·列文是受勋探员。我需要更多证据才行。我得说,弗林先生,你的故事有点扯。我们知道你戒酒一段时间,刚刚才回来执业,你状态还好吗?"

我抹了抹脸,拼命想办法。

"看一下你找到我手机的那个口袋,有一只手电筒,那不是真的手电筒,是黑光灯。沃尔切克给了我 100 万来买通托尼·杰拉多,我标记了从俄罗斯人那里拿来的钱。去检查维克多的右手,你会看到化学痕迹。我有100万现金在朋友那儿,这两组痕迹会对上,可以直接追回到兄弟帮。我在法庭对面的厕所里,维克多在外面等,去看他的手,我再打给你。"

"跟你说一声,我们跟波特的听审被提前了,吉曼尼兹正在波特的办公室外面等。听审不会太久,顺利的话,一个小时内就会让探员们进到你公寓里。"

我的后脑勺撞了一下瓷砖。

"你们没被提前,听审一直都会在11点举行,你只是没有先跟我说。"

肯尼迪挂断电话。

他要我,第二次了。第一次是用同意书来确保他能拿到搜查令,这次是搜查令听审的时间。但更糟的是,肯尼迪对我的故事不买账。我再度考虑是否要叫他去地下停车场搜那两辆厢型车,但这太冒险了。厢型车上没有任何证据能指向兄弟帮,只会狠狠烧回我自己身上。我打给哈利,但他没接,也有可能他不认识这个号码,所以没接起来。

肯尼迪的手机震动了,来电者显示为安迪·考森,我早上见过的另一位联邦探员。

"是。"我尽可能模仿严谨正直的肯尼迪。

"有状况了——枪击事件。"考森说。

"哪里?"我试着让声音听起来很关心。安托尼和蜥蜴为了救出艾米,留下一堆俄罗斯人的尸体,我知道联邦探员介入只是迟早的事。

"小意大利区。烟酒枪炮及爆炸物管理局请求我们的援助。"

手机滑落,我迅速捡起。

"你在听吗,老大?"考森说。

"有,我在听。小意大利哪边?"

"你声音怪怪的,这边的收讯肯定不太好。总之,是在茂比利街,吉米·费里尼那里,有7人死亡,大约20分钟前发生的。你觉得这跟沃尔切克的人今天早上被杀有关吗?我觉得也许有。要在帽子吉米的餐厅里开枪,武力也得很惊人才行。我猜是俄罗斯人为今早塞文大楼的事报仇。我们要是不小心点,可能会引起帮派大战。"

我把拳头硬塞进嘴里,低声尖叫,全身因惊吓而动弹不得。

"你还在吗,比尔?"

我脑中出现一个问题,像子弹一样灼烧、刺穿我的头骨。我双手抓着手机,张口想说话,但吐不出半个字。我要是不问出来,头会自己裂开,但我晓得,要是我得到那个令我恐惧的答案,我会活不下去。

"有……有……"

"你声音断断续续的,老大。"

我把头靠在墙上,把话说出口。

"有一个小……一个金发小女孩死在那里吗?"

"我手机里有烟酒枪炮及爆炸物管理局传来的信息。我看看。"

维克多敲了敲厕所门,我按下马桶冲水钮,手因为指甲刺进掌心而开始流血。

"没有,没有任何小女孩的资料。他们说门口有两个人,还有一位女服务生和三位正式成员,其中一位是安托尼·费里尼。几个人拿着机关枪进去,从后面的暗道离开。我去调查一下再跟你说。"

考森挂上电话。我拨给吉米。

他立刻接起,我能听见背景有汽车引擎和喇叭的隆隆声响,吉米在移动中。

"吉米……我艾迪……俄罗斯人突袭你那里,安托尼死了。我猜艾米在他们那边。"

"我知道,我听说了。我接到电话的时候,蜥蜴和我在藏你给我们的钱。你等着——这事还没完。要是他们想杀她,他们就会朝她开枪,把她留在餐厅里。她还活着,这点我很肯定。我要亲自处理这件事,安托尼是个好孩子,我姐姐知道以后要闹自杀的。艾迪,我不可能让随便哪个人觉得,他们能走进我的地盘,干掉我的人后离开。大家必须看到我亲自处理这件事,你明白的。那些混账死定了。"

"吉米,你不能开战。艾米在他们手上。"

"我不能放着不管。我们会在法院外等,一看到沃尔切克和他的人就会开火。"

他挂断电话。

我冲向水槽往脸上和头发上泼冷水。阿图拉斯肯定是跑去公寓确认艾米的状况,不用动脑也知道是谁背叛他,以及他们带艾米去了哪儿。我好蠢,我不该让安托尼带艾米回餐厅的,我更没料到阿图拉斯会对吉米全面宣战。他的行为逼吉米亲自出马,若不狠狠宰掉这些人,这一带所有不入流的皮条客都会以为能对吉米为所欲为了。

肯尼迪的手机再度响起，来电显示是我抛弃式手机的号码。

"我看到维克多手上的标记了，不太容易，他差点看到手电筒。我还是不认为这能证明什么。我打去我的办公室，请一位探员打给你太太。我不晓得你给我的手机是怎样，但我办公室的人花了好大一番工夫才回电给我。总之，你太太说你的女儿在长岛校外教学，她没有申报你女儿走失，你也没有。别骗我了，我知道你想要求助，但你得跟我说实话。我们有你的资料，很清楚你的过去，你当过骗子，但你骗不了我。帮个忙，告诉我真相。"

我吐气，缓慢而轻柔地说话："肯尼迪，我跟你讲的就是真相，你要是不相信我，那你可以去死了。我会自己了结这件事。"

00:55

我回到法庭时，沃尔切克转头看我。我坐回椅子上，感觉到他靠过来想对我讲话。

"你处理完警察后，下一个是舞者，对吗？"他问。

"对。他们会把小班尼留到最后。"

"舞者上场之后，你得计划放外套的事了。当然，你也可以选择自己穿着站到小班尼旁边，让我炸了你。你自己决定。"

我转头面向他，看见他手里的引爆器。

"你其他手下呢？"我问。

"去确认你女儿。别忘了你在这里的任务,弗林先生。你干得很好,但我不能冒险,不能把这个案子交给陪审团。我们午餐时间就来放炸弹。"

我别开视线,闭上眼睛把所有事情再想过一遍。我转着琴恩的笔,轻柔的旋转声仿佛吸走了人群的噪声。肯尼迪那边我搞砸了,哈利人不在,我手上没有任何有力证据可以把俄罗斯佬跟艾米的绑架、我外套里的炸弹以及厢型车扯上关系。我也没办法冒险宣称有炸弹威胁,法庭警卫会清空整栋大楼,沃尔切克会逃走。不行,我要是让警察知道任何一个炸弹,艾米就死定了。

只剩一个选项。

我朝派克的庭务员示意。

"琴恩,帮我个忙,跟庭上说有事情发生,我跟当事人需要再多10分钟的时间。真的就10分钟。"

"现在11点05分了,艾迪。她今天想让案子有进展,要是她回到法庭而你不在,你每迟到1分钟就会被罚50美金。我见她两个星期前对可怜的老朗崔先生这样做,你知道他有前列腺问题,他姐姐跟我说——"

"抱歉,琴恩。我得去跟我的当事人开会,很快就回来。可以的话请帮我拖住她。"

沃尔切克一脸困惑。

"我想到某件事,但我们不能在这儿谈,去大厅找间会议室。"我说。

"是什么事?"

"跟你说了，不能在这里。有人在听、在看。相信我，值得的。"我边说边把文件塞进箱中，拖着新秀丽行李箱往法庭大门走去。

"把文件留在这儿。"维克多说。

我没理他，转头确认沃尔切克已跟上。一秒过后他起身，扣上他的西装外套，跟着我一起走出去。维克多再度想要抗议，但沃尔切克让他闭嘴。

最近的会议室显示有人使用。

我没敲门便直接推开，将箱子抬到房间角落。一位年轻律师和他的当事人正在交谈，桌上堆满文件。

"抱歉，我需要用这间。"

"搞什么鬼？我们正在讨论案情。你们不能就——"

"现在出去，不然你会被揍。"

年轻律师站起身来。他体格良好、态度积极，不愿和律师前辈在当事人面前把事情闹大。

"怎样？你要揍我？"他说。

"一般来说，是这样没错，但不是今天。不过你要是现在不滚，他会揍你。"我指向站在门框下的沃尔切克。

年轻律师的当事人见到俄罗斯黑手党老大，拖着他的律师出去了，连文件和律师公文包都丢下不管。维克多跟着踏进会议室，但被我推出门。

"就我跟当事人，宝贝。"

维克多退了回去。

"确保我们不会被打扰。"沃尔切克吩咐说。

维克多不情愿地关门离开。墙上一整排厚重的隔音物让屋内的隔音效果稍微好些。所有的会议室都有相同的配置,因为在那些房间里交谈的内容都是机密,且受秘匿特权保护。只要我们不吼不叫,维克多不会有办法从厚重门板的另一头听到对话。

沃尔切克坐下,手指交扣摆在腹部,不疾不徐地将注意力转到我身上。我双手靠在椅背上,倾身凑向沃尔切克,小声说话。

"我接下来要说的事会很吓人,别嚷嚷,这场会议只能有你跟我。跟你摊牌吧,奥雷克,我试图背叛你,但失败了。不过现在这些都不重要,因为我是唯一能让你活下去的人。"

00:56

沃尔切克将手摆在桌上,准备朝我扑来。

"你很清楚叛徒的下场是什么——"

"我说我失败了,吉米的人找到艾米并带走她,而且没错,杀了公寓里的所有人。换作是你女儿,你也会做同样的事。阿图拉斯刚闯进吉米的餐厅,杀了几个吉米家的人,并且把艾米抢回去。但情况有变,那已经不是重点了。听着,你有比我更重要的问题要解决。"我把马里欧在停车场拍到阿图拉斯的那张照片扔给沃尔切克。

他稍微起身看照片，又坐回去，脖子上浮出一道青筋，唇齿间发出低沉的嘶嘶声。

"这是小班尼杀了马里欧以后，烧毁的其中一张相片副本，我从托尼那儿拿到的。不用我说你也晓得照片里是什么，你的小弟阿图拉斯跟你的竞争对手碰头了。相片里的人就是昨天你走进法庭时，对你拍手的那群人。几分钟前我问你马里欧拿几张相片勒索你，你说'一张'，所以我猜你不晓得有这张相片的存在。我的推测是，这是阿图拉斯想要马里欧死的真正原因。是阿图拉斯建议你杀掉马里欧的，对吧？"

他的视线和我对上，点了点头，眼神转回去盯着相片，嘴角开始颤抖，接着紧闭双唇。

"阿图拉斯早在你杀马里欧前，就计划要加入敌对阵营了。有人告诉你，马里欧想要用钱换你跟联邦探员线人的照片，而我明白你若失去这一大助力会很痛苦，但因为马里欧威胁到联邦探员线人而下杀手，并不是和意大利黑手党开战的好理由，我不认为值得为这冒险，我猜你当时也不认同。阿图拉斯说服你下令杀人，他需要一位亲信来杀马里欧，并摧毁相片，那就是他要你用小班尼的原因。阿图拉斯相信小班尼能杀了马里欧，替他收拾烂摊子，但小班尼被逮了个正着。现在阿图拉斯有了别的计划，而我有种预感，无论这行李箱里是什么，都会告诉我们事情的真相。"

沃尔切克揉烂那张相片。他的手臂在晃动，但我分辨不出他是不是在压抑自己的愤怒。

"什么？什么行李箱？"他很不解。

"这个。"我将行李箱抬到桌上,"昨晚我看见两辆厢型车开进这间法院的地下停车场。是你的人开进来的,车上装满了爆炸物。"

沃尔切克的肩膀塌了下来,嘴巴张开,他的愤怒似乎被震惊所取代。"我不相信你。"他说。

"阿图拉斯看着厢型车进来,而我发现格雷戈尔将一个很重的行李箱放到其中一辆车上,跟这个长得一模一样。我今天早上确认过那个箱子,里面是空的,它昨晚可不是空的。这让我思考,为何阿图拉斯有两个一模一样的行李箱。我猜我今天早上看到的那个箱子,是阿图拉斯昨天用来装卷宗的,而他们昨晚带来的其实是这个。我在楼上办公室看到它摊开在地上,察觉这个行李箱有个假箱底。"

我打开箱子,拿出里头的文件摆在地上,手指戳着假底座,找到了接合处:用了魔鬼毡,方便拆卸。我掀开盖子。

"你不需要相信我说的任何一个字,自己来看看。"我说。

我不确定箱子里藏了什么,应该是某种很重要的东西,阿图拉斯计划里的某项关键物品。但无论我的想象力如何奔驰,都远不及我实际发现的东西。

00:57

在箱子隐藏的隔层里,我看见两叠折叠整齐的衣服,灰色厚重的工作服,配有某种背带之类的东西,好像是安全装置,装在腰间。一条细而坚硬的电线自工作服的腰带上穿出，电线末端有个扣环。看起来像是设计来用于绳索垂降的。四件工作服分别在衣领标签处标注尺寸，第一件是 5XL，第二件是 3XL，第三件是大号，最后一件是小号。

在工作服底下，我找到四把小巧的自动步枪，看起来像 MP5。这种武器对短程作战来说很理想，能近距离在几秒内做掉一个重达 180 公斤的男子。每支枪管上都用一块胶布捆着弹匣。袋子里的最后一样东西让我很困惑，看起来是模型飞机的遥控器，我猜是钢铁和塑胶的复合材质，大概 30 厘米 × 30 厘米。上头有个伸缩式天线，两个控制杆和两个按钮——一绿一红。我把控制器放回到箱子里的武器底下。

沃尔切克绕到我身后，好看清楚隐藏隔层的内部。

"你之前对此毫不知情，是吗？"

他疑惑的表情给了我答案。

"这是什么？"沃尔切克指了指枪和工作服。

"这是阿图拉斯一直在要我们的证据。他说我是唯一能将炸弹偷渡进法院的人，但他大可自己把炸弹弄进来，随时都行。"

沃尔切克摇着头，嘴唇做出无声的动作，这看起来对他冲击过大。他一生都建立在手下对他的忠诚上，他的存在确实仰赖着绝对的服从、荣誉和忠诚。他见过其他兄弟帮毁于愚蠢的嫉妒，所以用实际作为来确保自己对手下有完全的控制力。此刻，他一生的根基正在崩塌。

我往后站，打量了一下沃尔切克。

"你跟我的尺寸应该差不多，你觉得这件你穿得进去吗？"我拿起大号的工作服。

"不能。"沃尔切克说。

我们两个都比阿图拉斯重了少说十几公斤。

"我想这是阿图拉斯的尺寸,再大的是给格雷戈尔和维克多的,小的是……"

"小班尼。"沃尔切克说。

沃尔切克只说了三个字,我的思绪就像被插入钥匙解锁了一样,所有的疑问、箱子里的不合逻辑之处,以及阿图拉斯的每一步,全都化为一个无可辩驳的想法:杀掉小班尼从来不是计划的一部分。

"阿图拉斯要帮小班尼逃离监管,这是他一直以来的计划。想想看,小班尼大可供出整个兄弟帮,进证人保护计划,但他没有。他只在马里欧的谋杀案上指认你,其他都没说,那是因为他希望阿图拉斯能把组织夺走。阿图拉斯不能在小班尼被捕之后杀你,他需要你。他要你为本案出庭,好让检察官放小班尼到证人席上。记得昨天早上你和我说的话吗?'就连我的人脉都找不到小班尼。'阿图拉斯在此之前救不出小班尼,他找不到人,连你的联邦探员列文都不晓得人被藏在哪儿。阿图拉斯说服你出庭,并宣称他会用偷渡进法庭的炸弹来杀掉小班尼。整件事说到底都是他的计划,但目的只是让你来这里出庭,这样小班尼才会从藏身之处出来。假如阿图拉斯不需要计划做掉小班尼,你也根本不需要来出庭——你会直接飞走。等小班尼站上证人席,阿图拉斯就要杀你了,扫射整个法庭,带着小班尼逃之夭夭。"

"不对,这没道理。他要怎么逃走?"

"他打算炸掉整栋建筑物,这就是厢型车的用途。他想让所有人相信他、小班尼、格雷戈尔和维克多全死于爆炸，工作服想必是用来伪装的。我不晓得他实际上要怎么做，但这是唯一行得通的办法。联邦调查局不会追查死人。"

"这太扯了。"沃尔切克往后退了一步，眼睛环顾室内。

我浑身绷紧，沃尔切克能看得出来。

我突然意识到，沃尔切克所知晓或深信的一切都在缓缓瓦解，使他濒临崩溃，变得危险。

他朝我冲来，但我早已有所准备。

00:58

我的脚踹中他的胸口，踢得他往后跌，撞上铺了软垫的墙壁。我抓住其中一支 MP5 步枪，撕掉胶布，装上弹匣，指向沃尔切克。

他举起双手。

外面传来两次敲门声，我们听见维克多用俄语叫喊着。我猜他听到了一点骚动，想知道情况是否还好。

"跟他说没事，用英语说。"

沃尔切克想了想，最后出声喊道："下去吧，没事。"

我们各自按兵不动，等了一会儿。沃尔切克的视线没有从枪上移开过。

"我可以现在就杀了你，去外面等阿图拉斯，把他带去随便哪个安静的地方，让吉米的手下对他严刑拷打，直到他说出我女儿的下落为止。但我不会那样做，如果没有必要，我不会杀人。阿图拉斯摆了我一道，联邦探员正要去搜查我的公寓，我想阿图拉斯已经在那里放了点东西，要把整件事栽赃到我头上。所以，我们要谈个新的条件：你要去找出艾米在哪儿，释放她、把她交给我的朋友。我们现在就要这样做。"

沃尔切克摇摇头。

"弗林，你哪里都去不成。这整栋楼到处都有警察和安保人员，我认为你还是打算当双面间谍背叛我。"

"你是傻了吗？如果你还是不相信我，就把阿图拉斯给你的那个引爆器拿出来。"

他缓缓伸手进大衣口袋，拿出那个装置。

"启动它。"

"什么？要是你外套里的炸弹在这里引爆了，我们两个都会死。"

"启动就是了，快按。"

他按下按钮，启动我背上的炸弹。什么也没发生，没有震动、引爆器上没有亮灯。沃尔切克从 MP5 步枪上移开目光，开始检查引爆器，一边搓着眉毛，一边用俄文喃喃自语。

"丢过来。"我说。

我单手接住引爆器，把它往桌角用力一敲，枪口仍指着沃尔切克的胸膛。塑胶碎裂的细碎声响传来，马上被墙上的软垫吸收了。

我把裂成两半的空塑胶壳丢到桌上，看着沃尔切克的表情从困惑不已变成恍然大悟。解体的不只是引爆器，沃尔切克的整个世界也支离破碎了。

他跪到地上，双手抱头，手指抓过头发，口中咒骂着。

"我跟你说，你被设计了。在我看来，阿图拉斯准备干掉我们两个好救出小班尼。他不能冒险给你真正的引爆器，免得你启动了炸弹，害死小班尼。证据就在这里，在你面前。他骗了你，也骗了我。我搞不懂的是为什么阿图拉斯会为一个人冒这么大的风险。"

沃尔切克发出一阵低沉的笑，接着咬牙切齿。他盯着我看的样子，好像我是个白痴。

"你以为小班尼出卖我的时候，我为什么要去割阿图拉斯的脸？"他使劲拉着脸颊，模仿阿图拉斯脸上的伤疤。

"阿图拉斯得负责任，为了他那个小 brat。"他啐出最后一个字，仿佛那个字令他作呕。

Brat，又是这个字，但这次我懂了。阿图拉斯之前在对话中提到小班尼时说过"moy brat"。如果 Bravta 的意思是"兄弟帮"，brat 就是……

"兄弟，他们是兄弟。"我说。

沃尔切克勉强挤出一副假笑，摊开双手，仿佛这一切都太简单了。我花了一秒做出评价，认为沃尔切克总算是看清了真相。

"阿图拉斯说服你不要跑路，叫你出庭，让他可以杀掉你，救出弟弟。你想让他拍拍屁股就走？"

"不，但我不能相信你。"

"你必须相信。放艾米走，我会帮你脱身。"

"你的方法是去找警察或是联邦探员吗？不要。"

"我们不能那样做，肯尼迪不相信我，而且阿图拉斯跟你说的话，你一个字都不能信。我打赌，根本没有什么飞机在等你，你的麻烦跟我一样大。你被阿图拉斯设计，还有谋杀案官司缠身，逃去哪儿都不成。我们同病相怜，沃尔切克。没别的招数了，我们要设局让阿图拉斯担起所有的罪责。放艾米走，我就帮你。"

他咬了拇指一秒，撑着身子站起来。他对情势不再有疑问，他已经走过那个阶段了，他此刻在思考脱身之道。他拉了拉裤腰带，坐下来。

"我不能放她走，除非我知道我可以信任你。"

我把枪放低，从头想了一遍。

"我没什么说法能让你信任我，我当然也不信任你。现在我们有的是共同的敌人，仅此而已。你表示一点诚意吧。带她来见我，我得知道她还活着。我安排了人，可以带她去安全的地方。"

沃尔切克缓慢地摇了摇头。

"不，你要帮我摆脱谋杀罪名，然后我会释放她。"

"没有时间了。"

"那我们就没什么好商量的。"

不论我是不是拿枪指着他，或我是唯一能保他不被手下陷害的人，这些都不重要。重要的是，我女儿还在他手上，筹码全在他手里。

他也知道这一点。

"你的团队里面,有你确定还可以信任的人吗?"

"有,我的司机尤里。他是我侄子,宁死也不会背叛我,是我的血亲。阿图拉斯不让他参与庭审的事,上礼拜他安排了另一个司机给我。阿图拉斯会把你女儿带去我的办公室,就在附近,开车可到的距离内没有其他安全的地方了。尤里会在那里,他是我唯一能信任的人。我不知道阿图拉斯还收买了谁——也许每个人都被收买了——但他不会策动尤里背叛我,连试都不会试。弗林,杀掉你女儿对我已经没有好处了,我们现在有新的牺牲品。让我摆脱这桩谋杀罪,你就可以把女儿带回去,我向你保证。"

这个疯子是我最后的希望,艾米最后的希望。

除此之外我一无所有。

我卸下步枪的弹匣,看着那个被年轻律师留在地上的敞开的公文包,一个点子逐渐成形。我微笑说:"好,我们时间不多了。我会让检方立的案翻盘,你要把艾米带来给我,然后我们再去找阿图拉斯算账。计划是这样……"

`00:59`

我小跑回到辩方席时,行李箱底的轮子喀喀作响。我把卷宗从箱子里拿出来,听到门口传来一阵骚动——脸上带疤的阿图拉斯回来了,在法庭外叫住沃尔切克。他们站在入口窃窃私语,沃尔切克越说越激动。

琴恩对着我敲敲手表,用嘴型说对不起。她一定已经跟法官说过话,说我请求庭上给我更多时间和当事人讨论,得到的是冷冰冰的回应。派克法官即将出场,并召回陪审团。证人马丁尼兹警官依然坐在证人席上。

我站起身来,朝那两个争执不休的俄罗斯佬走去。

"她在哪里?"沃尔切克质问。

阿图拉斯悄声回答。

"我现在就要跟她说话。律师会帮我脱身,我要让他有点动力。让她跟尤里一起上车,让她接电话,立刻去办。"沃尔切克命令。

"他之前还想要我们,奥雷克。我们不能——"

"现在就办,不然我去搭飞机了。"

沃尔切克恰如其分地扮演了他的角色。阿图拉斯一定跟他说了塞文大楼公寓遇袭的事,以及他的报复行动:在吉米的餐厅里扫射、二度绑架艾米。阿图拉斯不能冒险任由沃尔切克逃跑,他要看着弟弟坐上证人席,否则一切计划就灰飞烟灭了。

阿图拉斯从大衣里拿出手机拨号,递给沃尔切克,两人都往外走向大厅。我跟过去,留意着一旁狐疑地注视着我的维克多,巨人格雷戈尔已经入席。

我在大厅一处安静的角落加入沃尔切克和阿图拉斯。

"尤里,我是奥雷克。把那个小女孩——只有你出动,别带上其他人——带到法庭来,开那辆奔驰。到了以后发给我信息,我会再给你后续指令。让她接电话⋯⋯"他为了我用英语说，一如我们先前的协议。

一记重拳打中我的肋骨，让我痛得弯腰，这拳来得迅速又谨慎。大厅里空无一人，大家都在法庭里等待庭审重新开始。阿图拉斯的脸上满溢憎恨之情，他试图再度出击，但我抓住他的拳头。

"就算你女儿活得下来，你今天还是得死，我跟你保证。"阿图拉斯说。

我一言不发。他松开拳头，把大衣拉直，往地上唾了一口。

沃尔切克按下扩音键。

艾米根本没法说话，我听见的净是她惊恐而难以控制的哭泣声。我的胃好像在试着爬出身体，嘴里也尝到胆汁的味道。一旁的尤里试图安抚她，艾米大声尖叫。阿图拉斯脸上还是挂着我前一天早上第一次看见的、令人作呕的微笑。我努力专注在沃尔切克和艾米身上，免得一心想撕开阿图拉斯的喉咙。

"她有受伤吗？"我问。

沃尔切克还来不及回答，尤里就说："没有，她只是在哭。我要拿糖果给她吗？"尤里听起来不太灵光。

"好，拿糖给她。安抚好她，尤里。去吧。"

沃尔切克对我轻点一下头，没让阿图拉斯看见。他要我看到他演好了自己的角色。

我也颔首回应，轮到我履行约定了。

00:60

沃尔切克已经在辩护人席就座,我正要走过去,被阿图拉斯半道拦截。

他冰冷低沉的声音依旧令我发毛。

"别以为你要那套律师把戏有什么用。你也许骗得过奥雷克,但你可骗不了我,你赢不了这场官司,你啥也不懂。这栋楼里不只有你背上那颗炸弹,地下室还有两组,都是威力惊人的炸弹。你要想让女儿活下来,就赶快让小班尼上证人席,一个字都不准对奥雷克说,不然我们就立刻干掉她。"

列文大概已经跟他透露我公寓搜查令的进度了。不管阿图拉斯栽赃了什么,都不能在爆炸的烟雾和瓦砾散去之前被找出来,他可不想我在这一切结束前就遭逮捕。现在每个人都要配合联邦调查局的时间表了。

上午 11 点 20 分。

还有 40 分钟让小班尼出席作证、让沃尔切克的审判得到结果。

"全体起立!重新开庭!"

本大楼内动作最敏捷的法官摆动着两条小短腿通过门口,坐了下来。我知道,我很可能根本没有 40 分钟,肯尼迪的人马随时会闯进我的公寓,但我得相信自己还有时间,一定要有。

我调整一下手表,设定倒数到中午。

"你会需要这个。"阿图拉斯用力把某样东西朝我腹部塞过来,我在东西掉下去前及时抓住。看都不用看就知道那是什么，是艾米送我的钢笔。我把这支笔给了吉米，好让他可以对艾米证明他是友军。笔上湿湿的，我发现笔盖上有半干的血迹。

我还来不及问，阿图拉斯就低声说："律师，这不是她的血。我射中她旁边的人时，她正拿着笔。快点让小班尼上去。"

"辩方律师，你们讲完了吗？"派克法官在阿图拉斯回座时问道。

"庭审结束后，我们再来处理你迟到的问题。那么，已经如你所愿休息过了，弗林先生，你对这位证人还有其他提问吗？"

沃尔切克点点头。

我把搜查令和厢型车从脑海中挥开，这一切都不重要。为了艾米，我要帮沃尔切克拿到审判的结果，我要为了我女儿的性命玩这场司法游戏。

"只有几个问题，法官大人。"我说。

马丁尼兹露出笑容，他原本预期现在就该结束了。

"马丁尼兹警官，杰拉多先生的谋杀案，调查工作由你全权负责，对吗？"

"对。"

"化名为'证人X'的证人，就是开枪射死杰拉多先生的人，我说的正确吗？"

"正确，但他供称他是在你的当事人命令之下行动的。"

"所以，他在死者的公寓里连同凶器一起被警方发现，事后也坦承他杀死杰拉多先生？"

"是的。"

"我知道你不是律师,但你调查过许多凶杀案,也看过不少次谋杀案审判。如果嫌犯在死者的公寓里被发现,凶器还在嫌犯脚边,而且这次可是货真价实的一把刚开过火的枪呢,那么他就没什么辩护的立场了,对吧?"

马丁尼兹挤出一个微笑回应:"如果是由你帮他辩护,或许还是有的。"

陪审团偷笑,他们喜欢这个警察。我下手得轻一点。

"根据你参与谋杀案审判的经验,一个人若是处在这种境地,为了获得轻判,是不是什么事都能做、什么话都能说?"

"有可能。"

"而且,犯罪现场也没有发现任何鉴识证据,能将这起谋杀案与被告联系起来?"

"没有。只有证人 X 持有的一张一卢布纸钞。"

"那张纸钞上并没有被告的指纹,对吗?"

"唯一可清楚辨识的指纹是来自证人 X,和负责收押他的警员。其他指纹都被这两人抹糊了。"

"不好意思,马丁尼兹警官,你的意思其实是:'不,那张一卢布钞票上没有发现被告的指纹。'对吗?"

"没有发现被告的指纹。"

"警官,纽约警局曾经靠局部掌纹证据成功定罪,是吗?"

"我想是的。"

"纸钞上也没有发现被告的掌纹。"

"是的,并没有。"

"所以,甚至没有鉴识证据指出奥雷克·沃尔切克碰过那张纸钞?"

马丁尼兹看向米莉安,她完全无法对他伸出援手。

"没错。"

"没有其他问题了。"

"没有"代表这是一场杀手级的交互诘问,我已经尽全力了。如果有一个钟头的时间,我也许能表现得更好,但我没时间了。

"不做直接讯问。"米莉安表示。

我悄声对沃尔切克说:"尤里开的是哪一款奔驰?"

"白色的,S-Class。"

警察向法官道谢,起身让出证人席。在这种时刻,当前一位证人退场、下一位证人正被传唤进来时,法官、律师和旁听群众会小小休息一下——就像新打击手上本垒板的时候。阿图拉斯站在我右后方,我稍微往左靠,用手掌遮住肯尼迪的手机,传了一则信息给吉米。

我跟沃尔切克谈了条件,艾米会坐在一辆白色奔驰S-Class上,停在法院大楼附近某处。在我指示前不要有动作,但是要准备好一接到我的信号就带她走。

"苏利文女士,我们要请你的下一位证人出来了吗?"派克法官问。

"是的,法官大人。检方传唤妮基·布伦德尔。"

一名肤色白皙、年轻漂亮的女子从旁听席起身,朝证人席走去。她穿着飘逸的黑色阔腿裤和奶油色上衣,红褐色的头发盘成发髻,身材高挑匀称,动作利落优雅。米莉安应该会在她身上花个 30 分钟。这位夜店舞者打开证人席外的腰门时,我跑去找米莉安。

"我们何不省了这些工夫?别管那个舞者了,传唤证人 X 就好,我们速战速决。"

"她是我名单上的下一位,艾迪。你得好好等我的巨星出场。"

"你就引导她的证词吧,我不会提反对,有进度就好。"我说。

一般来说,检方不能对己方证人提出任何引导性的问题,但我需要程序快速进行,米莉安也会欣然把握机会,引导证人讲出效果最好的重点,确保妮基每句话都正中红心。

站在米莉安身边时,我感觉到手机震动了,我背对阿图拉斯查看信息——吉米回复了。

我会等着。我派了蜥蜴照应你。

那位夜店舞者在进行证人宣誓,我谨慎地回了一则信息。

地下室电梯旁边的垃圾桶里有一把枪。

米莉安单刀直入。

"布伦德尔女士,你是在东七街的西洛可俱乐部担任舞者吗?"

"是的。"

妮基·布伦德尔外表优雅,讲起话来没什么口音,我想米莉安一定花了好些时间帮这位证人挑选服装,让她看起来具有专业气质,一点也不像典型的夜店舞者。

"那么,你不在西洛可俱乐部工作时,都在做什么?"

"我是哥伦比亚大学法学院的学生。"

我本以为妮基·布伦德尔是个脸蛋漂亮、也许有点颓废的年轻女孩,这样我能轻松应付。我怎么也想不到,妮基·布伦德尔突然就成了陪审员最爱的那种半专业证人。

"到目前为止,你已经在西洛可俱乐部工作两年了,是吗?"

"没错。"

"这好像有点不寻常——法学院学生兼职跳艳舞?"

这段正投观众所好。陪审团有点难为情,但是他们面露微笑,往前倾身等着听她的回答。

"这个嘛,我是跳钢管舞。老实说,偏向异国情调,但不色情,很有品位。"她讲到最后一部分时转向陪审团,"其实,我是在我们隔壁的社区中心夜间课程学会钢管舞的。现在很多女生都学来健身,是很棒的运动,又能赚到丰厚的小费。我是自食其力念法学院的,在餐厅当服务生赚不了那么多钱。我爸——他是我们教会的牧师——也觉得没问题,所以我就想,何乐而不为呢?"

陪审团彼此间点点头,几位佩戴十字架的妇女甚至都微笑着耸耸肩。我能够针对妮基·布伦德尔职业攻击的疑点全都付之东流,一去不回头。

"布伦德尔女士,我要请你回想事发当晚,距今大约两年前的4月4日。那晚你在俱乐部工作,看到了一些状况?"

"是的,我刚值完班,看到观众席有相机闪光灯闪烁,这引起了我的注意。俱乐部里禁止摄影——这是经理的规定,所以闪光灯这种事非同小可,我想看是谁在拍照。"

"你看到了什么?"

"噢,我看到被告,坐在那边的那位。"她指向沃尔切克,"我清楚地看到他,跟另一个男的在打架——拍照的一定就是那个人。很多人在相互推挤,然后他们就分开了。"

"你有多确定当时看到的其中一名男子就是被告?"

妮基看着陪审团点了点头,然后说:"我可以拿命发誓,那个人百分之百就是被告。先动手的就是他,他看起来像是要杀了另外那个男的。就是他,毫无疑问。"

棒到极点的回答。米莉安停顿一下,给陪审团几秒的时间消化。有几位陪审员互相交换眼色,事实证明妮基大受陪审团欢迎。

"当时你离被告和另一名男子距离多远?"

"我想大概有20米。"

"你目击斗殴的同时,有认出那个拿相机的人吗?"

我在笔记里把"相机"两字画了底线。我有了个点子,可以让我处理小班尼,并且换到一点点跟沃尔切克独处的时间。

"那次没有,但是大约一个礼拜之后,我在报纸上看到了他的照片。报道中指出那人叫马里欧·杰拉多,而且他在我目睹俱乐部冲突的隔天惨遭杀害。我觉得很恐怖,于是报警了。"

"然后你去了分局,看了一些照片,照片上的人可能是你那天目睹攻击马里欧·杰拉多的人,也可能不是。你记得吗?"

"记得,我看了好几张,最后才看到攻击死者的人。"

米莉安举起一张沃尔切克的照片,纽约警局有全市各帮派领袖的照片。

"这就是你指出的照片?"

"是的,就是这个人袭击了拿相机的男人。"

"法庭笔录中请载明证人指认出被告奥雷克·沃尔切克的照片。"

米莉安再度停顿,等待效果发散。

"布伦德尔女士,被告可能会主张,当时夜店里十分拥挤,你如何能这么清楚地看到事发经过?"

"因为我在舞台上,能俯瞰整个俱乐部。那个位置其实是视野最佳处,可以说是占了高位。"

"布伦德尔女士,你说这场斗殴是发生在 4 月 4 日晚上,也就是本案的死者马里欧·杰拉多遇害的 24 小时前。你为何如此确定事件发生在这个特定的日期?"

"噢，这很简单。因为隔天就是我奶奶的生日，我下班之后回家熬夜到凌晨 5 点，替她烤了生日蛋糕。"

米莉安转身背对证人，朝我眨了眨眼，然后跟检方团队其他成员一起坐下。我检视了一下我的笔记。

"该死，她真厉害。"沃尔切克说。

"在 12 个问题之内，她就要没戏了。"我说。

00:62

"布伦德尔小姐，4 月 4 日晚上，你喝了多少酒？"

我想把棘手的问题摆在前头。

她回答时往陪审团的方向靠了靠，仿佛是在聊他们之间的私事。

"上台之前，经理拿了一瓶香槟来更衣室给大伙儿喝，所以我喝了大概——一杯吧？"

"你说你跟斗殴中的两人相隔约莫 20 米，实际上的距离有可能是 24、27 或 30 米吗？"

"不，没有那么远。我敢说最多就 24 米。"

"西洛可俱乐部是不是跟城里那区大部分的夜店一样——灯光明亮、照明充足呢？"

她笑出声来，用手掩着嘴，对陪审团眨动睫毛。

"不，当然不是，那边很暗。"

"但你身上的打光很亮。你是他们的明星之一，身上可能有两三盏聚光灯吧？"

"其实是四盏。不，等等——对，我想是四盏。"

"西洛可俱乐部可以容纳多少人，两三千人？"

"4月4日是周五晚上，所以店里挤满了人。对，我想可能轻轻松松就有两千人吧，但也只能就我看到的说。我刚刚讲了，是相机的闪光灯引起我注意，让我看到那个人，也就是被告，在攻击杰拉多先生。我清楚地看到了他。"

她受过很好的训练，知道要如何利用每个可能的机会明确强调她认出被告。

"那么，让我整理一下。你摄取了酒精，上完班后想必相当疲劳，又有四盏明亮的大聚光灯打在你脸上。此时的你，隔着24米的距离，在两千个人当中，清楚地看见了被告？"

妮基·布伦德尔松开交叠的双腿，又叠了起来，在几秒之间迅速眨了几下眼，看着陪审团说："是的。"

几位陪审员往后靠，双臂环胸。他们开始怀疑自己对妮基·布伦德尔的第一印象了。

"你在第一时间对那场斗殴没有多想，是在报上刊出杰拉多先生的照片、你读到报道之后才联络警方。你的证词是这样说的，对吗？"

"没错。"

"是这篇文章吗？"我举起一张《纽约时报》报道的复印件，是我前一晚在其中一份卷宗里读到的。复印件对折成两半，我让证人和陪审团看到上半部，有马里欧的照片和新闻标题："帮派卷入谋杀案。"

"对，就是这篇文章。"

"你在刚刚的直接讯问中表示，你在分局指认出一张被告的照片，辨识出他就是先前和死者发生斗殴的人。但除了4月4日在夜店里所见的记忆之外，你没有其他理由指认出他，对不对？"

"对。"

"你在此之前未曾看过被告的照片？"

"不，当然没有。我之前从没有看过他的照片。"

我翻开整张纸，让证人和陪审团看到折线以下的照片：是沃尔切克因谋杀罪被传讯后走出法院的照片。

"法庭笔录请载明，证人声称在联系警方前读到的报道中，有刊载被告奥雷克·沃尔切克的照片。"我小心避免直接对证人提问，防止她有机会解释。

我手中拿着一张犯罪现场的照片问："你在黑暗中的大批群众里，隔着24米的距离和正对你的四盏聚光灯看到被告时，他是像今天一样蓄着胡子，还是刮过脸？"

这又是我爸的老把戏。她看着我手中的照片背面，咬了咬嘴唇。就她所知，我握有沃尔切克当晚离开夜店的监控录像画面，她不知道他有没有刮胡子，但谁能怪她呢？大部分的目击证人都不会注意到这些细节，即使是诚实无欺的证人也一样。她得小心翼翼，我已经用报纸文章逮到她一次了。

"我不知道，我距离太远了。"

我倾身向前，在笔记本上记下她的回答，边写边大声而缓慢地念出来给陪审团听："我——不——知——道——我——距——离——太——远——了。我只剩一个问题，布伦德尔女士。法学院毕业之后，你会去地检署找工作吗？"

"我还没有考虑过。"她说。

即使她说的是实话，也无法让陪审团不去想这个问题。

"谢谢你，布伦德尔女士。"

陪审团中有些人冷眼瞧着米莉安，好像她刚才是在浪费大家的时间。

"交互诘问？"派克法官问。

米莉安摇头。妮基离开证人席时，对米莉安露出一点笑容，对方没有回应她。

"法官大人，检方传唤证人 X。"米莉安说。

00:63

法警打开一扇位于证人席后方约 2 米处右墙上的侧门。一名头戴黑色扁帽的安保人员在门外等候，他领着一个身穿笔挺西装的男人进来，并将证人腕上的手铐解开取下。

沃尔切克手中握着引爆器，确保阿图拉斯看见了。证人 X 是一名身材矮小、外表体面的男子。他登上证人席时，我仔细地看了他一眼，审视他的眼睛和嘴巴。虽然比起阿图拉斯，他个头比较小，也比较年轻，但他也有哥哥那副严峻的五官。我的视线往后看到阿图拉斯在对弟弟微笑，那笑容与他平常脸上挂着的冰冷狞笑不一样，我感觉那是一种心照不宣的微笑。

小班尼也知道他的计划。

庭务员让证人选择：持《圣经》宣誓或采取非宗教式宣誓。小班尼选择了《圣经》，用右手拿着，开始念誓词卡。小班尼念完誓词，在法官的允许下入座。

我看看手表：离中午还有20分钟。

如果我让米莉安先走完直接讯问程序，还没轮到我诘问，时间就不够了。对于这个问题该如何处理，我有一两个点子，但妮基·布伦德尔在直接讯问中提到的字眼"相机"给了我最棒的灵感。

我只需要米莉安让我有见缝插针的空间。幸运的话，她会在用来定调的第一个问题就给我机会，并帮我完成剩下的任务。

米莉安站起来，问了第一个问题，是个单纯无害、属于"哈罗欢迎莅临法庭"那类的问题。我屏住气息。她放下笔记看着证人，开口提问。

"我方便称呼你为 X 先生吗？"

我迅速一跃而起，手高举在空中。"法官大人，反对。"

米莉安困惑地缩了一下，愤怒的表情迅速取而代之。她的声音带着浑厚的断音节奏，每个音节都将她对我的鄙夷表现得清清楚楚。

"法官大人，我一直忍受弗林先生的行为，但他现在真是太不可理喻了。他绝对不能够反对我问这个问题。"

在检方突然发难前,派克法官一直盯着我,好像我刚刚随地小便一样,但她现在突然无声地对米莉安丢出一个一闪而逝的训斥眼神。她把眼镜推到鼻尖,从镜框上方凝视米莉安,仿佛在说:在这个法庭上,这个混蛋由我来管,谢谢你了,苏利文女士。

"弗林先生,你在做什么?你不能反对这个问题。反对无效。请坐下,保持安静,除非你有确切的反对理由。"派克法官说。

我还没完呢。

"法官大人,我可以反对这个问题,如果庭上允许的话,我想要解释一下缘由。"我需要一点时间让法官了解。她还来不及再次反对,我就直接切入正题。

"法官大人,在美国的法庭里,遭到起诉的男男女女,都有权利知道是谁指控他们,并且与指控者正面相对,这个神圣的原则写在宪法第六条修正案中。针对这个争点,我要当庭提出动议[1]。"

一种难以置信的表情在嘉布瑞拉·派克的脸上扩散开来。她转向米莉安,仿佛在求救,征求哪个还有一点点常识的人说句话。

"我不懂弗林先生为何到现在才提出这个问题,法官大人。这位证人好几个月前就列在名单上了,弗林先生有很充裕的时间提出辩证以表达反对。我请求庭上驳回这项动议。"

她越来越得心应手了,说的是"请求"而不是"要求"。

"弗林先生,我认为你应该早些提出。但是,既然你在这个关键

---

[1] 动议指采取议会程序的议事机构成员提出的建议采取某一行动的正式提议。

的时机提起这一点，我必须离席，请庭务员查阅相关的判例法，我5分钟后会重新入席。陪审团无须聆听辩证过程，我们准备好继续听取证词时，再召回陪审团。苏利文女士，有鉴于这个争论点的核心在于证人X是否可维持匿名，我相信你希望弗林先生的动议采取不公开处理？"

"是的，法官大人。"米莉安说。

她们必须不公开处理。这个古老的法律名词指的是私下进行审理，没有陪审团和旁听群众在场。

法官起身说："旁听人员退出法庭。"然后进到法官办公室去。

我听见沃尔切克在我背后笑了。

"我就知道你有两把刷子。"他说。

法警引导众人离开法庭，只留下两名律师和被告。

阿图拉斯提起行李箱。

"嘿，我需要卷宗。"我说。

他迟疑了一下，又拖着行李箱起步要走。

"阿图拉斯，等等，他说他需要那些东西。"沃尔切克说。

就阿图拉斯所知，沃尔切克和我浑然不觉行李箱里真正的内容物为何物。他用手指敲敲箱子表面瞪视着我，然后放下行李箱，离开法庭。

短暂的休庭打断了我询问小班尼的进程，但我必须在沃尔切克这边再试一下。

我确定自己周遭无人，检方也听不到我们的对话，便将肯尼迪的手机放在桌上。我告诉过沃尔切克，会找点时间独处好安排交易。我暗自希望他这时候已经愿意让艾米重获自由了。

"小班尼这招我试成功了。来吧，打电话给你的属下，叫他放艾米走。"

"不，我们照着计划来，我要先得到判决结果。我们照原本的协议，现在来安排交易。"

他拨了个号码，等待接通。我也做了一样的动作。

吉米先接了电话。

"是我，你看到那辆车了吗？"

"看到了，离我大概 10 米，司机在车外靠着后车门。你不能相信沃尔切克，他会摆你一道，然后杀掉艾米。"吉米说。

我用手圈成杯状掩着话筒，压低声音说："我不这么觉得，我是他现在唯一能相信的人。我会救他，所以他需要我。但如果情况不妙，我需要你不择手段……艾米她……"

"你不用说了。我现在可能就有机会带她走。等等，那个司机在接电话。"吉米说。

沃尔切克开始用俄语和对方说话。

"讲英文。"我对他说。

"尤里，等我给你信号。可能是打电话或发信息，看是放那个女孩走，或是……嗯，你知道该怎么做。"沃尔切克交代。

"艾迪，司机有武装，他刚刚让我看了一下大衣口袋里的手枪。我不可能及时赶到她身边，他就站在车门边，如果艾米在后座，他只要一秒就完事了。"吉米说。

"等我安排,我会打给你。如果我没打电话……如果我出了事,答应我,你会救她出来。告诉她……说爸爸很抱歉。告诉她我爱……"

想到可能会失去宝贝女儿,我的喉咙像是被掐住一般,再也撑不下去了。

"她知道。我会去找她。祝你好运,兄弟。蜥蜴出发去跟你会合了。"

法官办公室的门打开了,派克法官再度现身。

沃尔切克和我各自挂断电话,收起手机。

我才将手机收进口袋,就感觉到它传来震动。派克盯着我看,我不能检查信息。还不能。

00:64

"弗林先生,你的动议为何?"

"法官大人,您肯定读过人民控诉史坦纳一案,以及其他相关判例。"这条判例规范了检方将证人身份保密时必须证明的要件。如果你是个还过得去的刑事律师,那你一定碰过这个问题。我处理过两件牵涉到此争议点的案子,都是警方钓鱼:卧底警察假装成顾客买毒品,拍下买卖过程。当案件进入审理时,卧底警察通常维持身份保密,在法庭上只以警察编号作为识别。

"若证人保持匿名,将使我当事人的辩护理由受到偏颇待遇,对我方提出有效辩护的能力造成不利影响。法官大人,在这一点上,我请求您同意我对证人进行交互诘问。我不会试图揭露他的身份,只希望针对他为何感到生命危险这个问题,测试他证词的可靠程度。如果您判定此项证据不充分,那么也就不需要保护他的真实身份,可以揭露他的姓名。"

"尚可同意,我方可迅速进行直接讯问。"米莉安说,"条件是陪审团必须听取证词。"

米莉安强势且聪明地反击了我。她要我在陪审团面前把小班尼折磨得死去活来,这样他们就会同情他,并且觉得我真是个铁石心肠的混蛋。

"同意。"我需要让小班尼坐上证人席,越快越好。

"很好。我们来召回证人和陪审团吧。如果陪审团要听取这段证词,双方对于公开进行审理是否有任何反对意见?"

米莉安和我都摇头。

"我会先离席,等待陪审团入座。"派克说着,回到法官办公室去了。这样再度帮我争取到一点时间。法院维安人员消失在侧门后,去带证人 X 出来。

法警打开门,旁听席再度挤满了人。阿图拉斯、维克多和格雷戈尔回到法庭。在前往座位的途中,阿图拉斯对着手机按来按去输入指令,举起手机靠在耳边,"啧"了一声之后,再将手机拿回眼前,重复一次刚刚的动作。抵达最前排座位时,他收起手机以免被法官看到,依依不舍地朝法庭大门看了一眼,之后坐下来,双臂交抱。我想他是在尝试打电话给某人,某个他正等着、随时可能走进这道门的人。不管他等的是谁,那个人都没有出现。

我感觉到肯尼迪的手机又震动了。阿图拉斯选了个更靠近我的座位,使我无法在不被他发现的情况下拿出手机。我大声地自言自语,音量足以让沃尔切克和阿图拉斯听见。"我得跟检察官谈谈,看她有没有想引用哪些判决。"

沃尔切克只考虑了一秒,然后说:"好。"

我走近米莉安那桌时,她对我皱起眉头。我还是站着,弯身越过桌面推开纸张,背对着沃尔切克。手机的震动停了。

"你会想要看看这个。"我对米莉安说,拿起她那份犯罪现场的照片副本。

"什么?你要给我看一张不存在的照片……才不是。你跟我说说看,为什么陪审团要在乎一张消失的照片。"她说。

"过来。"我说。她起身站到我左边,给了我不错的掩护挡住那些俄罗斯佬的视线。我跟她稍稍讨论了一下那个摔破的相框。手机又震动了,短暂地震了两下就没了动静。有电话和信息不断交替进来。

一说服米莉安重新检视照片,我就将手机拿出来。

肯尼迪的手机有两则新信息、四通未接来电。

我查看未接来电,前两通是一个叫"斐拉"的人打的,另外两通则来自"温斯坦",我猜这两人都是联邦探员。我接着检查信息。

第一则信息是斐拉在 5 分钟前发的。

我们到那个律师的公寓了。情况还好吗？如果你没有其他命令，我们会在60秒内进去。

我打开最新一则信息，是两分钟前发的。我低估了阿图拉斯，大大低估了。

找到了艾迪·弗林的遗书。他要炸掉整栋大楼。我们找到一份萨加号货轮的舱单，还有法院的平面图。抓住他，搜查整栋楼。

手机在我手中震动——斐拉又打来了。米莉安忙着看照片，没留意我，我越过她的肩膀望向远处，肯尼迪独自一人坐在四排座椅后，旁边没有其他探员。他们联络不上肯尼迪，因为他的手机在我这里。斐拉和温斯坦正拼命从我的公寓赶来这里，我估计大概需要半个小时，最多45分钟。如果斐拉找不到肯尼迪，他应该会尝试打给其他几个探员。

双扇门被人用力推开，考森探员走向肯尼迪，对他老板低声说了些话后，肯尼迪起身走向我。我从米莉安身边移开，站到法庭中央，律师都把这个位置称作"井"。他边走边拔出武器大喊："不许动，弗林。你被逮捕了。"

我搞砸了。

00:65

沃尔切克一发现肯尼迪朝我移动，右手拇指便立刻放到手机上。

这一次，我无话可说。

肯尼迪停在我面前，克拉克手枪枪管瞄准我的头部。考森也掏出枪，守在背后掩护他老板。

"你抓错人了。"我举高双手的同时对肯尼迪说。

"慢慢趴到地上，脸朝下。"肯尼迪命令。

"他是我的律师，这是骚扰行为。"沃尔切克说。

我的手继续高举，先单边下跪，然后双膝跪下，接着趴下将手缓缓放在地面。大理石地板抵着我的脸颊，很冰冷。我张开双手呈十字状，耳中能听见脉搏重重跳动的声音。

我的手被拉到背后戴上手铐，一只强壮的手臂把我拉起来。

"你们到底在干吗？"米莉安说，"我警告过你们不要上他的当。你们看不出来艾迪在使诈吗？他想要被逮捕，他想造成无效审理。趁陪审团回来以前，快把他该死的手铐拿掉。"

那名探员对米莉安置之不理。

我勉强用耳语对肯尼迪说："相信我，别这么做。他们抓了我女儿，阿图拉斯打算救他弟弟，他的自动武器在行李箱里。"

肯尼迪向前一步，好让视线越过万头攒动的旁听席。行李箱敞开着，假的箱底上放了一份卷宗。

"你是说那个空行李箱吗？太迟了，弗林。我们在你的公寓找到遗书，还有萨加号的舱单和法院平面图。一切都结束了。"

这一刻，我唯一能做的只有祈祷吉米会去找艾米，设法把她带回家，带回她妈妈身边。我很久没有祷告了，我合起双掌，求上帝帮助吉米救出我女儿。痛楚在我四肢燃起，我全身感觉沉重又迟缓，最后一点肾上腺素在挫败中耗尽，疲惫感终于袭来。

肯尼迪带着我出法庭，但他没发现自己无意间制造了一场小型暴动。记者争相挤出法庭，好拍到我被上了手铐的照片。

我背后传来一道声音，让肯尼迪猛然停住。

"警官！那边那一位！转过来，天杀的！"

我认得那个声音。

肯尼迪和我双双转头往后看。派克法官站在椅子前，资深法官哈利·福特站在她旁边，他六十几年的风霜似乎消失无踪，看起来不再像个老迈的法官。他的背脊挺直，下巴傲然抬高。

"你是哪位？"哈利瞪视的目光让肯尼迪活生生被定在原地。

"我是特别探员比尔·肯尼迪，我正在带嫌犯去讯问。"他说着就要再度转身离开。

"肯尼迪特别探员，你要是带着那个人踏出这道门一步，不出一个小时，你就会变回肯尼迪先生了。转过来，解开手铐，然后给我坐下。"哈利喝道。比起法官，他更像战场上的指挥官。肯尼迪是停下来了，也转头回去，但他没有解开手铐。

"法警。"哈利对着刚把小班尼带回法庭的法警喊道，"如果肯尼迪特别探员不肯释放弗林先生，你就逮捕这名探员。如果他拒捕，那就开枪。"哈利咆哮着。

肯尼迪当庭抗议。"这个人是……"他想解释,却犯了个大错。

"那副手铐若是 5 秒内没有拿下来,你就要在法院大牢里待上很长一段时间了。"哈利说。

我看到肯尼迪的视线在我和哈利之间迅速游移。法庭里似乎笼罩着一股寂静,跟我过去听过的静默截然不同。我听到法警上前拔出配枪,哈利身上散发出如磁铁般的力量显然打醒了这位法警,他十分认真地用枪指着肯尼迪。肯尼迪往前靠近我,用只有我能听到的声音低语:"你要把这里给炸了吗,艾迪?把一切都了结了?"

"我被设计了。为了救我女儿,我会不顾一切。"

"炸弹在哪里?"

"我跟你说过了,列文收了贿赂。"

我不能告诉他地下室停的那几辆厢型车,如果我说了,肯尼迪会清空整栋楼,但我还需要一点点时间,只要再一点点时间就好。

"我不相信你,列文是受勋探员。安保人员正在搜查整栋建筑物。我不相信你,一点也不相信。"

"肯尼迪,放开他。"米莉安说。

"不行,而且顺带一提,这是联邦层级事务,你没有管辖权,苏利文女士。"他说。

"你可以放开他,而且你也会这样做。你所在的是一间由州法管辖的法庭,你将会让俄罗斯黑手党的领袖得到无效审判的结果。如果他的律师被逮捕,审判就没得进行,他会大摇大摆走出这里。这就是艾迪想要的，你看不出来吗？"

我感觉到肯尼迪的迟疑，他的眼神在地板上乱扫，头脑超载。

"时间到。"哈利说。

"我还需要一点点时间，拜托。留下来好好看着，会很有趣的。我哪里都不会去。我外套的左口袋里有一张名片，你看一下。"

我背对着阿图拉斯，他看不到肯尼迪拿名片。这位联邦探员把名片夹在指间，翻到背面。

"这就是我跟你说过的联邦探员的名片。你是列文的主管，看过他的工作日志，告诉我这不是他的笔迹。"

肯尼迪手里拿着那东西，停顿了一会儿。我应该早点给他的，他的表情软化了，额头上的皱纹消失不见，嘴巴微微张开，让我闻到他的口气中带有早餐咖啡的余味。他认出了笔迹。

"这张名片是从格雷戈尔的皮夹里拿的。你在搜查这栋楼，也好，你搜查的同时，请给我一点时间，30分钟就好。如果半小时后你还是不相信我，你可以逮捕我的尸体。"

哈利受够了，说道："肯尼迪探员，你的5秒钟已经用完了。"

我听到群众中传来尖叫，有人爬到我们背后的座椅上，为了避开法警朝肯尼迪逼近时的射击范围。

米莉安拿着手机。

"我要打给纽约市调处。你的长官一定很想知道，他手下的探员为什么搞砸了十五年来最大的黑帮审判。"

肯尼迪迟疑了。他垂着头，焦躁地抠着拇指，抓破皮肤，血冒了出来。

"你今天早上是怎么告诉我的,肯尼迪探员?你还记得吗?你跟我说艾迪·弗林以前是个骗子,他在欺骗你,肯尼迪。他想让自己被逮捕,毁掉这场审判。法律程序拖延越久,就越难保护证人不受前雇主伤害。拜托想一想啊!你不能这样毁掉我职业生涯中的重大案件。门都没有。"米莉安说。

随着一声沉重的呼吸,肯尼迪抬起头。

"你有 20 分钟,我会看着你,弗林。要是敢轻举妄动,你就会先送命。"肯尼迪解开手铐,对法官点点头,然后走回座位,全程都没有让我离开他的视线范围。

法警把枪收回去。哈利和嘉布瑞拉互看一眼,然后坐下。

"肯尼迪探员,在这间法庭里,我就是法律,别忘了。"哈利说。

我回到辩方席的座位坐下。观众间传来的噪音不像在看谋杀案审判,更像是在观赏重量级的拳击冠军赛。沃尔切克抓住我的手臂,把我拉近。

"刚刚那是怎么回事?"沃尔切克问。

"就是运气,完完全全、如假包换的运气。"

派克法官似乎已经准备好继续进行审判。在庭审事务方面,她自认是个现代改革派,拒绝在法庭里放上法槌。她伸手拍拍面前的红木桌大喝,要全场安静。

"接下来的审理过程中,福特法官会在旁观审。"她说,"考虑到某些成员的行为,我很高兴有他在这里。"

派克法官按了一下原子笔，笔尖放在记事簿上，准备聆听证人的说辞。陪审团的最后几名成员也进来了，小班尼重新入座证人席。米莉安只会问几个关于小班尼受到生命威胁的问题，然后他就归我了。

肯尼迪的目光片刻都不离开我。

米莉安站起来，调整一下外套，让自己在舒适的状态下开始简短的直接讯问。

"X先生，你是如何在这个案件中成为证人的？"

小班尼对这个问题显得很意外，但他迅速回答了，这通常能代表证人的回复出于诚实。

"我在一桩谋杀案的现场被警察逮捕。"

"谋杀案的死者是谁？"

"马里欧·杰拉多。"

"谋杀杰拉多先生的是谁？"

小班尼顿了一下，抹抹嘴巴。

"是我。"他实事求是地说，语气仿佛在跟别人说澳大利亚的首都在哪里。

"是你？"米莉安问。证人漏掉了一小段证词，她在给他机会补救。我应该提出反对，但是我没那么做。

"是的。奥雷克·沃尔切克送了一条信息给我，被害人的名字写在半张一卢布纸钞上，而我拥有另外半张，这是苏联人雇杀手的暗号。"

我起立反对。我需要米莉安加快速度，我才能接近小班尼。

"法官大人，这根本没有讲到重点。"

"要讲到了吗？"派克法官问。

"是的，法官大人，现在就要讲到了。"米莉安回答完又接着问，"你因为这桩谋杀遭逮捕后，发生了什么事？"

"我接受了协商，向警方透露是谁派我杀人的，因此获得减刑。"

"这期间，你都待在监狱里吗？"

"不。达成协商之后，我就接受联邦调查局的保护。"

"为什么联邦调查局对你采取保护性监管？"

该死，又得反对了。"反对。证人并不知道联邦调查局的动机。"

派克法官用笔对米莉安做了个绕圈的手势，要她倒回去换个说法。

"你没有在监狱服刑，而是接受保护性监管，你认为原因是什么？"

小班尼什么也没有说，看看米莉安，又看看法官，最后视线停在沃尔切克身上，那是一种充满纯粹恨意的眼神。

"很简单。"他开始解释，"奥雷克叫其他人来杀我。如果我在监狱里，他会找人要了我的命，联邦调查局保护我远离沃尔切克的可触及范围，因为他只需要说一个字，我就死定了。他知道我要作证指控他，所以他要我死。"

米莉安知道局势不会再更好了，便抓住最佳时机鞠躬退场。"没有别的问题了。"

法官看向我，等待我交互诘问。法警、联邦探员，或许还有纽约警局，此时此刻正在翻天覆地地搜查这栋楼，找寻任何看起来像爆炸物的东西。厢型车的窗户一一被敲破之后，搜查的队伍这次一定会找到炸弹，只是时间早晚的问题，也许只要再过几分钟。观众一片安静，等着杀人犯接受辩方诘问。

"我只有几个问题。"我站的地方离小班尼有 5 米远，在爆炸范围之外。我四肢上如铅般的重量逐渐消失，同时心跳加快。

过去一天半以来发生的种种，全都归结到最后这几分钟，即将迎来终极的答案。我想起了我父亲，感觉到他的纪念牌冷冰冰地触碰着我的皮肤。

"沃尔切克先生可能会如何杀害你？"我问。

这个问题似乎逗乐了小班尼，他笑出来，环顾一下法庭，在座位上动了动，并且用手在脸上抹了好几下。

"你代表的那个人不在乎用什么手法杀人。"

"你怎么知道？"我问。

"我知道——我替他工作了二十年。他想要某个人死，那人就会死，死法不重要。"

"那么，举个例子给我听吧。"

小班尼这会儿不再笑了。

"这个嘛，马里欧·杰拉多——沃尔切克把写了马里欧名字的半张卢布送来给我，于是我就射死马里欧。他没有说要射死他、捅死他或是淹死他。只要名字被写在那张卢布纸钞上，就代表他得死。"

"我只是想听几个其他的例子，比如说，他最后杀的三个人，他们是怎么死的？"

"我怎么会知道？"

"你说你担心自己的性命安危,你说我的客户是杀人凶手,那就跟我说说他的手法,跟我说他是怎么杀人的。"

"我告诉你了——他把他们的名字写在……"

"那就告诉我他最后杀的三个人叫什么名字。"

我看到小班尼脸上一闪而过的愤怒,在一秒之内出现又消失了。我要助长小班尼心中的这股怒气,要保住艾米的命就靠这个了。

"告诉我啊!"

小班尼倾身向前,双拳紧握。"我不会说,我只讲这件谋杀案的事。"

"你接受了协商,却还有十二年的刑期。明明有那么多内幕能告诉地方检察官和联邦调查局,你却什么也没说。是因为你仍忠于组织里的某个人吗?还是因为这件案子有更多隐情?"

小班尼在座位上躁动不安,拉拉衬衫领子,他一定觉得衣领突然把他的喉咙勒得好紧。他的手指在脖子上摸了一圈,然后伸手去拿水杯。

"我不知道你在说什么鬼话。"他说。

"噢,你当然知道,X 先生。你在谋杀案现场被逮个正着,你接受了协商,你对联邦调查局供出我的客户奥雷克·沃尔切克,说他是这件谋杀案的主使,对吗?"

"对。"

"但你今天在明确的死亡威胁下来到这里,却不肯针对这个人的其他谋杀罪行提出证词,不管是亲自犯下或是指使他人下手,你都从没对警方和联邦调查局提过,直到今天也没有透露,对吗?"

"对。"

"你没有对联邦调查局说,我的客户据传掌有毒品帝国?"

沃尔切克没有反应,我已经透露过我会用这一招。

"你的当事人没有遭到毒品罪的指控,弗林先生。你这是在指明你的当事人有个毒品帝国吗?"派克法官问。

"不是,法官大人。检方指称我的当事人掌管俄罗斯黑手党,可以合理假设他们的生意并不是挨家挨户卖饼干。"

米莉安对陪审团作开场陈述时,指称沃尔切克是俄罗斯黑帮首脑,当时我没有提反对。但我现在心里想的不是这部分陈述,是她对陪审团所说的其他内容给了我机会,一个渺茫的机会。

"X先生,你没有对联邦调查局说,我的客户据传掌有毒品帝国,对吗?"

如果警铃在这个时候响起,我的整个计划就要在眼前灰飞烟灭了。我逼迫小班尼,试图用他回答的一次次"对"建立起重复的节奏,不断丢球给他,使他烦躁,这样他就会在愤怒之下不假思索地答复。

"对……我——"

我打断他:"没错。你没有对联邦调查局说据传由我客户主使的贩毒行动,也没有提到据传由我客户组织的卖淫集团,对吗?"

"对。"他答得很快,甚至抢在快如闪电的派克法官之前——她问我是否打算在法庭笔录上指明,我的当事人开设了小奥德萨区最受好评的妓院。我绕着辩方桌打转,视线紧盯着小班尼。他转开目光。

"你也没有对联邦调查局说,我客户据传进行的洗钱行为,对吗?"我一面说,一面慢慢逼近,缩短我们之间的距离,营造对峙的气氛,一步步走进爆炸范围。

"对。"他的眼神在室内四处飘移。

我靠得更近了,我们四目相对。小班尼向前倾身,眉头紧蹙。

"你也没有对联邦调查局说,据传由我客户组织的人口贩运网络,对吗?"

"对。"

我们之间只隔着 1 米。我越接近,小班尼越是明显地紧绷起来,仿佛他准备好跳过证人席的隔栅来掐死我。

"你也没有对联邦调查局说,据传在我客户名下的非法武器交易,对吗?"

"对。"

"你没有对他们提到这些行为,因为被告所管理的如果是犯罪组织,就会遭到联邦调查局查缉,于是……"

我抓着证人席的隔栅,身体凑到小班尼面前,正对着他的脸,一手揭穿他的肮脏秘密。

"这样一来,审判结束之后,你和你哥哥就没办法夺取他的事业版图了,对吗?"

"对。"

话才说出口,他就醒悟过来,猛摇着头。派克的笔掉了,哈利倒抽一口气。

"不。我是说，我不知道你在说什么，你这下贱的律师杂种！"小班尼极力辩解。

我悄声对他说："沃尔切克知道实情。"他倏地站了起来。我转身背对旁听席，小班尼把我推开，但在他抓住我的肩膀前，我的手已经伸向他，动作迅速但力道很轻。我踉跄后退，硬是稳住脚步。

法警伸手压在小班尼身上，强迫他坐回座位。派克斥责小班尼对我动手动脚，米莉安抗议我威胁她的证人，但我举起一只手，让他们两人都住口了。结束交互诘问之前，我瞄了肯尼迪一眼，他正全神贯注。

"是我不对，我道歉。我剩下最后一个问题。自从被逮捕之后，你就待在警方和联邦调查局的保护性监管下，没有进过一般的拘留所。那么，你是从哪儿听说被告对你下了格杀令？"

他迟疑了。这个问题对他而言很陌生，一辈子身为帮派成员，他就是知道背叛了老板会有什么下场。

"我没有听说。"小班尼脸上依然挂着困惑的表情。

"所以你也没有接到死亡威胁？"

这个问题悬在空中。小班尼往后一靠，哼了一声，然后对我摇摇头，好像我是个白痴。

"没有，我没有接到死亡威胁。他办事的方法不是这样，我们知道背叛了老大会有什么结果——下场就是死。"

"被告还下令杀掉过哪些背叛他的人？"

"我不能说。"小班尼说。

就是这句话。

这就是一切的关键。

"法官大人,考虑到证人最后作答的内容,我必须申请停止审判。"我说。

旁听席的群众马上开始交头接耳、说悄悄话,或大声抗议。我听到法庭的后门关上,列文探员正穿过繁忙的人潮,前往右侧的一个空座位。他坐下以前,朝座位离我只有几米远的阿图拉斯点了一下头。那是个快速的信号,只有几亿分之一秒,只要那么一会儿就会错过。

肯尼迪就错过了。

阿图拉斯在座位上动了一下,背对法官打了通电话。我听不见通话内容,但他拨的号码在手机屏幕上显示得非常清楚。

他打了911。

00:66

派克命令陪审团离席。和大多数陪审员一样,他们逐渐习惯审判过程中的频繁中断。等待陪审团离开时,我思考着阿图拉斯报警的事。我猜测他刚刚是跟警方爆料这栋建筑物内有炸弹,而我敢打赌他跟他们说了厢型车的确切位置,以及装有多少爆炸物。灾难应变中心每天都要应付一堆恶作剧通报,不用多久他们就会有所警觉,并将信息拼凑起来——俄罗斯黑帮老大的谋杀审判、受联邦调查局保护的重要证人、我公寓的搜查令、萨加号失窃的爆炸物。最好的情况，我在法警开始疏散大楼前还有 3 分钟，也许 4 分钟。阿图拉斯大可早点打那通电话，但他等到列文对他点头，那个信号透露的只可能是一件事：列文肯定启动了地下室炸弹的计时器。计划的下一步要靠纽约警局够机警，联络这栋楼的紧急疏散单位，一旦紧急疏散通知响起，众人奔逃，就会为阿图拉斯和同伙提供最好的掩护，让他们探进行李箱，拿出自动机枪，并救出小班尼。

派克法官清了清喉咙——无疑是在为自己做准备，以处理辩方又一个毫无必要的干扰。

她缓缓拿下眼镜放在她的笔记上，双手交叠于下巴下方。最后一位陪审员走出去后，我朝沃尔切克眨眼，他将手机放在桌上，准备好要拨出去。

"弗林先生，我希望你能好好讲清楚你在要求什么。我猜想你要提出动议，废止证人 X 的匿名处理？"

"我不是要主张这个动议，此处的争议点并非匿名性，而是无效审理。"我说。

派克挑起眉毛。我把肯尼迪的手机放到手里，准备打给吉米。群众感觉到好戏上演，细碎耳语开始聚积成此起彼伏的兴奋交谈。米莉安往前坐，准备迎击，两位法官忧虑地对看一眼。

"你想要主张动议，宣布无效审理？"派克法官问。

"不，法官大人。"我转向米莉安，"检方会替我做这件事。"

米莉安起身，满脸的惊愕与恶心。她的颈部瞬间泛红，气得把笔摔出去,任其弹到地上。

我开口了。"法官大人,您刚才听到证人 X 的证词——他宣誓过的证词说明,他一个死亡威胁都没收到。一个都没有。陪审团已遭检方误导。"我拿起我的笔记,"在苏利文女士的开场陈述里,她告诉陪审团,我的当事人是俄罗斯黑帮首脑,且她的证人遭受威胁。我引述她的说词:'他的生命安全正遭受威胁。'就在我的笔记里,我在这句话下面画了线——画了两次。如果陪审团相信证人 X,相信他因为在被告据传为俄罗斯黑手党老大的审判中担任检方证人,所以遭受死亡威胁,那么就很明显地暗示我的当事人威胁了他。我们现在晓得,没有这样的威胁,不论是来自我的当事人或其他人。我直接询问证人他是否受到死亡威胁,而他说'没有'。问题是,检方对陪审团陈述了与真实相差甚远的说法。"

我听见米莉安拍桌时"砰"的一声巨响。"法官大人,证人会陈述他曾参与大型犯罪组织,担任俄罗斯黑帮的杀手。在这种组织里告密会发生什么事,是再明显不过的。"

"不,法官大人,并非如此。证人尚未提供任何关于该组织的证词,我确定有在我的交互诘问中谈到这部分,我也给他所有坦露实情的机会——毒品、卖淫、洗钱、谋杀。证人什么也没告诉我们。他拒绝提供任何关于该组织的证词,陪审团没有听到任何关于死亡威胁的证词,证人也否认遭受威胁。检方误导了陪审团和法官。法官大人,我们没有要主张检调单位刻意误导陪审团,然而检方的虚假陈述明显让陪审团对我的当事人产生偏见。"我转向米莉安,"我们相信这是无心的虚假陈述，假如检方能做出正确的决定，申请无效审理，我就会鼓励我的当事人不要起诉检方的不当行为。"

米莉安蹿开椅子朝我冲来，无视法官要她回座位坐好的要求。她晓得我说的没错，正是这点要了她的命。身为一名经验老到的检察官，她知道派克不会冒险，在有如此致命的上诉理由任人攻击时，让案子进入裁断。

"你这混蛋，你在搞什么？"她说。

"我是为你好，你要输掉这场官司了，米莉安。撤销审判，去找另一个字迹专家重新来过。我本来可以申请无效审理，但若由你来，你想怎么包装都行，让它看起来好像是很聪明的一步，因为你的专家被拆台了。"

她摇头说道："你没戏唱了，艾迪。我会确保你的客户下次必死无疑。希望你玩得开心，因为你被正式列入检方的终身黑名单了。"

如果这步棋下对，我就不必回答替当事人争取无效审理的原因了。由检方提出动议，我便能跟接下来的风风雨雨拉开距离。

米莉安调整衬衫，没有多说什么。她回到她的桌子前，咬牙切齿地向法官说："法官大人，鉴于弗林先生的建议，我别无选择，请求庭上宣布无效审理。"

她沉重地坐下，交叉双臂。

小班尼焦虑地坐在证人席上，手指在栏杆上敲打。阿图拉斯在长椅上往前倾，准备探头进行李箱。

沃尔切克将他的手机转向我，给我看他输入的信息。

放她走。

"发出去。"我边说边打给吉米,将手机藏于桌子底下,等着通话接通的图示跳出。没人在看我——所有目光都集中在法官身上。

派克法官闭眼片刻,倒回到椅子上,我10岁女儿的性命全仰赖在她的决定上,而她对此事毫无所知。

她深深叹气说:"我不觉得我有其他选择,麻烦请陪审团回来,我来让他们离开。我宣布无效审理。"她跟哈利窃窃私语起来。

群众哗然。

沃尔切克按下发送键。

吉米接起电话。"吉米,他放她走了。去找她。"

"我出发了……"

"吉米,等他看到信息……"

电话断了,我立刻按下重拨。派克正和哈利激烈争论着,没注意到我的动作,这对她来说也不重要了。于她而言,这个案子已死,因此这些都是私下行为。

陪审员纷纷回到法庭,与此同时,屋内充斥着警报的怒吼。

后门砰地打开,一名警卫冲进法庭,用大过警报的音量咆哮:"我们现在得疏散,这是防爆小组的命令。"

警卫弯腰咳嗽,接着被群众给淹没。尖叫声四起,旁听群众在恐慌中散场,人们互相推挤攻击以求越过他人,每个人都争着涌向大门。米莉安的团队丢下资料跑了,但米莉安没有动作,而是僵在原位看着我，嘴巴张开，表情混杂着惧怕与惊愕。她其中一位助理跑回来，一把抓起她的手臂往出口跑去。

肯尼迪跑向喘气中的警卫，试图找到他，但对方已经带着第一批记者冲向大厅。

阿图拉斯将头探进行李箱。

这是俄罗斯佬的完美障眼法，整栋大楼方才陷入了混乱，人们越过彼此争相逃生。我看见哈利护送派克法官穿过她办公室的门。

在一阵恐慌中，沃尔切克登场演出，他爬上座位，指着小班尼大叫："引爆器在他身上。在他口袋里！"

片刻间，尖叫声变得更激烈，警报声的节奏仿佛慢成心跳，所有目光都转到小班尼身上。阿图拉斯猛然抬头，错愕地望向弟弟。

小班尼摇头，拍了拍口袋。负责护送的法警拔枪对准小班尼。肯尼迪朝小班尼举起自己的武器高声命令："趴下！趴在地上！"

小班尼目瞪口呆地站起来，他拍了拍口袋，接着在外套左边口袋摸到某个不该出现在那儿的东西。他的手停在那陌生的突起物上，表情跟着转为惊恐，并开始颤抖。他举起一手投降，同时忍不住检查口袋里的东西，在他拿出假引爆器时，他和我对上眼，刹那间想通了。他拿着沃尔切克在会议室给我的假引爆器，那个被我砸开、用步枪弹匣上一小块胶布黏回去的引爆器，也是我几分钟前，趁小班尼把我从证人席推开时，塞到他身上的那个引爆器。

小班尼的震惊与顿悟，让他整个人僵硬得好像在用液态氮冲澡一般。警报声紧迫而深入骨髓的节奏，似乎在那震惊与致命的犹疑瞬间再次加速。沃尔切克跟我一样清楚执法机关的规定——一旦嫌犯手持引爆器，立刻用致命武力击倒对方。

肯尼迪开火，警卫半秒后跟进，小班尼睁着眼睛、一脸困惑地死了。

任何让沃尔切克的谋杀罪名得以重审的机会，都跟着证人 X 一同死去，这形同判决无罪。而我唯一能和沃尔切克谈的条件，就是换回我女儿一命。我听到身后一声粗哑的怒吼，不用转身也晓得那是阿图拉斯。

我立马转过身去，见到沃尔切克冲向门口。他在通道中途停下，看向在场的俄罗斯佬穿上他们的工作服，从箱子里拿出步枪。阿图拉斯忙着处理我在箱子里看过的那个大型遥控设备，将它打开，按了几个控制钮，然后把遥控器丢在地上。沃尔切克没有要等的意思，他赢得了他的胜利，转身逃走。等阿图拉斯起身想找沃尔切克，兄弟帮的老大已然不见踪影。

00:67

"有枪！"我大喊，躲到辩方席下。我往外探出一点头，刚好能看见格雷戈尔和维克多正换上工作服，并盯着步枪的空弹匣看。那些弹药全在年轻律师丢在会议室的公文包里，躺在一沓文件底下。沃尔切克和我在重新打包行李箱时，卸下了所有弹匣里的子弹。

"丢下武器，趴在地上。"肯尼迪见俄罗斯佬试图反抗时吼道。考森探员加入他，将克拉克瞄准格雷戈尔和维克多。四周没有群众的哭喊声，最后一批人早已冲出大门。

原先护送小班尼的警卫举枪向俄罗斯人靠近。

我打给吉米，他没有接，心脏在我胸口剧烈跳动。我抬起头，却已来不及出声提醒。

"不准动。"列文说。

列文站在肯尼迪和考森后面，枪口对准两个人。肯尼迪和年纪较轻的探员僵住了，他们摇摇头，闭上眼睛低头咒骂。

"把枪放下，否则我杀了他们。"列文用盖过警报的声音朝警卫大吼，后者因为几分钟前开枪首次杀人而惊恐又亢奋，气喘得太过用力，几乎连枪都握不稳。

"列文，别这样。"肯尼迪放低他的手枪说。

"我希望我可以不用开枪，比尔。我刚刚启动了地下室的两颗炸弹，12分钟后这栋楼就会变成一堆瓦砾。要是搜救小组真找到你的尸体，我不希望上头有弹孔。把枪放下吧，叫警卫也照做。"

联邦探员慢慢将武器放到地上。格雷戈尔扔开没有子弹的步枪，直接抢走警卫手中的贝瑞塔手枪。

脚步声朝我靠近，我听见他腰间背带传来的金属碰撞声——阿图拉斯。

他扯着我的领口，把我拉出来，扔到法官席前面。

"双膝跪地，手放在背后。"列文说。肯尼迪和考森双双照做。

"你现在信我了吧,王八蛋!"我怒吼道。肯尼迪没对上我的视线,而是盯着自己的武器,它就躺在半米外的大理石地面上。

阿图拉斯离开我,从左口袋拿出引爆器。

"你个混账,你跟奥雷克谈了条件。别担心,我们会找到他。律师,今天就是你的死期了,这就是你的报应。"

他退得更远,远离爆炸范围。

那几秒间,一切仿佛都变成慢速进行。我的身体感到亢奋、高度警觉,动作却很缓慢。我的心脏随着警报的节奏砰砰跳动。

格雷戈尔将年轻警卫的枪塞进腰间,用他巨大的双手轻轻松松折断那孩子的脖子。

收贿探员列文拿枪托敲考森的头,用某种兴致勃勃的表情看着伙伴倒下。

维克多捡起考森的武器,缓缓地朝大门走,确保室内无人。

阿图拉斯看着我爬得离他越来越远,唇间不经意地露出一抹哀伤的笑容。

他启动我穿了一天半的炸弹引爆器,然而什么事也没发生。

那一秒的犹豫打断了他的笑容,他再按了一次引爆器——哈利昨晚拿来的那个引爆器。

什么事都没发生。

"把他们全杀了。"他说。

列文没有把贝瑞塔对准肯尼迪的头颅,反而移开武器,朝他老大开了两枪,然后瞄准我的胸口。

我闭上眼睛，见到我女儿躺在展望公园的草地上，夏日的阳光一片温暖。

砰！

我没感觉到痛苦，没有温热，亦无冰冷，什么都没有。

我睁开眼，发现列文站着，枪自手中滑落，红色血雾从他头部侧边喷出。他往前一倒，颈部中枪，而我看到蜥蜴在他旁边。

俄罗斯人立刻各自找掩护。

蜥蜴在法庭后方，用我丢在地下室垃圾桶的贝瑞塔瞄准维克多。金发巨人反应不够快，发疯似的开火，但蜥蜴的枪法神准无比。

我一旁的窗户炸开来，红木碎片从检察官席弹出，落在离我约莫1米远的位置，我意识到格雷戈尔在我这边，他正卸下那支警卫手枪的弹匣。我踉跄起身扭头就跑，又一枪射在检察官席，激起的尘土和碎屑喷了我一脸。

没有掩护了。

我无处可去。

我听见背后又有一声枪响，但不敢停下脚步。

我的外套被子弹射开，扯破了内衬。窗户近在咫尺，我冲过眼前的1.5米，来到破碎的14楼窗户边，跳过残存的几片玻璃，纽约市冰冷的空气吞没了我。

下方一整片城市朝我袭来，我只能祈祷自己运气够好。

00:68

我放声尖叫。

部分还残留在窗框上的碎玻璃裂开，并随着枪击喷散，被广大无边的天空给吞噬了。

我掉了下去。

有那么一刻，我眼前只有建筑物顶端和上头清澈的蓝天，臀部朝400米下的路面急速下坠。这一坠感觉过了一辈子，实际上只有两三秒，我就摔到鹰架上，头部撞击在金属层板上，左肩剧痛欲裂，撞得我眼冒金星。

接住我的鹰架是特别为了翻修法院外墙而搭建的，长度在本市数一数二：12米长、180厘米宽。支撑鹰架连接屋顶的钢索跟我的手腕一样粗，一路延伸至地面。昨天进法院前，我看到有工人在这上面，今天早上也有。我还记得新秀丽行李箱里配有安全装置和远距遥控器的工作服。

这就是俄罗斯佬的逃生路线——在纽约警局对法院及西边出口街道设置封锁线的同时，俄罗斯佬打算扮成工人，从建筑物东面的鹰架悄悄溜下去。警察和联邦探员会认定他们在爆炸中身亡，埋在建筑物底下，而这些俄罗斯佬便顺理成章地躲到暗处，接管沃尔切克的犯罪事业，没有人会再去追查他们。

法院里的枪声停了。

我试着起身。这一摔使得鹰架开始左右微幅摇晃。我抓着两侧的安全扶手站起来,搭架的控制器被锁住,必须有钥匙才能让系统运行,现在动不了。我猜阿图拉斯在法庭里短暂使用过的无线控制器能远距遥控这座搭架。

我听见身后传来一声巨响,从法院创始第一天就存在的四面拱形窗中的一面爆开了。我穿过层板,往破窗爬去,一道身影出现在窗台上。

他气喘吁吁地把用来击破窗户的椅子扔到一边,干净的长袍上沾了石灰,咳嗽时差点跌下去。

是哈利。他回来找我了。

00:69

"小心。"我说。

哈利摇摇晃晃地移动,在要跌倒时抓住石雕。我踩在搭架的扶手上,把自己推上窗台。法庭里的枪声重新响起。

阿图拉斯跳到搭架另一端,使金属层板剧烈晃动。他跟我从同一扇窗户跳出来,将救生绳卡在层板的安全扶手上,绳子穿过腰间,拴在工作服加厚皮制三条式背带上。他跪下来,把搭架的遥控器放在地上,假鞋跟往后一滑,抽出刀子。

"抓住我的手,艾迪。"哈利说。

"律师!"阿图拉斯咆哮。

他的笑容就跟我们昨天在泰德小馆的厕所里初次见面时一样,那道突起的疤仿佛碰到他上扬的嘴角,在冷空气中变成粉红色调。他看起来不一样了,不再是个冷血杀手,眼中带着痛苦且渴望复仇。我的头因为刚刚那一摔还在剧痛,血液从头上的伤口流到颈部,我猜我肩膀和背上的瘀青要 1 个月才会好。

"结束了,律师。"阿图拉斯说。

我尽可能地迅速后退,哈利伸出来的手就在触手可及的范围,阿图拉斯则站在 6 米外。

"我猜那些工作服真的很重。"

阿图拉斯不理我,开始往前移动。

"我猜那些衣服真的很重,重到多个几百克你也不会发现。"

他停住,缓缓低下头。

他的手摸过胸口、背部,在摸到右腿上的大口袋时停住。沃尔切克跟我都猜大号的工作服是给阿图拉斯的,我一跟沃尔切克谈好条件,就立即把炸弹藏进工作服里。

我从裤子口袋拿出真的引爆器,高举给他看,然后说:"笑给它看吧,混账。"我抓住哈利的手,跃上窗台,并按下引爆器。

这位退伍上校在搭架塌落的同时把我拉起来。阿图拉斯被炸成两半,控制器毁得面目全非,搭架飞冲上天。就在我膝盖跪到窗台、把自己拉到安全位置时,我听见金属搭架朝下方空荡的人行道加速跌落的哀鸣。感谢老天,纽约警局清空了这一区。地面传来的撞击声仿佛震荡进我的齿间,搭架弹开断裂,呈现出一种骇人的扭曲姿态。

"帮个忙吧？"我听到考森的声音。从窗户转过身，我看到他将肯尼迪半失去知觉的身体扛在肩上。肯尼迪的呼吸很微弱，防弹背心上似乎挨了不止一枪。蜥蜴把贝瑞塔手枪塞进裤子朝我们跑来，并从考森手上接过流着血的肯尼迪。年轻探员似乎站不太稳。

"俄罗斯大个子死了，他是最后一个。"蜥蜴说。

"我们走吧。"哈利说。

一切都进行得飞快，即使如此，我们大概也只剩 6 分钟，也许 7 分钟的时间，赶在厢型车爆炸前离开大楼。

00:70

电梯直接通往一楼，我们没有时间走楼梯。

警报声每秒都在提醒着路人，且越来越显紧迫。

蜥蜴扛着肯尼迪，调整脚步站稳，确保伤者的体重平摊在他肩上。我的呼吸难以控制，混杂着恐慌和纯然的疲惫。考森还在撑着自己的头，只有哈利一副冷静的样子，但我看得出他真的害怕死了，他的眼神一秒都未曾自控制板顶端的楼层显示上移开。

哈利安静地用唇语数着电梯经过的每一层楼。

警报声持续大响。

时间一分一秒过去。

"吉米有找到她吗？"我问。

"我不知道。"蜥蜴说。

我试着再打给他一次,但没有信号。

拜托告诉我你找到她了。拜托……

电梯停在大厅,我们冲出去。入口大门敞开着,200米外,最后几位逃离者正飞速冲向警用封锁线。考森抓着哈利的手臂大喊:"跑。"

蜥蜴狂奔过哈利,我们也跟上。

在我们抵达法院外大阶梯时,扩音器传来一阵巨响。一名警察站在我们前方约400米的地方,在防爆墙后探头探脑。我们奔跑、打滑、下楼梯。重伤探员的血浸湿了蜥蜴的背部和裤子,还弄湿了他的鞋子,使他脚步开始有些不稳。

哈利和考森在我的前面,我放缓脚步好继续打给吉米,接着一边等接通,一边往防爆墙冲过去。

我的肺在灼烧,就算离开了建筑物,我依旧能在脑中听见警鸣,在时光流逝中敲响。我奔跑时,鞋跟敲击地面的声音和那不间断的噪声结合,我的双腿仿佛在时间变快的同时缓了下来。

我几乎要垮了,呼吸困难,失去气力,头痛欲裂。我竭尽全力让双腿继续移动,双臂继续挥舞,大张的嘴却吸不进足够的空气。

我们很接近封锁线了——再有45米。防爆墙打开,以便医护人员前来协助我们。我得在夹缝间找出他们。我在群众里疯狂寻找那几张脸,但没看见艾米或吉米。

蜥蜴把肯尼迪丢到一张推来等着的担架上。

我重新拨号。

就快到了。

考森、哈利和蜥蜴抵达防爆墙，并躲到后面。

就在我快到的时候，电话接通，我听见吉米的声音。"艾迪，我——"

然后世界就此崩塌。

爆破声将我震聋。我好像突然陷入浓稠的液体中，有种飞在空中的快感，尽管我没印象双脚有离开街道。我的头猛力撞击地面，却没有疼痛的感觉，只有血肉与骨头撞击地砖时体内空洞的回音。感觉好像有一阵恶臭、泥土和砖块堵在我的喉头，然后埋在齿间。

我躺在地上，看见曾经的法院如今成为一片骇人的漆黑尘埃。建筑物倒下，可怕的咆哮震荡了整座城市，虽然我什么也听不到，只感觉到无数瓷砖坍落的惊人撞击。我被一阵浓重的金属燃烧及旧木材气味给呛到，好像听见哈利在尖叫声中呼喊我，伴随着上百万片玻璃在空中翻搅的杂音。

然后我就什么都不记得了。

00:7.1

我感觉嘴上有某种潮湿而温热的东西。我的嘴唇很干，这个亲吻很有舒缓作用。

我用力睁开一只眼睛，看见克莉丝汀的脸，就离我几厘米远。

过了几秒我才意识到，我躺在医院病床上。

我的妻子从我身边挪开,她双眼泛红,哭花了脸,手指颤抖着捂住嘴,流下更多眼泪。她哭着猛揍我,打在我的胸口和手臂上。我轻轻举起手,她停下来崩溃的啜泣,同时摇着头离开我身边。

克莉丝汀离开时,我看见她身后小小的身影,有人睡在我病房里的访客椅上。阳光洒落在我女儿的头发上,我从没见过像这天一样美丽的午后阳光。我看着她好一会儿,分不清那道光是从太阳,还是从我女儿身上散发出来的。她穿着那件别针和徽章比布料还多的小夹克,底下是布鲁斯·史普林斯汀①的T恤、绿色牛仔裤,以及她过大的靴子。

她看起来很平静。

"你这该死的混账。"克莉丝汀轻声骂道,不希望吵醒我们的女儿,"还好她足够幸运。她有可能会被杀死。你让她的生命受到威胁——你和那家事务所。"

"我绝对不会让她面临危险,她是我最重要……"

"但你确实这么做了。我一想到他们本来会怎么对她……"

"克莉丝汀,我爱你,我爱艾米。"

"这不够,艾迪。你的人生、你的当事人都太危险了,我不要冒这个险。这对艾米一点也不公平。"

她静静地站着,摇摇头。

"他们不是我的当事人……"

---

① 布鲁斯·史普林斯汀(Bruce Springsteen, 1949—),昵称 The Boss,美国摇滚歌手、词曲创作人与吉他手。1999年入选摇滚名人堂,2009年获得肯尼迪中心荣誉奖,2016年获颁总统自由勋章。

"我不在乎。他们绑走了我们的小女儿,我永远不会原谅你。"

我无话可说。

"我得去跟他们说你醒了。"

她看向我们睡在椅子上的女儿。

"她累坏了。我们都很累,艾迪。你不如就叫醒她吧,她一直在等你。我去叫护士。"

克莉丝汀用面巾纸擦干眼泪,转身离开。我感觉她好像不只离开了房间,也离开了我们的婚姻,永远永远。

"艾米。"我尖叫。

她醒来奔向我。我抱着她,好像我从没抱过一样。我亲吻她的头发,两人哭在一起。我背上、肩膀上的疼痛阻止不了我起身检查艾米,确保她一切安好——没有瘀青,没有划伤或刮痕。她没让我检查太久,小手臂揽住我的脖子,尽可能地抱紧我,将我包围在她的美好气息中——混合了发胶、铅笔、丹宁布和泡泡糖的味道。

"我来了,我来了……"我重复说。

最终,她放开我,坐到床边握住我的手。

"爸爸,这听起来可能有点怪,但我想给你一支新的笔。"她说。

我再次抱住她,告诉她笔不重要,我不在乎她在笔上刻什么——我有时候是个混蛋,但我毫无保留地爱着她,且不想让她离开,永远永远。

我告诉她,她不再需要担心了。

我会确保她平安。

那一晚，我入睡时没再像往常一样梦见汉娜·塔布罗斯基被绑在柏克莱的床上。这是打从我找到她后，第一次没在睡梦中遇见她。

不出一周，我便恢复到足以和肯尼迪好好谈话的程度。他住我隔壁病房，身受重伤且动作迟缓了好长一段时间，但治得好，也还活着。考虑到发生了这种事，我的恢复状况算很不错了。我遭受了严重脑震荡、断了四根肋骨，还有些划伤和瘀青。我和肯尼迪说了我的遭遇，但有所保留，哈利替我担保，就像他一直以来的那样。肯尼迪道了好几次歉，甚至在他办公室的探员问我话时，帮我说了几句好话。吉米通过他的律师交出被标记过的100万，留下200万给自己，100万给我。

哈利来探病，还不停地偷灌我酒，我想也没想就喝下去，晚上跟他一起玩牌。但最重要的是，我拥有全世界最棒的东西。

我有我的孩子。

几天后，哈利来纽约市区接我，带我回我的公寓。他把锁换了，也替我打扫过。他替我拎行李，我则小心翼翼地沿着人行道走向他老旧的敞篷车。就在哈利解锁车子的同时，我听到喇叭声，对街有辆白色轿车，奥雷克·沃尔切克站在车后门外，示意我过去。

"艾迪，不要去。"哈利阻止我。

我穿过车流往对街走去，肋骨让我的身体炙热发疼。

"你想干吗？"我问。

沃尔切克举起双手说："只是想知道你跟联邦探员说了什么。"

"别担心。我跟他们说，一切都是阿图拉斯策划的，你跟我一样是个受害者。你没事,就算我恨不得送你去坐牢,但我可不笨。要是我向联邦探员坦白一切,你肯定会告诉他们我派人去塞文大楼杀人的事。"

他笑了——就笑了那么一秒。

"很好,很高兴我们彼此达成共识。我们算是扯平了,再也别想耍我。我建议我们就维持这样吧。记住,我知道你女儿住在哪儿。"

另一位身穿黑色牛仔裤及黑色皮外套的男子从驾驶座走出来,应该是俄罗斯人,他绕过轿车为沃尔切克打开车门。这位司机体形庞大、相貌难看,有着拳击手的鼻子,以及黑色的小眼睛。他看着我的样子,好像一条杜宾犬盯着小偷的屁股。这家伙负责的显然远不只是开车而已,沃尔切克在重建兄弟帮,要这家伙替他开门,全是为了展现他新生的武力,让我知道他依旧大权在握。

我走开一步后停下来,转身对他喊道:"嘿,还有一件事……"

沃尔切克一脚跨进车内,闻言转过来看我,他的司机还为他扶着门。

我无视每次呼吸所引起的疼痛,稳住身子,用尽全力往司机的胫骨踹下去,让他单膝跪地。我收回脚调整姿势,夹紧臀部,挥出一记右勾拳。这一拳贯穿车窗直接揍向沃尔切克的脸。我一把抓住敞开的车门,猛地把它撞向司机醉醺醺的脸上。

昔日兄弟帮老大瘫倒在湿柏油路上,身上满是碎玻璃,举起双手自卫。

"这是替艾米、杰克和他妹妹打的。你不用担心联邦调查局,你要担心的是帽子吉米。他还想为外甥报仇。我要是你,就会带上自己和这只大猴子去搭飞机。再跟你说一声——我们完全没扯平。我女儿的安保现在比市长还严,吉米跟我都看着,随时有人在保护她,所以你吓不了我,混蛋。要是再让我见到你,或你哪个手下接近我和我的家人,我会看着你被慢慢折磨死。"

我大剌剌地穿过马路回到哈利这边,途中有车子和出租车为了避让我打滑停下。这位法官抓了抓头,鄙视地看向我,开口时语气轻柔但满是失望。

"这样很蠢。"哈利说。

他说的话大部分都是对的,他现在说的也没错。

00:72

我出院1个月了。艾米开始重新适应。她还是会害怕,不愿意自己出门,但已经慢慢在调适,希望她很快就能回去上学。吉米的人依旧守着她和克莉丝汀。在威廉街上将沃尔切克揍倒在地之后,再也没人听过他的消息。艾米和我每晚8点通电话,但克莉丝汀拒绝和我交谈,我不怪她。她同样拒绝让艾米离开她的视线,因而减少了我探视的机会——隔周一次,每次两小时,在我以前的家里。

我将我那辆二手野马跑车停在转角下车,拿出副驾驶座上的皮革行李袋。

  我面前的是一间破败的两层独栋房屋,位于布朗克斯区的贫民区。窗沿腐败不堪,即使是在外头,我都能闻到内部潮湿的气味。我开车经过这栋屋子许多次,每次都缺乏勇气停车。

  今天则不然。

  早上7点05分,街道一片宁静。

  我把行李袋放在正门台阶上,按下门铃。

  走廊有脚步声。

  当我打开我的野马车门时,身后传来门锁和门链的喀啦声。我在汉娜·塔布罗斯基打开她家大门前将车子开走。她捡起行李袋,以及我放在上头的信。

  我不想要获得原谅。我不想要她跟我说,那不是我的错。

  我知道我做了什么,我也知道自己不会重蹈覆辙。这世界上就是有人为恶,而只要我在法律的赛局里,扮演好我的角色,那些人就不会再有机会伤害别人。

  我从后视镜看见汉娜·塔布罗斯基丢下信,打开袋子,她的90万美金掉了一些在人行道上。我开过街角,她抬头看向我的车。

  我将野马挂到三档,踩下油门。

(全文完)

图书在版编目（CIP）数据

不能赢的辩护 /(英) 史蒂夫·卡瓦纳著 ; 叶旻臻
译. —— 北京 : 北京日报出版社, 2024.4
ISBN 978-7-5477-4795-7

Ⅰ.①不… Ⅱ.①史… ②叶… Ⅲ.①长篇小说–英国–现代 Ⅳ.①I561.45

中国国家版本馆CIP数据核字（2023）第255351号

著作权合同登记号 图进字：01-2024-0285
THE DEFENCE
Copyright © Steve Cavanagh 2015
This edition arranged with THE MEARNS PARTNERSHIP c/o Rogers, Coleridge & White Ltd.
Through BIG APPLE AGENCY, INC., LABUAN, MALAYSIA
Simplified Chinese edition copyright:
2024 Jiangsu Kuwei Culture Development Co.Ltd.
All right reserved.

不能赢的辩护

出版发行：	北京日报出版社
地　　址：	北京市东城区东单三条8-16号东方广场东配楼四层
邮　　编：	100005
电　　话：	发行部：（010）65255876
	总编室：（010）65252135
印　　刷：	天津旭丰源印刷有限公司
经　　销：	各地新华书店
版　　次：	2024年4月第1版
印　　次：	2024年4月第1次印刷
开　　本：	880毫米×1230毫米　1/32
印　　张：	10.5
字　　数：	227千字
定　　价：	48.00元

版权所有，侵权必究，未经许可，不得转载